中国作家协会副主席陈彦等
数位著名作家联袂推荐

云影泮畔

牛钟顺 ◎ 著

中国海洋大学出版社
·青岛·

《云影泽畔》是一部文质兼美的散文集,传达的是人类向善、向美的终极追求。其中的文字多是淡淡的叙述,却充盈着丰沛的诗意和饱满的情愫,流动着真实的生命体验和生存感知。

——陈彦(中国作家协会副主席、书记处书记,著名作家,茅盾文学奖获得者)

一个称职的作家,总会在作品中袒露出自己的灵魂;一部优秀的作品,总会鉴照出作家本真的自我。牛钟顺先生和他的文集《云影泽畔》,就是这样的作家和作品。

——李洱(北京大学教授,著名作家,茅盾文学奖获得者)

孙犁先生说过,彩云流散了,留在记忆里仍是彩云;莺歌远去了,留在耳边还是莺歌。我从《云影泽畔》的眼瞳深处,看到的是一些别处所没有的东西。即使在萧条的枝头上,也能听到花开的声音。

——侯健飞(中国人民解放军国防大学教授,著名作家,鲁迅文学奖获得者)

序

像早晨一样清白

李一鸣

淡泊、沉静，是钟顺先生给我的第一印象。

23年前的那个春天，钟顺先生由潍坊到滨州就任医学院副院长。报到那天，在兴高采烈的人群里，一位身着灰色休闲西服的中年人，浓眉蚕卧，眼眸低垂，如一泓静水，兀自深沉。热烈为他，喧闹因他，而这场面于他似乎全不相干，本是主角，肯让人先，那淡定淡泊，是禀赋使然，还是得自经年修炼？

后来，我们成了朋友。他居院长之尊，却宽柔之至。我们谈哲学、文学、历史、艺术，也交流人生感悟，臧否天下人物。兴之所至，我激昂慷慨，眉飞色舞，而先生则神情玄定，泰然安然。然而，仅仅不到两年，他即还于故里，那里有他年迈的父母，有每日期待的妻子，还有稚子——那轻揑如小鹿的少年！

岁月如流。我几经辗转，由滨州而烟台，居于京华也已十年矣。滨州一别,与先生见过三面,无奈行色匆匆,不能畅叙深谈。时光最是可恨,单向而过,昔景不返。唯可欣慰者,友谊在,深情在,文心在焉!

不时读到先生的文章,那文字的清丽,情感的蕴藉,哲学的追问,令人感怀。

如果人生以季节论,自有其春夏秋冬,先生退休后,步入人生的秋天,也进入文学收获的季节。仅仅几年的时间,他就又写下20余万字,组成这部厚厚的文集。这些文字,散见于全国文学类报刊以及权威网络媒体,印证着先生勤奋的脚步。

先生是一个读书人。遇到感兴趣的书,他就沉浸浓郁,含英咀华,写下评论文字。他的上一部文集《半亩方塘》即以书评为主。在这部文集中,书评也占了不小篇幅,《秦岭的奥秘与修为者的情怀》《鄂温克女人和希楞柱里的风声》《一盏醇美的玉液琼浆》《碧血赤心试剑锋》《如果你看到易生在笑》《新曦满目照眼明》《寻找中的救赎与回归》《张三隔壁的那位姑娘》《棉布裙》……抒发了先生的深刻的人生体验和超拔的艺术见的。

先生是一个有情怀的人。他用情用心观察身边的人和物,《故乡的原风景》《我见青山多妩媚》《西山里》《这一方土地》《最是春红夏绿时》《一朵色彩斑斓的云》《忽然一夜清香发》等篇什,描述了心中委婉深切的情感。漫步故乡河边,《万里写入襟怀间》《那是青春放光华》流过生命的轨迹。闲暇时,他也会望着一朵云或一帘雨出神,望了两天,《云有心思雨有花》就登上了"中国作家网"。

先生是一个感恩的人。《老家的梧桐树》《奶奶的蔷薇父亲的湖》《兰春、兰夏与兰秋》《塔古斯河,美不过流经我村庄的河》《四大大》《哼一曲乡居小唱》中,他对父母和祖辈的大孝及乡情乡恋,感人至深。《渠河岸边的"老牛"》,见出乡人对他有点滴之恩涌泉相报之至纯至性的赞誉与口碑。

先生是一个追求完美的人。他的文字如此隽永、如此唯美,又如此沉实、如此凝重。他的代表作《相遇在亲爱的旧时光》《你热爱的一切从紫花地丁开始》《门外有斜阳》《如歌的行板》等,不只有着纯美姣好的容颜,更有完美的身姿和沉甸甸的思想的头颅。他的文字多是淡淡的叙述,却充盈着丰沛的诗意和饱满的情愫,简洁细腻的作品溪流中,流动着真实的生命体验和生存感知。那每一个生命的瞬间,印在自由而奔放的灵魂里,如同河流走过山川,润物无声,却悄然改变。

文学贵在写我,作品最忌陈陈相因,缺乏独具的表达。先生观察生活,取法自然,乐在其中而又形成自己的语言,鲜明辨识度里蕴涵着浓郁的个人意识和独特气质,自然而然地涵容一种文化自诉和美学追求,一种精神排遣以及长长的人生喟叹。读懂他这份文字的简约浓情,方可识得其中摇曳的灵魂。他绝非匠人,而具匠心,他努力展示的,是事物内在的联系。每一物像背后,是格局的壮阔、思想的辽阔,笔笔都在雕塑人的精神。而那叙述的风神,令人想起饱满的谷穗,永远面向大地低垂着自己的头颅。

钱穆有言,无论如何,我们的心,总该有个安放之处。相传达摩东来,中国僧人慧可在达摩前,自断一臂,哀求达摩教他如何安放自己的心。慧可这一惊世之问,或是表达了人类之问。本书的这些文字,是先生,对于心的安放吗?

想起海桑的诗:

再没有人了,再没有人了,你自己来吧

时间的路上你孤独吗? 尽头是如水的寂寞

你的原初是谁,你的未来何在

你住着良心的身体都老了

你的青春你的梦想这两片花翅膀呀

已经没有春天了,头发都白了

去找个镶着云影的泽畔,你坐下来

梳理你清水中的一生吧

再问问那树梢的月亮到底是谁家的女儿

漂漂亮亮,选定在哪个日子出嫁

你呀你别再关心灵魂了,那是神明的大事
你所能做的,是些小事情
诸如热爱时间,思念母亲
静悄悄地做人,像早晨一样清白

　　钟顺先生,这诗歌穿越无垠的时间和空间,仿佛是对您心灵和文字的贴切呈现。

　　热爱时间,思念母亲,静悄悄地做人,像早晨一样清白……

　　(李一鸣,文学博士,教授,著名文学评论家、作家,中国作家协会主席团委员、办公厅主任,中国传记文学学会常务副会长。)

目录

第一章　你热爱的一切从紫花地丁开始

今晚的月亮真美。同样的话，
每年要说十二次甚至更多。
但每一次脱口而出，仍是由衷的赞美。
正是凭着这一点点敏感和健忘，
我们得以度过年复一年的悲伤和厌倦。
大地和山川多好啊，海棠和丁香又来一遍。
你热爱的一切从紫花地丁开始，到木槿做结……

——蔡方华

相遇在亲爱的旧时光

像这样细细地听,如河口
凝神倾听自己的源头
像这样深深地嗅,嗅一朵
小花,直到知觉化为乌有

像这样,在蔚蓝的空气里
溶进了无底的渴望
像这样,在床单的蔚蓝里
孩子遥望记忆的远方

像这样,莲花般的少年
默默体验血的温泉
……就像这样,与爱情相恋
就像这样,落入深渊

像这样细细地听。像这样细细地听。像这样细细地听……
第一次相遇。和这首诗第一次相遇。和《像这样细细地听》第一次相遇。

和诗人茨维塔耶娃,第一次,在这里相遇。

相遇。相遇。相遇在亲爱的旧时光。

冬日的阳光真好。

长春南湖公园的白桦林深处,一位年近六十的老者席地而坐,全神贯注地吹奏那个叫作埙的乐器。埙声响起来了,一声又一声。那埙音,从远古的半坡,经至楚河汉界,随即沉浮于唐宋风雨中。那埙音,穿越烽火狼烟的战场,回旋于高耸的古墙城门,流连于大清的月光下,最后飘入了我的耳朵。其声幽深悲凄,哀婉绵远,以至让我魂不守舍,让我泪流满面。

那呜咽之音,仿若是从遥远的山谷飘来,合着这冬日的阳光。

在古雅幽深的埙音里,我看到一幅幅灵动的画面向我走来。

你,一身如雪白衫,不染纤尘的模样,如梦如幻,站在那里,如那佛经中写得"无穷般若心自在,语默动静体自然"一般模样。一时,我竟无法直视你的美。你的肌肤如白雪,眸子如深潭,黑发如长瀑,一袭长袍裹身,体态轻盈,如落入凡间的仙女。

也许,南方的女孩子视雪为爱物,不单是因为南方的雪格外稀罕,更是因为雪的颜色,雪的纯洁。爱雪,岂止是爱,简直就是雪痴;而且,还喜欢雪花飘舞的样子,起了个笔名,唤作纷飞的雪。

雪是离云最近的吧? 云飞。云生。纷飞的雪。空中有朵雪做的云。云,在它的心魂不断涨满的时候,就会化为雪。然后,向凡间飘落,静静地、静静地飘落。

清平乐·纷飞的雪

雪花曼妙,起舞迎风笑。
江北江南飞遍了,姿态轻盈小巧。

携来宇宙清华，洁尘海角天涯。

生物焕然新色，丰年万户千家。

把林华章老师为你量身定做的诗写在这里。林华章，笔名为花木早，早在 20 世纪，就已被一些国内知名文学论坛尊为座上宾。是为证。

那日，一本装帧精美的书，载着一段字迹娟秀的文字，通过快递小哥从上海飞临我的面前："纵然时光婉转悠长，总有一种温暖常伴心田。师兄雅正。"落款是，纷飞的雪。

这，或许是一朵孤独的雪，是纷飞在旧时光里的，秘密之语。

你说，因为文学，与师兄久别重逢。《亲爱的旧时光》出版期间，师兄一直给予鼓励和关照。出版后，又在朋友圈里为我的新书做推广。我自当感恩铭记。

我说，我写了那么多的书评，我的《半亩方塘》主要就是书评文集。可是，师妹，你的这本书，我却迟疑了。因为，它太美了。每一章，每一篇，每一段，每一行文字，都能走进我的心里。如果要写，我会大段大段地摘引你的文字。因为，只有这样，也许才对得起它的美轮美奂。

你说，这些，亲爱的旧时光，只是女子，侍奉文字。

这些旧时光，如舒缓隽永的钢琴曲，自此，时时萦绕在我的心头。

这些旧时光，如山涧小溪，自此，轻轻地在我心头流淌。

这些旧时光，如一棵大树，自此，我会时时在这里栖息，在这里寻找、回味、流连、思索。

自此，一篇一篇反复地读，像要把每一句话、每一个字都喂进心里。

境，我喜欢你是寂静的。痕，我们甚至遗失了暮色。影，爱是眉间最深的那道痕。念，心是世界上最深的房间。全书共四个章节，三十篇文字，二百六十千个字符。

在这里,我看到了那个弹古筝的女子。我看到了那个弹奏《梅花三弄》的女子。我看到了那个爱弹古筝的本书作者的十六岁。她的十六岁,她的从城市被放逐到农村的十六岁,她的带着失去至亲的伤痛的十六岁,她的情窦初开和淡淡忧伤的十六岁。在那个乡间,那把竹笛陪伴着她,还有那个一往情深的白马少年云飞陪伴着她。

如果不是你,我从来都不会知道,在风光曼妙、春深似海的杭州城里,会有一个远离尘嚣的古村落,它以沉默、清宁的方式存在于都市的烟尘中。

我自己呼出的气息
回声、涟漪、切切细语、紫荆树
合欢树、树枝和藤蔓
我的呼气和吸气,我的心的跳动
血液和空气在我肺里的流动
嫩绿的树叶和干黄的树叶
在柔软的树枝摇摆着的时候
枝头的清光和暗影的嬉戏
独自一人时的快乐,或在拥挤的大街上
在田边、在小山旁所感到的快乐

我看到你取出随身带着的惠特曼的《草叶集》,看到你正在读书上的诗句。

我看到,夜色渐浓,有人结伴去河边散步。有人拿来木梯子,爬梯子去看星星。有人在月下饮茶谈话。我看到院门外的梨花树下有人影晃动。夜色下的梨花变得更为凄美,忧伤地飘落,泛着雪白雪白的光。

在读的时候,我越过了十位知名作家的联袂推荐语,越过了傅菲先生为这本书写的序——《心灵的秘境》。因为,我不想让这些成形的文字,干扰我阅读它的纯洁的心境。我要干干净净地读它,我要一尘不染地读它,我要用我自己的阅读方式去读它。当然,当我读到最后一页的时候,我又回过头来,去细嗅那十一位先生手上的玫瑰馨香。

多年后的一个冬天,是在早晨。你在一场迟来的小雪中,重读杜拉斯的小说《情人》,回忆着在十六岁的芳华里,她和大她十几岁的中国北方男人的情事。她的语言那么美,那些断裂的句子,像一次次于镜头中戛然而止的沉默,冲击着你周身的感官。

在某个飘雪的黄昏,我看到你的视线穿越层层光影,经过西贡堤岸那条充满着俗世烟火味的街市,心脏被杜拉斯的语言挤压着,揪成一团。可你,就是不愿意放开。

我看到你读杜拉斯的样子。看到你打开这本《情人》,走进杜拉斯用语言和激情筑造的往事中。如此,仿佛每一个读它的人,似乎都成了故事中的某个人物。在西贡的烛光餐厅与她共进晚餐,在堤岸的街市和她擦肩而过,又在街角的咖啡馆与她相遇。在特鲁维尔海边公寓的客厅里,在充满着酒精味和烟雾的空气中,我们听她唠叨着她的中国北方情人。她的声音像是在低吟,又像是狂卷的北风,将我们推入她的长夜里,在她的故事里,在她的情爱中沦陷,一次又一次。

云飞说,妮子,你回上海后,还会弹古筝吗?

你说,不会。家里的那架古筝已经沾满了灰尘,琴弦也断了好几根,你不会再去弹了。

你问，云飞，你的笛子吹得那么好，不知以后还能不能再听你吹那曲《云追月》。

云飞勉强挤出一点笑容，说，当然会，以后暑假，你再回来，我吹给你听。

你离开的那个早晨，站台上不见云飞的身影。等到火车开动，当哐当哐当的轰鸣声响起，你看到他站在那里，向你招手。

那个村庄，那处祖屋，那些旧书，还有好友云飞，还有堂兄云生，一次次地出现在不同的场景里。

你把头靠在云生的肩上，望着夜空隐约稀疏的星星。问，哥，等我老了，我能不能回来小住？

云生说，好啊，哥给你收拾好，你随时都可以回来住，住多久都行。

听了云生的话，你突然不可抑制地想念起那些遗失在往事中的美好来。祖父母活着的时候，父亲活着的时候，绿房子活着的时候，结香树结香花活着的时候，院子里的秋千活着的时候，那片河塘那片田野活着的时候……

年少的你曾固执地相信，世间所有美好的人都不会离开，所有美好的事物都永远不会消失。

淡淡的香气弥漫了整个书房。我深深地呼吸，长久地回味。一朵莲花伸着长长的茎，镶嵌在这个精美的木质容器里。那炷香，那炷细细的香，就是从这里取出的。是谁说，焚香时适合读书。或者说，读书时应该焚香。由此，只有这炷精美的香，才能够，才能够配得上这本书。

站在贝加尔湖畔，听着水声，你知道那是一座不属于你自己的水岸。你迷失在这杂乱无章的水域里，没有来路，也找不到去路。

懂一个人不难，只是需要一点时间，需要一点距离。

懂一片湖,其实也不难,在有限的时间里,无限次地靠近。

贝加尔湖,在它涌动的暗潮里,可会留下你这一段忧伤的心事?

只因为,你听了那首,听了李健的那首《贝加尔湖畔》。

有个女子,这一生,只能以一种花的姿态盛开,以一种花的姿态凋零。那个多雾的早晨,灰白的格调,铺陈出一片如雪的银光。她用一个苍凉的手势,缓缓衍生出一个清瘦的世界。

别哭。别哭。爱从这里开始,也在这里结束。

还有个女子,名唤烟儿,生活在战火纷飞的南北朝时期。虽是平常人家的女儿,却也是精通琴棋书画,贤淑温良。朗朗风中,他与她对坐,听她弹奏一曲古琴,琴声淙淙,情义幽幽。如此才子佳人,真是羡煞旁人。

她不求荣华富贵,只求愿得一人心,白首不相离。

他不求三妻四妾,只愿与她举案齐眉,共度此生。

那沙沙的声响,是书页的走动。每一个句子都韵味深长。我深深地呼吸,让它在我的胸中鼓荡。

中了毒,常人往往会这样理解,就是将有毒的食物,吃到了肚子里。其实不然,尘世的爱,也常令人中毒。就像金庸笔下的赤练仙子李莫愁,年少时遇见陆展元便坠入爱河,痴痴爱过,继而又匆匆失去,她就是中了爱的毒。此后,她心里的恨,手中的狠,都是因为中了毒。她被推入绝情谷底的情花林中,中了已是无药可解的情花毒。这个与爱纠缠了一生的女子,最后只落了个葬身火窟,身心俱焚,凄然地死去。

老天只给了他们三年的时光去拥围幸福。姑娘被安葬在北方老家的山冈后,每一年的祭日,清明,你的舅父,他,都要去看她,带着一袋子干枯的向日葵,带着姑娘的照片,带着他越来越离不了的酒。书院镇的葵花林少了姑娘的身影,春天也变得暗淡。你的舅父,一生未娶。

姑娘出殡时,外公将她最爱读的一本《红楼梦》放进了她的墓地里。在她活着的时候,你还不懂她为何对《红楼梦》情有独钟。后来长大了,当你把这部名著读得滚瓜烂熟时,才真切地发现,她一定是从《红楼梦》的人物中,看到了与自己人生相似的某些片段,所以才会那么入迷。

在读它的时候,我想起了小时候的过年。有了好吃的东西,不舍得一次吃完,要留下来慢慢地去品尝。所以,读完前几篇以后,我便强迫自己每天只读其中的一篇,最多两篇,让那份馨香与静谧长久地留在心间。

你说,前世的前世,你就是那只其貌不扬的牡蛎吧,日日盼望着有一枚贝壳,让你藏身,许你一生的安然与静好。旧书,以它沉默的方式,陪你沉浸在无数个黑夜里。你喜欢在夜深人静之时,重读它们,去回味它们的气息,想一想在旧年旧月的某一日和它们怦然心动的相遇。

这些愉悦,来自内心的隐秘之处。你说你之所以去重读,是因为它们在你的记忆里停留的时间太长了,你需要用阅读去修复、巩固和它们之间的联系。更是因为那个时候,它们暗合了你的某种情愫。往昔岁月里,每一次的重读,都延续了精神上的欢愉。每一次的相逢,都预告了下一次的再见。

我们回不去的似水年华,旧书可以为我们承载。我们到不了的远方,旧书可以替我们奔赴。许是,只有旧书才配得上"永恒"这个词语。等过了深秋又等过了寒冬,等到一切变得沉重,我们才束手无策地看着年华如水般流走。我,也喜欢旧书。

在幽冷的雪夜，不要说话，静静地听。要相信，书中自有回音，如一曲笛声，从开满白色蔷薇的地方传来。

我看到那个晚上，你的父亲还要吊好多瓶水。大姨拗不过你，只好回祖母家休息。你和三叔在医院里陪着父亲。那晚的月儿特别圆，你把头轻轻地靠在父亲的胸前，听到了父亲的心跳声。你们父女俩一起望着窗外的月亮和隐隐闪动的星星。父亲为你轻声哼着儿时哼过的歌谣，用手拍着你的背，你，很快进入了梦境。

还有那些树，终究是不在了，而树的灵魂依然存在，在故乡的土地上，它们始终选择与你祖父祖母的情同在。心一旦回归了，就会选择寻找，只要寻找就会如愿。由此，在你转身离开墓地的那一刻，你听见云生说，妹妹，明年的清明，你若回来，我一定会让你看到那些树、那些花。

我看到那分列两边的书页，一边由薄变厚，一边由厚变薄，心中竟有了一些不舍：不舍得变薄的一边越来越薄，最后只剩下了薄薄的一张。一丝惆怅化作水珠滴落在心底。我愿意它们像整齐的队伍一样，像我小时候从课文里读到的一样，前面看不见队伍的头，后面看不见队伍的尾，永远走不出我的视线。

你说，文字也是一件毒物。只不过是，文字的毒，是有着漫长的潜伏期，它往往会在你不曾觉察时，从你的眼，钻入你的大脑，然后悄无声息地潜伏在你的心里。

所以，中了文字毒的人，不至于癫狂，也不会去伤害他人。其实，并非所有写字的人，都能中了文字的毒，那是因为这些人的心中，对文字还不够虔诚不够敬畏，从而让文字蒙尘。多数中了文字毒的人，会如那素颜清修的尼姑一般，常伴青灯，手持经书，在清冷的庙宇中供奉着文字，淡然从容，心境澄明。

你说，中了蜜的人，是幸福的人。不管他们在途中经历了多少磨难，终将还是能等来自己心心念念盼着的那个人。就像《神雕侠侣》古墓派传人小龙女，为保杨过十六年的周全，在石碑上留下一封绝笔书，跳入山崖。此后，她在断肠崖深谷里，远离尘嚣，清心寡居养蜂食蜜。冰雪聪明的她在玉峰上刺字，等了十六年，终是等来了杨过。像你一样，那小龙女自然也是中了蜜的人。十六年，小龙女在深谷，日日与蜂相伴。那些蜜，让她体态轻盈，容貌不改，依然是冰肌雪颜，仿若天仙。

你喜欢木心，你在书中一次一次地引用木心的诗。

你这样吹过
清凉，柔和
再吹过来的
我知道不是你了

作家史铁生在他的《病隙随笔》里，多次提到"心魂"的字眼。"写作不是模仿激情的舞台，而是探访心魂的黑夜。"而你，就特别喜欢"心魂"这个说法，因为这也是你一直追求的境界。它让写作不只是流于虚假的表面，而是去触及心魂，触及漫漫长夜里涌动的生命元素。

你说你不知道，当某一天，这本书带着旧时光的气息，带着雪的温度落在读者的掌心，当他或她的手指轻触书页，当他或她的眼睛与书中的某段文字相遇，他或她会不会一直读到这本书的后记？
你曾设想，在后记这一部分留白，但最后还是决定写点什么。你想告诉你的读者,告诉你亲爱的朋友,你是如何将期盼的目光投向他们。告诉他们,我们将在旧时光中久别重逢。告诉他们,为了迎接这一天的到来,你已经等了很久。

记得有位大家谈论画的创作,说了一句非常经典的话:画画要在似与不似之间。太似媚俗,不似欺世。由此,我就想说,这段话也适合你的这本书,既不媚俗,也不欺世。唯美,是这本书的鲜明特点。一个"情"字,贯穿全书。将眼睛放在这本书的上面,就仿若是在深山里面,突然听到高山流水的那种声音,灵魂为之一振,随之惊为天籁。

所以,朋友,如果你细细品味这本书的细腻悠长,笔简意远,你一定会记住纷飞的雪。你一定会记住徐珏,一定会记住那没有一丝云翳的徐珏,一定会记住那笔墨婉转素雅的几乎透明的徐珏。

我也深深地相信,徐珏的这本书,一定会带给你,带给你春风拂面般的舒朗。

最是春红夏绿时

声声慢

昨日一场细雨如酥，今夜一场金风驾临。金风玉露一相逢，就诞生了漫天的雪花飞舞。说什么胜却人间无数，进入牛年不到二十天的时间里，已有两场春雪亲吻这经过一个冬天熬煎的土地，难得少见，何似人间。就是人间，胜似人间。

春天的脚步近了。已在春天里，只是乍暖还寒而已。所以应该这样说，春天的脚步愈来愈铿锵有力了。迎春花开了，其他的花受到撩拨亦都春心荡漾、蠢蠢欲动了。往往，花的繁盛标志着春深。

21世纪的第21年，已经过去了1/6，好快啊。这世间，大约除了知道夕阳短的老牛之外，不用扬鞭自奋蹄的，也许就只有时间了。说是时间是公正的，可每个人对时间的感知并不一样。按照爱因斯坦的相对论，与心爱的姑娘牵手散步，一小时就像一分钟似的；将谁放在火上烤，一分钟就像一天似的。看来快乐的日子不经混儿，还是快乐与痛苦交替进行或者混杂一起，感觉才会更长久一些。当然，向往快乐躲避痛苦是人之天性，更是人们的美好祈愿。

林清玄说，什么是浪漫？浪费时间慢慢吃饭，浪费时间慢慢走，浪费时间慢慢喝茶……这些都是浪漫。浪漫其实就是创造一种时空、一种感受、一种向往、一种理想,在你的世俗土地上开出一朵玫瑰花。即便是被世俗捆绑,即便是处于人生低谷,也要时刻保持浪漫精神。

进入 3 月,离着人间四月天只有一步之遥了。人间四月天才是通常说的阳春三月吧。阳春白雪,白雪阳春。白雪正皑皑,阳春当不远。为此,在这最难将息的乍暖还寒时,何不学学易安居士,弄他个三杯两盏淡酒,在这声声慢里去品味浪漫,去寻找和回忆那雁过也正伤心却是旧时相识……

四月天

柳丝撩人,花儿醉人。这是四月的心事吗?

在这四月天里。

水边,路边,楼房边,村舍边,许许多多地方,自打进入四月始,就在打一场美好仗,准确地说,是在害一场花柳疾。而且这"疾"的传染性极强,几近无药可治。于是就使得那些动了真性情的花痴和准花痴们,不时缠绵出一阵紧似一阵不顾一切的相思。

四月般般好,唯难忘相思。

泥土的记忆真好。人还容易遗忘,可泥土不会。只要到了时候,就该干吗干吗,一样也不会落下。

泥土承载的四月真是多情的季节。不管结不结果,先绽开了再说,先烂漫着再说。一拨一拨的,争先恐后。

植物的花开在明处,而动物的花却往往珠胎暗结。植物的花开早已排好了顺序,而动物的花开却往往杂乱无章。

有些动物,譬如进化到能直立行走者,花开时还羞于见人,尚需用软软的纤维和硬硬的钢筋水泥来掩掩遮遮。

不过,蔷薇花还没开呢。那是五月的事。

蔷薇花开了又若何。只可远观,不可近瞧,而且是只开花不怎么结果的谎花。

即便全是谎花，也是春天和泥土的馈赠呀，为啥，就一定要结出果实呢。

可是，四月天在哪里？

四月天嘛，在这里——进入四月，四月天自然就到了。

对于它，人们仿佛总是理屈词穷，总是直接拿其本身说事，一句"人间四月天"，仿佛就道尽了天下所有的故事。

想来，无非就是一个"暖"字，无论动物植物，众心向"暖"，三月里的"蠢蠢欲动"，四月里就是"肆意妄为"了。那些仿佛老去的沉沉睡意，在四月天基本醒了。

所有有生命力的东西都奔着"暖"而来，即便天气不明媚，一如进入四月的那头一天，也是温柔的，是清新、婉约的。

如此，聆听花开的声音，感受生命的色彩，当是四月天里要做的正事吧。

还有那第一声春雷，也如婴儿的第一声啼哭，让人欣慰，甚至是惊喜。

在人间四月天的四月中间分割线，不早也不晚。原来春雷也恋上这人间四月天，挺会选时间的。

第一次的春雷声声，伴随着润如酥的春雨沙沙，像极了婴儿的初始学步和牙牙学语，像极了树上鸟儿叽叽喳喳的琴瑟和鸣，不用听，不用看，想想都是，惬意满满。

春雷响处，把个四月的心事，鼓荡的，如那涨满的风帆。

谷雨雨

春天是个浪漫的季节。

天浪漫着，地浪漫着，一切该浪漫的、会浪漫的都在浪漫着。

一如歌德笔下多情的少年，一如歌德笔下怀春的少女。

那树，那花。那绿，那红。那五颜六色，那太阳下面的所有生物。

天也会浪漫吗？ 会啊，春雨啊。

只有春雨如酥啊，不似夏雨湍湍，不似秋雨绵绵，更不似冬雨像个不懂规矩的孩子，弄得人心里干冷干冷。

它的样子，在李白笔下如此这般：云青青兮欲雨，水澹澹兮生烟。

尤其是，谷雨的雨。

乡人说，老天爷真好，知道麦子要拔节了，就来了场雨。雨中，雨后，去麦地里听听，会听到咔嚓咔嚓的声音呢。

麦子，麦子。谁说农人不懂浪漫，这才是最接地气，也是至高的浪漫啊。

就将头颅摆向窗外，雨，还在下。

复将头颅摆向微信朋友圈，见铃兰和辉姑娘，正各自在一条河的河边，彳亍而行。

在这春雨如酥的时候。

一如如酥春雨，一如雨后麦子拔节，这当然也是一件，够浪漫的事。

想来应该是打着伞。如果没有撑伞，直接让这霏霏细雨，洒上脸，洒上身，那会是另有的惬意呢。应该是彳亍而行，应该是漫步吧，从她们所发的朋友圈感觉到，当是一副怡然自得的神情。各自九张图，正好填满九宫格：雨中的树，雨中的花；雨中的河，雨中的岸；雨中的小径，雨中的亭阁。

这条河，应该是虞河。细雨的滋润，应该使它，愈加如虞美人般美丽了。

只是没有人。想想也是，谁会在雨中"闲"溜达呢。如果她们两个正巧碰上，彼此各拍一张照片，或者一起拍一张照片，放在九宫格里，那就会更加生动了。

所以啊，这时候能去溜达的，不是因为闲得无聊，而是因为，"情怀"二字吧。只有有情怀的人，才配得上这有情怀的雨中即景，才能写出她们两人刚刚合著的那本书中，那么美丽的文字。

铃兰说，轻柔，酥润。这雨下得叫人好生欢喜。

辉姑娘说，常在河边走，细雨湿了鞋。

于是就想起了那把油纸伞，想起了戴望舒先生，想起了先生写于 20 世

纪 20 年代的,那首著名的《雨巷》:

撑着油纸伞,独自
彷徨在悠长,悠长
又寂寥的雨巷,
我希望逢着
一个丁香一样地
结着愁怨的姑娘。
……

青纱帐

小满了,绿肥红瘦渐成气候,麦子也长全身子了,开始憋足了劲地灌浆。再过上半月二十天的,小麦就该收割了。

这时候的麦地里,会有鸟儿在做生蛋的窝。麦灌浆,鸟生蛋,大自然的造化,就是这么的有意思。

过去用镰刀收麦时,小麦裸露成麦茬后,那些精制的鸟窝就会显露出来。里面有的空空如也,有的会有几只带着花纹的鸟蛋。这有鸟蛋的都是些不赶趟的鸟儿,那些赶趟的,小鸟儿早就孵化出来了,哪会等到这天然庇护所失去的一天。在麦地里做窝的,多是一种被称为"阿拉子"的鸟儿。乡亲们一直都是这么叫着,从没问过它的学名叫什么。

小麦上场后,比麦子高的青纱帐就该起来了。青纱帐绝对比那些裸露出蛋的鸟儿灵透,绝对是赶趟的。先是矮的,再半高不矮的,最后是高的,一茬压着一茬。大自然的造化在那儿盯着,哪能随便就给乱了节奏。

鸟儿不会选择青纱帐做窝,只会选择长全了身子而又未收割的麦子。想那鸟儿的想法,青纱帐多么高大的动物都可以在里面容身,与它们为伍总是不安全;还有青纱帐里不见阳光,整天阴沉沉的,能捉食的飞虫爬虫也少,不利于自身和下一代的生长。而麦田就不同了，正好避免了青纱帐的所有弱点，最适合自己安乐窝的搭建。

想起了小时候的青纱帐——望不着顶，看不到边，一百杆子也捅不透。"青杆子"气儿溢满了鼻腔，风沙沙响着，那是那些长长的剑状叶片，受到鼓动发出的声音。

站在青纱帐边上，鲜有不想进去钻一钻的，仿佛青纱帐里隐藏着一些青纱帐外见不到的东西。两只手往两边分，猫着身子，眯着眼睛缩着头，一棵一棵高秆植物，就不情愿地东倒西歪。

青纱帐最适合一个"躲"字。那莫言的红高粱，余占鳌与九儿的第一次，就是在青纱帐里。那位铆足了劲的男人，手脚并用，弄倒了一大片高粱秸秆。学着鸟儿做窝生蛋样儿，青天当被，秸秆当床，如此这般羽化成仙，从而诞下了那个被称为"野种"的孩子。余占鳌领着乡亲们打鬼子，也是利用青纱帐打那些入侵的东洋人的埋伏。

> 身边的那片田野啊，
> 手边的枣花香。
> 高粱熟来红满天，
> 九儿我送你去远方。

为啥不是桃花香？为啥不是梨花香？为啥不是杏花香？偏偏是那枣花香？一个"身边"，一个"手边"，其间的细微差别，是无法言说之奥妙无穷呢。所以啊，只有枣花香，放在这儿才最为熨帖。

青纱帐最适合白天"躲"。小时候藏猫猫，都是夜晚，用不着青纱帐，而且也够不着。青纱帐都是在村外，那不是晚上小孩儿敢去的地方。最喜欢生产队里的瓜田，周围能够有玉米或高粱形成的一道屏障，就使得偷瓜时候多了九分的把握。

一年回老家听乡邻说，一次在村北的青纱帐里，发现了一辆崭新的自行车，是那个谁谁谁扔在里面的。不是故意穷大方，是在做余占鳌和九儿的事情时，没有这两个人的野合之幸，而做了狼狈逃窜状而无法带走的。想来这让他们抱头鼠窜的，可比让裸露出鸟蛋的镰刀更狠呢。据说，在当下的乡村，这样的事儿已是司空见惯。这好像不应怨司空见惯的青纱帐，更不能怨天尤人，要怨就怨那些在麦田里做窝的鸟儿去吧。

　　未收割的麦田，应是鸟儿的青纱帐。可更为高大的双足动物，只会把生长在田野里更为高大的作物作为青纱帐。那密密麻麻，那厚不透风，适合将一些东西隐藏。要不，青纱帐在那些更为高大且直立行走的双足面前，除了收获它的果实外，还有啥意义呢。

你热爱的一切从紫花地丁开始

生长紫花地丁的地方

今晚的月亮真美。同样的话，

每年要说十二次甚至更多。

但每一次脱口而出，仍是由衷的赞美。

正是凭着这一点点敏感和健忘，

我们得以度过年复一年的悲伤和厌倦。

大地和山川多好啊，海棠和丁香又来一遍。

你热爱的一切从紫花地丁开始，到木槿做结……

　　腊月说她喜欢蔡芳华的这首诗，说不出的美轮美奂，隽永清婉。不知道除去美好的诗意，是否还因为月亮和紫花地丁触动了她。腊月的月亮是"洗去了铅华的太阳"，从月生到月没，从月圆到月缺，她发在朋友圈的一个个月亮都露着"素净恬淡的脸庞"。我是对植物不敏感的人，但海棠、丁香和木槿还是知道的，城市里到处都能见。唯独紫花地丁让我好奇，腊月文章里不止一次写到过它。查看图片恍然得知，这竟是从前家乡土地上多么熟悉的身影：紫花地丁——旷野上安静而孤单生长开放的小花。许是对阳光格外敏锐,春寒料峭里就已悄悄绽放。

腊月格外喜欢紫花地丁,其实她也颇像这种小小的植物,不甚起眼却旖旎在鲜活里,鲜活在这山高水长的尘世里,守着灯火阑珊处的温暖和柴米油盐中的充实,用尽所有深情,走过一个又一个春夏秋冬。腊月是乡土作家,准确地说是本土作家,可她从不承认自己是作家,也不喜欢别人这样介绍她。她从来没有刻意去追求过写作,她说是一些无形的感觉化成了字,在心里凝结聚集膨胀,然后迫使她释放出来,她的文章仅此而已。这个半生行走在田地里的女子,家乡的黄土和风沙几十年都没有磨粗她灵魂里的敏感和细腻。她爱着这片土地和土地上的人们,她的心里装得下"它"和他们。

装得下的"它"和他们,是乡愁呢。他乡有病,故乡是药。故乡,是生长真正紫花地丁的地方。运粮河畔,北洼地边,到处都有紫花地丁的身影在闪。其香熏染过的每一片土地,每一条河流,每一棵树,每一个曾经熟悉的面孔,都已化身为它,从苗至根,皆已成药。它们时时刻刻,都在疗治着一颗颗从这里走出去的,或落寞或浮躁的游子的心。而乡愁里暮年的老女人,岁月便是眼前这一膛灶火,蒸煮了一锅又一锅好喝抑或难咽的生命粥饭。一把一把的日子塞进这膛灶火里,干的、湿的,都在这"呼哒——呼哒——"的风箱声里燃成灰烬,变成过往。

如此,凡尘中的一切,没有什么可以逃脱,乡愁就成了清明时的扫墓,成了淡淡忧伤中的一丝温暖罢了。那些逝去的族人和乡亲,都静静聚在了这片土地里。墓地里大大小小的柳树蔚然成荫。一座座土筑的坟头间,野麦子泼辣辣长着,竟都挂了沉甸甸的籽粒。那些如今田野里找不到了的不知名的杂草,在这里刚刚长出它们清新的身影。这里埋着的,都是过去;这里生长着的,竟然也如从前。夕阳西下,微风掸去粉红衣衫一天的浮尘,开始扯出朦胧晚纱,在离去的目光里渐渐隐去,与那丘那林,融为一片。让人顿悟:生生不息,是这世上永恒的主题。

低吟一首古老的歌谣

她天生爱雪,腊月与雪有着天然的联系,腊月天最惹眼的风景就是下雪了。

她和妹妹趴在窗台上,看窗外雪下得起劲,压井旁那棵榆树,枝丫都被雪压得低垂下来。这里,那里,不时有承受不住的雪团簌簌地坠落下来,能清晰听见它们落地的声音,绵软的,充满着温柔的诱惑。腊月雪霸道,尤其在乡村。它迅速占有整个世界,恣意地让一片连着一片的土地,一条条弯曲的村路,一排排低矮的房屋,院子里的仓囤、磨盘、堆积的柴草,变成梦幻的童话世界。这是种不容置疑让人爱上的霸道,温柔而执着。

窗外只有雪。那些平日里聒噪的小麻雀,一只也不见了。满眼里都是羽毛样儿的、棉花样儿的、大朵儿的、小朵儿的雪在舞动。这样的雪天里,爷爷昏暗的屋子里最闪亮的,就是养在粗陶碗里的那株水仙。木格子窗户平日里透过的阳光就少,水仙的叶都是玉一样的淡黄绿,几根花茎亭亭地站着,花儿的脸都齐齐执拗地朝向窗口。爷爷把它们挪到窗台,幽香的花儿和他一起从卷起的几格窗纸下看向外面的雪。窗户纸上时常有雪花碰撞出的湿点,斜飞过的雪划火柴一样在上面擦过,留下轻微却是清晰的撩拨声。

家乡的腊月雪,和着木格窗户内爷爷那株水仙,裙裾飞扬时,水仙花茎上那待绽的蓓蕾,许是亦正载着当值青春年少的无尽遐想,在翩翩起舞呢。而这世上的女子,哪一个这一生不做些风花雪月的梦啊。只是腊月的风花雪月不是凭空的幻想,那是些现实中触摸到的柔软。柔软的春天花事从杏花开始,零星的李子花陪着,一样的粉粉淡淡,柔和温馨;墙外门前的樱桃花是村子的语言,一开口就是琐碎一片。不知不觉,夏天就到了。大雨开始浇下满园的葱茏,草儿恣意膨胀着身躯。夏季的植物园被丰润的绿意裹得凉爽而舒适。割草时草丛里突然窜出只野兔,必会惹得一群孩子扔了镰刀跟着狂奔。蝴蝶和蚂蚱都仓皇地闪开,把世界让给了那一群飞一样的身影。野兔是追不到的,可是又怎么能不追呢?那风鼓起衣服、扯着头皮、刷着耳朵的感觉,有多爽。长大以后,再没有体会过那种奔跑的轻盈。

蝉鸣声起,蝉鸣声落。夏天的脚步匆匆而过,秋天开始从容上阵。仿佛布谷鸟的声音刚在这片土地上空飘过,大雁却已开始了迁徙的集合,那苍劲的嘎嘎声带着高空的风响,听起来那么有力也那么决绝。只有亘古不变的蓝天上,依然坦坦荡荡飘着大朵大朵白云,让人看得热泪盈眶。掰回的玉米还没被剥完皮,黄黄白白的,摊满了院子;墙头上搭着割回晾晒的大豆;院子角落里奶奶种下的粉花子开得正盛,夜虫在花下欢快地唱着歌。它们一起在圆圆的大月亮底下,散发着各自特有的气息,合着大人们渐高的酒兴和孩子们的笑闹,把个夜晚的院子塞得满满当当。

叙利亚诗人阿多尼斯说,生命从来都不短暂,短暂的是人。生活中正是因为有了一些有生命的文字存在,人生这一出悲喜剧才显得崇高神圣一些。文字,这些承载着分量闪着靓色的文字,给了阅读者一种超然的心境,去迎接生命中每一个必然的瞬间。还有它们,如此刻眼前这些枯去的冬草怀里重生的绿影,这些经过了无数酷寒黑暗的地黄和苦菜,这些迎着阳光的小小紫花地丁。都在风里摇曳着微微的生命的波光,默然坚守着家乡的土地,等候着千年时光里,一份相遇相通叩开心扉的美好。

腊月称自己是一个行走在泥土地上、从没刻意想过要写作的人,中年时忽然提笔,只是因为一份想要表达的感觉。没有被培植和修整呵护过的紫花地丁,只是在默默接受天地日月的精华后,自然开出了不惊不艳却依然精致的小花。紫花地丁和腊月,有着未经雕琢、水到渠成的自然共性。

落笔,即是花开的声音。往昔的烟云在她心底徘徊,笔尖的每一次风舞轻扬,都是一次不由分说,都如悱恻缠绵的梦境一般。有种声音总是遥遥地呢喃在耳边,少时的她辨不清它们来自何方,长大的她听不懂它们在讲述着什么。浯河,渠河,运粮河,洪沟河,这些生长着紫花地丁的地方,这些浸润了她所有岁月的家乡的水流里,这么多年,一直在低吟着一首古老的歌谣。

被她歌谣唤回的孩子

一行人，一行被她的歌谣唤回的她的孩子，在生机尚未完全打开的清明时分，试图循着那歌谣里传递的信息，来抚摸她被风吹日晒的旧衣衫，来亲吻她松动了牙床的干瘪的唇。这一行人里，有"哥哥"，有"舅舅"，这不是攀亲趋势。踏上这片土地，没有厅官"牛书记"，没有"当代徐霞客"，只有父亲故友的儿子、母亲同族的兄长。这样岂不是更能感觉到这方水土的绵延情怀——土冢没有任何的标记，丛丛荆棘底下，茵陈和艾草正长得青嫩，冬天的茅草还直立着干枯的叶子夹杂其中。

有人说文学作品最忌陈陈相因与人雷同，缺乏自己的视角。而腊月，观察生活，取法自然，乐在其中而又形成自己的语言，鲜明辨识度里蕴涵着浓郁的个人意识和独特气质。字里行间，打动人心，融入情怀，自然而然带着一种文化自诉和美学追求，一种精神排遣以及长长的人生喟叹。读懂她这份文字的简约浓情，方可识得这中间摇曳的文字灵魂。

腊月笔下这座"荆棘丛生的土冢"，就是传说于当地的"英台坟"。没有人不知道梁山伯与祝英台这一流传千古的故事，小提琴曲《梁祝》更是入驻了世界顶级乐典。这座无从考证是否真的埋葬了英台的土冢，只有渠河两岸几个村子里的乡民知道，牛哥便是其中一个。他的童年和少年时期，村子的西北岭是一片成长与劳作的阵地。锄禾驻足间，就会有人手指千米外遥对着的那个圆丘:看那英台坟!

所谓一方水土养一方人，我们理解得往往过于狭窄。这个"养"应不止在物质层面，更是在文化层面。所以腊月的文字，往往不从物像入手，不为形而形，闲致荒远，虚静空灵，精神皆自意中生。腊月不是匠人，但却独具匠心，她努力展示的，往往是事物内在的东西。通过对眼中物像的审视，几乎每段文字都有创新展现，都有格局壮阔，都有一笔写精神，就像饱满的谷穗，永远面向大地低垂着自己的头颅。

渠河岸那边就是祝家庄,再往东走去,就是梁祝"同窗共读两无猜"的地方:都吉台,曾经的小京都如今已俨然是个颇具特色的民俗旅游村了。沿渠河南岸再继续走几里地是梁山屯,只是屯子里早没了山伯的信息。渠河北岸,英台坟往北通向马家庄,是祝老员外当年为女儿许配的夫婿家。也许那个后来化为美丽蝴蝶的女子,于这片土地上的乡亲,就是一个邻家妹妹一样的存在。他们一辈辈与这些村子和故事和谐相处着,平淡而安然。如今世上纷争的申遗没有影响到这里,家乡淳朴的人们不关心这些。毕竟这里,那美好的理想已化蝶而去,只留了一个孤独的土堆守望着不变的现实。

想起了那位淳朴慈祥的苑叔,那位居住在我家西院角房里的驻村工作队员。想起了扎着羊角辫儿的他的女儿,那位将双足从大梁底下伸过而拼命蹬着自行车的小姑娘。我将这位小姑娘和眼前的腊月联系起来——她长大了。岂止是长大,早已为人妻为人母,已经到了知天命之年。由此看来,生命真是奇妙的东西,如果要寻找他们爷儿俩这段路程的踪迹,抑或我离开家乡后由青及壮及老的印痕,真的是很难找到。所以吉野弘就说,生命可能是无法以自身之力成功地完满,生命本质上便怀有重要匮乏,并因他者存在而完满。好比花,就算将雄蕊与雌蕊聚集,也不足够,仍需昆虫与微风造访。我们既是匮乏本身,也是被播撒的种子,我们可能是向盛开的花慢飞的马蝇,也可能是吹拂马蝇的微风。

腊月在寻找,腊月把目光漫过西北岭的方向。脚下的土冢于她,是漫长陌生后邂逅的一段熟悉。她第一次踏足这里,它就载她回望到父亲曾经的一段岁月。她知道西北岭处的那些贫瘠的地块,曾经是一片连着一片的棉花田,那里面,自然少不了作为驻村棉花技术员的她的父亲的身影。她用视线撩开层层光阴的帘子,看了又看。她想她能看到,一个比现在的她年轻得多的、满怀理想充满希望的男人,正行走在渠河岸边的土地上。那是她的父亲,他正值盛年。

你热爱的一切从紫花地丁开始

春寒料峭里,野地里那些小小的紫花地丁,早早就开始传递着一些田野的信息。它们给人们带来了美好生活的期盼,也让人们在春芽绽放中,感受到人与自然共同生命能量的迸发。无疑,腊月的文字是优美的。唯美,是腊月文字的一个鲜明特点。之所以那么多的朋友能够喜欢她的文字,也许原因就在于此。她的这些优美文字,并不只是表面华丽,而是有完美身躯和沉甸甸思想头颅,以致会思考,会跳跃,会与你交流情感。

"但觉高歌有鬼神",杜甫在《醉时歌——赠广文馆博士郑虔》中的这句诗,至今依然是文字书写者追求的境界。因为文学从来不是单纯的文字组合,而是社会良知的艺术体现。由此,腊月的文字,更多的是她在与自然的实景感受中,获得的视觉和心灵的相谋,从而找到了她想表达的思想,乃至她对文字的感知。所以她的这个"神"性应是来自生活。也许,正是因为她懂得了生活的不易,她才如此热爱和歌唱生活。因为一个人心里在想什么,敬畏什么,都会体现在行为上。这也印证了西亚多尊者的话:一个人一定要时刻都对正在做的事情真诚,否则不可能尊重正在做的事情,或尊重你自己。而没有这份尊重,你的作为不会是喜乐、满足和有成果的。一个人所说的语言、身体的行为,实际上都是心灵的外现。有什么样的心灵,就会有什么样的语言和行为。

腊月周围的朋友,俱感慨于她的勤奋与不懈。而这些不足以成为能生化出一篇又一篇优美文字的原因所在。也许,天生的敏锐,生活磨炼出的坚韧,还有对文字的那份忘我,才成就了家乡的腊月吧。腊月已写下了数十万字,这些文字,哪个刊物愿意刊登就刊登,哪个网络媒体愿意推发就推发。不刊登不推发也没关系,就让它悄然待在那儿,她更喜欢的是享受写的快乐。当然,这些活色生香的文字,长出来了就不会再消失,一如那紫花地丁,年年都会在那儿开花。一如紫花地丁在阡陌里敞开胸怀,拥抱这片广袤的土地。

腊月的文字不会给你扑面的浓艳，淡淡的描述给你留足放飞思绪的空间。只有在这个纬度上，你才能深刻感知这些优美的文字，感知那些平时慢慢悠悠按照顺序发生的事，压缩成每一个生命瞬间的踏实感。感知那些留在自由而奔放的灵魂里，如同河流留给山川的，润物细无声的悄然改变。

　　只是，如今跻身家乡小城耽于生计的忙碌，腊月的早晨总是距离天亮还远，尤其是在冬日里。但她一直乐观地走在路上。倘若足够幸运，腊月在路上会遇到雪。斜飞的雪、飘舞的雪在她眼前划出点点白色的闪亮。雪花的舞蹈里没有华丽和喧嚣，它在黑暗的晨色中静静地旋转着身体，舞得专注、内敛而热烈。雪花触碰着她的额头，亲吻着她的嘴巴。她在雪花的舞蹈里听见了自己的心跳。雪花，是早晨的天空为她开出的花。

　　这雪也一次又一次融化进家乡土地的梦里，紫花地丁感觉到了大地春天的气息，一次又一次，在黑暗和寒冷里静静积蓄，悄然萌发……

我见青山多妩媚

《诗经》生长的地方，最适合生命生长。

——题记

一

锣鼓响起来的时候，夜幕就降临了。这是开场前的热身锣鼓，专为吸引观众而击打的。冬天的天黑得早，可我总觉得这夜幕是被我们用锣鼓敲下来的。我所说的我们，是我们四个负责打锣鼓的人。作为舞台文场武场总指挥，鼓槌自然是被我掌握在手里的。其余的三人，一个执大锣，一个执小锣，一个执"哐叉"，随着鼓槌的起落变幻，就灵巧地打出了各种花样的铿锵作响。

生产大队的社员们，早已被这一通接一通的锣鼓声所撩拨。特别是那些半大不小的孩子，根本再也顾不上好好吃晚饭，就提溜着小板凳和马扎子跑来占埝了。有的甚至用树枝或石块划出领地，一如那美猴王用金箍棒给师傅和师弟划界一般，不过美猴王划的是个"圆"，而孩子们划的是个方形。

汽灯也早已点起来了，照得舞台上下铮明瓦亮。那个时候农村还没有电，家家户户晚上照明用的都是煤油灯。所以，汽灯就是个稀罕物，点汽灯也自然是个技术活。由此，那个专门负责点汽灯的大"男"人，还会借此收获好几个女"粉丝"呢。

农闲时节的正月天里,也正是闲着"耍"的时候。刚过完春节加上忙碌了一年的社员们,除了白天走亲访友、喝酒捞肉之外,业余时间的精神生活,就基本靠我们的演出来提供了。见用半干不湿的泥土堆积起来的舞台下面,已经黑压压地坐满了人,这些七大八小的观众们,也早已等得快耐不住性子了,我们的演出也就正式开始了。

"鸡叫三遍快明天,穿上衣服去扛锨。

为给人类做贡献,大寨田里去参战。"

表演唱《老两口争修大寨田》谢幕后,紧接着就是独幕戏《新的家法》。这一幕小戏,讲的是农村生产队粉坊的事。那时几乎每个生产队都有粉坊,在粉坊干活的,一般都是做事利索的人,不多,一般就是三四个。粉坊主要做粉皮,鲜有做粉条,粉丝直接做不了。所以这节目当属源于生活,也有较强的针对性。没有现成的脚本,是村内文艺骨干分子西顺哥,用一个昼夜写出来的。最后的压轴大戏,自然又是茂腔版《沙家浜》。只听金秀姐扮演的沙奶奶与西顺哥扮演的郭建光正在对唱:

"让你们一日三餐九碗饭,

一觉睡到日西斜。

直养得腰圆膀又扎,

一个个像座黑铁塔。"

"消灭日寇清匪霸,

驰骋江南把敌杀。

等到那家家都把红旗挂,

再来探望你革命的老妈妈。"

许是条件反射的缘故,我的肚子又开始咕噜起来。我也想一日三餐九碗饭,我也想壮得像座黑铁塔。可是自从吃了早饭以后,这都快一整天了,至今还汤水未打牙呢。不只是我,参加演出的每一个人,都是这个模样了。他们的肚子,这时恐怕都咕噜地比我还响。

这是 20 世纪的 60 年代末和 70 年代初。村里组织成立了庄户剧团,由颇有表演才华的炳祥大爷爷领头,利用冬天夜晚排练好了节目,眼巴巴地专等年后集中释放。一般是大年初一在本村演一场,然后从大年初二开始,一直到正月十五,方圆二十华里之内的村庄,基本都要去演个遍。白天先派两个人外出联系打前站,下午就带上道具和京胡、二胡以及锣鼓家什集合出发。一律靠步行前往的二三十人的队伍,看上去也是浩浩荡荡的。

点灯熬油地费了这么一大顿儿事,目的只有一个:演出完后饱餐一顿猪肉炖粉皮。就在我们演出正酣的时候,前往演出的生产大队的队干部,早已安排了三两个饭食做得好的中年妇女,和面擀单饼和烧火炖粉皮了。一等演出结束,饥肠辘辘的我们,根本顾不得洗脸卸妆,立即就开始狼吞虎咽起来。满满一大八人锅或十人锅的炖粉皮,和近一尺厚的一摞饼,不大一会儿就被风卷残云一扫而光了。几乎一天不吃饭,就为这顿炖粉皮,就为这时吃他个肚儿圆。如此这般,基本能管一天不害饥困。如此持续十几天,一日也不舍得落下。然后,盼来年。

二

就为连续半个月,天天饱餐一顿猪肉炖粉皮,目的如此简单明了,现在说起来好像很是狭隘,甚至可笑,可在那个天天琢磨怎么填饱肚皮的年代,这是最最真实的感受与想法。所以,没尝过忍饥挨饿的滋味,就很难体会"民以食为天"之说的真正内涵。

吃粉皮虽然不容易,可吃粉条就更难一些了。因为粉皮还当属家常菜,而粉条可就精细珍贵多了。那时我们吃的粉皮,一律是用地瓜作为原料的。不只是粉皮和粉条是用地瓜做的,即便是我们的日常饮食,也几乎顿顿离不了地瓜。这么说吧,每年的三百六十五天,只有三天不会直接食用地瓜:年除夕、年初一和年初二,其余的三百六十二天,不是直接食用煮、烤的地瓜,就是在食用煮地瓜干, 以及用地瓜干面做的窝窝头或者掺和着少量玉米面和高粱面摊的煎饼。

几十年前,在养活这方土地上人们的食物当中,地瓜可谓功莫大焉。虽然不少人已经厌食于它,可我对其却是百吃不厌。据传野生的地瓜起源于美洲的热带地区,是由印第安人最先人工种植成功的。又传帅哥哥伦布初见西班牙女王时,曾将从新大陆带回的地瓜呈献给这位女王陛下。史料记载我国的种植地瓜,是从明朝万历十年,也即十六世纪末叶开始的,"甫及四月,启土开掘,子母勾连,大者如臂,小者如拳"。不仅《农政全书》详细记述了地瓜的种植方式,李时珍也在《本草纲目》中写道:"南人用当米谷果餐,蒸炙皆香美。海中之人多寿,亦由不食五谷而食甘薯故也。"时钟又拨到 1995 年,美国生物学家又在地瓜中,发现其含有一种叫脱氢表雄酮(DHEA)的化学物质,这种物质可以用于预防心血管疾病、糖尿病、结肠癌以及乳腺癌等。原来,在普通民众眼里普通得不能再普通的地瓜,却是如此的神奇和伟大。

老娘时常说我是个地瓜肚子。知子莫如母,老娘说的一点儿没错。打从记事起,一直到离开家乡去城里上大学,地瓜就从来没有离开过我的视线,以至于有人戏称我们是一帮地瓜孩子,吃的是地瓜,喝的是地瓜,玩的是地瓜(用小刀将地瓜刻成各种玩具),身上长的是地瓜膘。于是我就想,有些东西,经过岁月的沉淀与洗礼,会刻在你的脸上,会刻在你的眼神,会刻在你的心灵深处。所以,地瓜也是自带光芒的。

父亲虽然厌倦食用地瓜,一看见地瓜就吐酸水,可却十分喜爱用地瓜做的粉条。奶奶曾绘声绘色地给我讲过父亲小时候吃粉条的有关趣事。奶奶说,你大大最爱吃蒜拌粉条了,如果举行个比赛,估计谁也比不过他。因为粉条丝丝滑滑,用筷子夹起来比较费事。可是你大大,人家根本不用筷子夹,而是用筷子"团"。每当过年过节或者走亲访友有这个菜时,就见你大大将筷子伸于盛放的器皿中,然后轻轻一转悠,一大撮粉条就上手了。

不用说我父亲爱吃粉条,我也是个粉条的吃货呢。记得上中学之前的每年正月初三,我都会跟着爷爷去十里路外临浯街上的三老姑家,看望爷爷一母同胞的三姐姐。到了中午吃饭时，三老姑在招待娘家这一老一小的菜肴中，必定会有一大瓦盆肉丸子炖粉条。最后，这个在我眼中美味无比的菜，也必然是被我吃得一点不剩。

"换粉条啦！换粉条啦！"村里的大街上，每每响起拉着长音的如此吆喝声，我便怂恿最是疼我惯我的奶奶，盛上半篮子地瓜干，去换回一扎子粉条来。那个推着独轮胶皮车，车架两边放着用腊条编的长篓子，篓子里满盛着晶莹剔透粉条的壮年汉子，见了我们老娘俩，总是用他憨厚的笑容迎接着我们。

三

《诗经》生长的地方，最适合生命的生长。《诗经》开始生长的时候，地瓜还没有生长在这片土地上。可我总觉得，它们二者之间，总有那么一些剪不断理还乱的撕扯与关系。

"关关雎鸠，在河之洲。窈窕淑女，君子好逑。"一部《诗经》，穿越中国西周到春秋时期数百年的时光隧道，在历史的长河中蜿蜒行进。三百多个故事也是三百多种心情，时而在风里鸣唱，时而在雨中吟哦，吸引着人们去体味那其中的无限美感。乡土之音为"风"，朝廷之音为"雅"，郊庙之音为"颂"。整部《诗经》的内容即由风、雅、颂三部分组成，产生地区包括今天我们所在的山东，当然还有山西、河南、湖北等广大区域。若干年前，曾经写过一篇《与〈诗经〉藕断丝连》的文字。就想我们每一寸华夏土地，我们每一个华夏子孙，不管自觉与否，哪一寸，哪一个，不是与《诗经》有说不清、扯不断的关系呢。

我在这儿提及《诗经》，非是为了生拉硬拽，牵强附会，只是想说，《诗经》来源于民间，来源于采风。《诗经》的要义本在世道人心，本在省时醒世。"以言时政之得失""以知其国之兴衰"。采诗亦即采风制度，首先得行于周文王时期，此乃当时的一项重要国策。而采集民间创作的诗歌，旨在民意调查，"命大师陈诗，以观民风"。就因为《诗经》中有"国风"，后世即改"采诗"为"采风"。所以，我们现在所言的"采风"，即来源于此。

夏天是生命最为蓬勃的时候。在万物旖旎中，作为一路前行而被大自然命名的采风者，我们走进了一个粉色的梦境。在这里，那绵如丝的"粉"色回忆，都能寻觅到它的曾经与现世，都能寻觅到它的坚持和守望，都能寻觅到它的初心与归宿，都能寻觅到它的从脚下土地到漂洋过海，都能寻觅到它的从粗放到集约、从手工到机械、从笨重到智能、从迟疑愚钝到文化自觉的不凡旅程。与其说是走进了一个梦境，毋宁说是走进了一部质感的《诗经》，走进了一段厚重的文化，走进了一个旺盛的生命。

忽然觉得，我的回忆，已像还未曾切断的粉丝一样长。在我上了大学的时候，已经吃上了国库粮，为此每到过年，就会被供应半斤鱼、一斤肉、半斤花生油、二两香油。另外，还有半斤粉丝。能够食用粉丝，就是从这个时候开始的。试想一下，粉丝都在被供应之列，它该有多的金贵。不消说，这半斤粉丝，自然得留待隆重的年夜饭时供全家享用。

一如未切断的粉丝一样长的这些"粉"色的回忆，我感觉，关于粉皮的回忆是绵软的，关于粉条的回忆是绵长的，关于粉丝的回忆是绵延的。地瓜的品相、地瓜的品质、地瓜的经纬与地瓜的灵魂，都深深印记在这"粉"色的回忆里，都灵动于这"三粉"的脱胎换骨与生成转化中。所以，人类行进的锣鼓敲打到这里，人类演进的舞台演绎到这里，离不开物质的保障，更离不开精神的支撑。

演戏的故事可以淡忘，但炖粉皮的味道会一直在那儿。粉条的故事可以消失，但粉皮、粉条与粉丝，这些"粉"色的尤物会一直在那儿。我曾经相问于做粉皮、粉条与粉丝做得风生水起的一位乡党：现在这"三粉"是用多少种原料做成的？她说：主要是用地瓜、土豆、绿豆、豌豆和玉米做成的。听了乡党的回答，我想最早的原料一定只有地瓜，其他的原料种类，只是跟着地瓜沾光而已。

我见青山多妩媚，料青山见我应如是。我的这些文字犹如一个晾晒场，这些回忆，就如搭在晾晒场架杆上的粉条与粉丝。既然如此，那么就有理由相信：在暗处野蛮生长，终有一日馥郁传香。

鄂温克女人和希楞柱里的风声

有多久没有完整地读完一本纸质小说了？感谢友人给我从京城捎来了迟子建签名本的《额尔古纳河右岸》。当读到《半个月亮》的时候，我知道已经是尾声了。当读到跋——《从山峦到海洋》的时候，我知道那颗饱满的种子是如何悄然又明亮地滋生，又是如何找到适宜的温床而发芽成长的了。

我的友人是一位极具文学情怀的人。十几年前他实现了夙愿进了京城以文学为业，与文学界专业作家迟子建及其同道们成为一起前行的好友，所以我也就"近水楼台先得月"，拥有了弥足珍贵的签名本。

许我再添三杯——

一杯谢过子夜，

一杯饮过拂晓，

一杯，我们共同醉在

群星安睡的北方。

那一天，微醺之时，一个浑厚的男中音，在席间响起。他说，这首诗，符不符合我们的今天？他说，文学是我毕生的追求和梦想，文学就在山的那一边。请相信，在不停翻过无数座山之后，在一次次地战胜失望之后，你终会攀上这样一座山顶,这是一个全新的世界,在一瞬间照亮你的眼睛。他说,什么是文学? 文学就是回家。在这世上,幸亏还有文学。

是啊,在这世上幸亏还有文学。我知道在塞纳河左岸,知道在左岸咖啡馆里,有几位大咖曾一小口一小口呡着咖啡在那儿编故事。我也曾坐在这咖啡馆里,与出访团队同行者一起,接受巴黎某高校校长的公务宴请:每人一盏刚刚盖过底儿的红酒,两碟小菜其中一份是鹅肝。坐在这儿,我仿佛嗅到了空气里弥漫着的文学的味道,仿佛嗅到了雨果和大小仲马的某些气息。为此,我利用休息时间,在翻译的陪同下,专门去寻访了文豪雨果的故居,在先生的故居里流连忘返。

我知道在额尔古纳河右岸,有一个鄂温克女人,一个自始至终都不愿意透露自己姓名的老妪,她是他们这个民族最后一个酋长的女人。她是达玛拉和林克的女儿,她在给我们讲着故事,讲着"希楞柱"里断断续续又绵延不绝的风声。她让我记住了那些为爱受苦的人,还有尼都萨满的神力;那些驯鹿和永远走不出的山林;那些奇幻梦幻魔幻——救助别人就失却了自己孩子却依然故我的男女萨满;记住了同时流淌着青蓝色和乳黄色的金河与岁月之河;记住了那留在额尔古纳河右岸被世人称为"鄂温克小道"的、由他们的脚和驯鹿那梅花般的足迹踏出的一条条小路。

这位老妪是雨和雪的老熟人了,她有九十岁了。雨雪看老了她,她也把雨雪看老了。在她把雨雪看老了的日子里,她看到了如天上星星一般多的幸与不幸。她不愿意睡在看不到星星的屋子里,她说她这辈子是伴着星星度过黑夜的。她先后有过两个深爱着她的男人,这是她身边那许多不幸中的最大的幸运啊。

当她遇到第一个男人拉吉达的时候,她正迷失在山林里。一只熊要袭击她,是姑姑依芙琳那句"熊不伤害在它面前露出乳房的女人"的话救了她。从此她再也不让身边的猎手们去猎取熊的同类。当她从"靠老宝"里软绵绵地扑入拉吉达怀抱的时候,竟然忘记了自己为了防止熊的伤害是光着身子的。那是个落日的时刻,也是一天中最美的时候。

她不知她会失去拉吉达，可她真的失去了。拉吉达为了族人而永远不能再回来了。后来她又遇到了她的第二个男人瓦罗加。这个男人也是深爱着她的。当她因去画岩画而在月亮升起后才回到营地时，瓦罗加就站在夜晚能看到星星的希楞柱外耐心地等着她。于是她在看见他的那一瞬，忽然就有种久别重逢的感觉，就抑制不住地哭了起来。因为岩石上的图景和现实的图景都令她感动。瓦罗加就将她拥在怀里，给她低吟一支自己编的歌谣：

　　　　清晨的露水湿眼睛，
　　　　正午的阳光晒脊梁，
　　　　黄昏的鹿铃最清凉，
　　　　夜晚的小鸟要归林。

　　这支歌带给人的是温暖，与萨满妮浩的神歌不同。神歌带给人的是沉思和祈愿：

　　　　魂灵去了远方的人啊，
　　　　你不要惧怕黑夜，
　　　　这里有一团火光，
　　　　为你的行程照亮。
　　　　魂灵去了远方的人啊，
　　　　你不要再惦念你的亲人，
　　　　那里有星星、银河、云朵和月亮，
　　　　为你的到来而歌唱。

　　她说她和拉吉达的相识始于黑熊的追逐，它把幸福带到了她的身边；而她和瓦罗加的永别也是因为黑熊。她所在的营地的人从来没有看过电影，当瓦罗加请来了电影队又护送他们返回时,路上为了保护他人而葬身熊口。黑熊是她幸福的源头,也是她幸福的终点。她说她就像一棵经历了风雨却仍然没有倒下的老树,而她膝下的儿孙们,就是树上的那些枝丫。不管她这棵老树多么老了,那些枝丫却依然茂盛。

而希楞柱里的风声是为制造新生命而存在的,当然也为了爱和愉悦以及惩罚而循环往复。他的父亲林克深爱着她的母亲达玛拉,林克的哥哥也同样痴迷于她。当林克在经过一片茂密的松林被雷电带走后,他的哥哥尼都萨满的眼睛里开始露出了光芒。每当营地搬迁的时候,尼都萨满总是喜欢跟在达玛拉后面。她的背影对他来说也许就是太阳和月亮。他用精心挑选的山鸡羽毛,耗时数月为她精心制作了一条独一无二的裙子,她的眼睛里也逐渐地有了光彩。可是族规——弟弟去世后,大伯哥是不能迎娶弟媳为妻的,终使他们像熬尽了灯油一般暗淡下去。

额尔古纳河右岸——它的左岸几百年前被接壤的那个民族,如黑熊掠走她的瓦罗加一样掠去了——他们世世代代生活的地方。他们在这儿休养生息,繁衍子孙,独享着这块净土赐予他们的一切。如今,因为所谓现代文明的介入,他们要失去这片土地了,失去祖祖辈辈延续下来的生活方式了,要搬去山林以外用钢筋水泥夜晚从顶棚看不见星星的、早已给建好的房屋里去住了。最后的坚守着,就是这位最后一位酋长的女人,还有她的孙子安草儿陪着她。他们老娘俩还在这儿按部就班着以往的节奏,一如吟唱着哀歌、挽歌和悲壮的歌一般。因为他们也已明了,离开这儿只是早天晚天的事儿了。

两条河——塞纳河和额尔古纳河之间,似乎没有什么关系,而且又分别是两条河的左岸和右岸。可在我的心里,就觉得它们是有关联而珠胎暗结又珠联璧合的。我也想学着她采访过的鄂温克老人的口吻说:建建是个好人。因为她是个会讲故事的人。她一定读过雨果的《巴黎圣母院》、大仲马的《三个火枪手》和小仲马的《茶花女》。在左岸和右岸上,俱横亘着一条文学的道路,俱闪耀着观照它们和他们的文学之光。如此两条河之间怎么会没有关系呢。

其实令我心仪的不只是其得到茅盾文学奖与入选"新中国70年70部长篇小说典藏丛书"的殊荣,这些都是其应该得到的。我最为心仪的是其像缓缓流淌的额尔古纳河一样,不疾不徐、平拙中见神奇的文学语言能力。为此,如果说这部长篇是一首交响乐而又分为四个乐章的话,那么第一乐章的《清晨》是单纯清新、悠扬浪漫的;第二乐章的《正午》是沉静舒缓、端庄雄浑的;第三乐章的《黄昏》,则是疾风暴雨式的,斑驳杂响,如我们正经历着的这个时代,掺杂了一串串不和谐的音符;而到了第四乐章的《尾声》,它似乎又回到了初始的和谐与安恬,应该是一首满怀憧憬的小夜曲,或者是弥散着钟声的安魂曲了。

我想她在《跋》里写下的这一段话,可以作为解读这部长篇小说的钥匙——

面对越来越繁华和陌生的世界,曾是这片土地主人的他们,成了现代世界的"边缘人",成了要接受救济和灵魂拯救的一群!我深深理解他们内心深处的哀愁和孤独!当我在达尔文的街头俯下身来观看土著人在画布上描画他们崇拜的鱼、蛇、蜥蜴和大河的时候,看着那已失去灵动感的画笔蘸着油彩熟练却是空洞地游走的时候,我分明看见了一轮猩红滴血的落日,正沉沦在苍茫而繁华的海面上!我们总是在撕裂一个鲜活生命的同时,又扮出慈善家的样子,哀其不幸!我们心安理得地看着他们为着衣食而表演和展览曾被我们戕害的艺术;我们剖开了他们的心,却还要说这心不够温暖,满是糟粕。这股弥漫全球的文明的冷漠,难道不是人世间最深重的凄风苦雨吗?

作为驻校作家,当她受王蒙先生的邀请,在中国海洋大学修完这部长篇小说的第二稿后,她从校门出来,沿着岛城的海边走了许久许久。直到华灯初上,她才搭乘一辆出租车用半小时车程回到学校。是啊,这是一条没有尽头的文学观照的路,给我捎来这本书的友人和该书的作者,正勤奋不辍地跋涉在这条路上。于此我仿佛看到了那个时而彳亍时而疾行、正值不惑之年温润而又年轻的俊俏面庞和娇柔身影。在海风鼓荡里,她不只让我,更是让许许多多的人记住了这部长篇小说,记住了《额尔古纳河右岸》。

张三隔壁的那位姑娘

　　八九年前的一个夏日,在暑热难耐中,我随手拿起了办公桌上的一张报纸——这是影响颇大的当地党委的机关报。忽然,报纸上的一个栏目牢牢吸引住了我的眼睛,使我竟然一时忘记了桑拿天气的熏蒸折磨。自此开始,我便成了这个栏目的忠实读者。每到这个栏目见报的时候,我总是尽可能地抛却其他,先睹为快。时至今日,这个栏目虽然早已不复存在,但我仍然记得这个栏目的内容,主要是时事类的述评。仍然记得这些述评是将最近几天发生的要闻事件——国内的,国外的,天文的,地理的,严肃的,活泼的——全部浓缩于一篇千字文中。仍然记得在这些述评中,把个诙谐幽默泼辣老到发挥到极致,其中的功夫很是了得。仍然记得这个栏目的名字,很特别的叫作《忽然一周》。因着对这个栏目的喜爱,曾数次想象过这个栏目主人的样子,要么是一位以笔作剑纵马驰骋的男壮,抑或是一位饱经沧桑"却道天凉好个秋"的"知天命"者。而令我想不到的是,这个栏目的主人,其实是一位年轻美丽的女子。那时,我还没有见过她。

　　今年昼夜交替前行到的一个夏日,依然是暑热难耐,我坐在自家客厅的电视机前,焦急地等待着它的播出。这待播的节目中的主人公,曾被誉为最有影响力的中国文人。因为,只要你去读唐诗宋词,就绝对绕不开他的《念奴娇·赤壁怀古》;只要你去练习书法,就绝对绕不开他的《寒食帖》;即使你既不练书法也不读诗词,怎么也得吃饭吧,那你一定知道他"东坡肉"的故事。可以说,他是宇宙间难得一见的有趣灵魂,因其非凡的才华和潇洒飘逸的人格魅力而名满天下。所以,当《雪泥鸿爪》《一蓑烟雨》《大江东去》《成竹在胸》《千古遗爱》《南渡北归》接踵而至在我眼前流连的时候,我还不知道她,还不知道这位才女要出一本书。还不知道苏轼的密州明月,已经在她的这本书中,熠熠闪动着迷人的清辉。

是谁说过,世界上所有的追问,归根到底都是文化的追问。所以,她,这位美丽的大"才女",应该是文化、应该是"文化人"的一位追问者。记得三年前也依然是一个夏日,某电视台的《聚焦》栏目,邀请我去做一个关于文化类的访谈,于是,我便随着这位才女的步履,以一个所谓有点文化的人的身份,去"高"谈"阔"论地"追问"了一番所谓文化。当然,与这位才女一起追问的自当是不乏其人,其中,就有美国的文化人类学家洛威尔:在这个世界上,没有别的东西比文化更难捉摸。我们不能分析它,因为它的成分无穷无尽;我们不能叙述它,因为它没有固定的形状;我们想用文字来定义它,这就像要把空气抓在手里:除了不在手里,它无处不在。也许,洛威尔的"追问",是关于文化本源的追问。而这位才女的"追问",则是在茂密的文化森林里,关于一树繁花的追问吧。

记得我的乡党前辈——著名历史学家赵俪生先生在《篱槿堂自序》中写道,章太炎先生曾经喟叹,他从苏州动身去北京,过了长江就感到荒凉,过了淮河就感到荒凉更甚,只有从济南向东望去,仿佛还有点文化人的踪影。于是我就想,这章先生所说的文化人的踪影的所在之处,大概就是我们脚下的这块土地呢。而这块土地上的能够流传于后世的"文化人",大都已经被她收纳到了自己的这本书中了呢。于是我又想,章太炎先生当年只是从这"文化人"踪影的侧旁经过,如果他能在他"东望"的这块土地上,哪怕留下一丁点儿痕迹,那么,他的身影,就定然不会缺失在这本书里的。

她应该不是一个"感时花溅泪,恨别鸟惊心"的多愁善感之人——"外表

给人的印象是安静文雅,内心却有藏不住的年少轻狂。"可是在某一天的夜里,她忽然读到了海桑的诗,这首诗让她不由落下泪来:

再没有人了,再没有人了,你自己来吧
时间的路上你孤独吗？尽头是如水的寂寞
你的原初是谁,你的未来何在
你住着良心的身体都老了
你的青春你的梦想这两片花翅膀呀
已经没有春天了,头发都白了
去找个镶着云影的泽畔,你坐下来
梳理你清水中的一生吧
再问问那树梢的月亮到底是谁家的女儿
漂漂亮亮,选定在哪个日子出嫁

你呀你别再关心灵魂了,那是神明的大事
你所能做的,是些小事情
诸如热爱时间,思念母亲
静悄悄地做人,像早晨一样清白。

"假如生命还有一年,你想做什么？"面对导师的提问,在经过认真的思考后,她认为有两件事情是必须要做的:一件是要出一本书,告诉周围的人自己曾经认真地活过;另一件是去自己一直想去的地方看看,看看这个世界美好的样子。

她说,她非常喜欢她的这本书里的这些主人公:贾思勰,苏轼,李清照,周亮工,冯裕,刘应节,陈介祺,郑板桥,赵秉忠,王寿彭……他们同自己一样,在这片土地上生活过,听过说过这里的乡音,也喝过这里的水,也爱过这里的人。每每想到他们的身影,想到他们曾在这片土地上笑过哭过,迷茫过叹息过,就会感到天地澄澈,心中温暖。于是,她便不断还原着他们的样子,想象着他们的人生,一直"追问"到时间的深处,一直"追问"到空间的远处。在"追问"他们的故事时,她抬头望着窗外的天空,有时会感觉离古人很近,离今人很远。就是这种与古人穿越时空的相识,让她的内心时常泛起一阵阵欣喜。

　　她好像特别喜欢安静的独处,因为在热闹的场合,很难见到她的身影;她自是喜欢花草自然,因为在她的"不如奔跑"的朋友圈图片中,常常会有靓丽的发现;她尤其喜欢文字,把文字认作是"一个民族心灵的寄托"。她认为无论朝代更替,无论天涯海角,一个个美丽的方块字,便是无数华夏儿女血液里流淌的共同的文化基因。所以,她把眼前的苟且,消磨至最小以至无形,她将诗与远方,最大限度地扩展到自己的世界里。而且,她的诗与远方不单是直线的和平面的,更多的是立体的和多维的。为此,某一位大家曾经描述她:其文采辞章,炳烁联华,如彼珩珮;另一位大家曾经赞赏她:在浮躁的时代里打捞风雅。无须说,这两位大家,一位是我尊敬的长者,另一位更是我要好的朋友。为此,我对两位方家所言深以为然。所以,就这本书的内容涵盖所至,我也想在这里"东施效颦"一下,想在这里一言以蔽之曰:在历史的星空中深情回望。因为,这"回望"恰好与章氏的"东望"有机地融合在了一起,珠联璧合,相得益彰,根植于脚下的这块土地,镶嵌于脚下这块土地的这方历史的天空。

　　她其实早已为人妻为人母,可我还是愿意称她为"姑娘"。因为她在与我的交往中,总是彬彬有礼地呼我为"牛兄"。因为曾经的"姑娘"和为人做事的旺盛生命力,我觉得她仿佛就是我邻家的小妹,就是像我邻家小妹的一位姑娘。所以,在此称她为"姑娘"又有何不可呢。她自撰的简介是这样写的:资深报人,主任编辑。山东人,毕业于山东大学历史系,获历史学学士学位。后就读于中国海洋大学文学与新闻传播学院,获硕士学位。再后,于中国科学院心理研究所青少年心理健康方向的硕士研究生班结业，未申请学位。爱读书，不求甚解。爱古琴，不成曲调。爱文史，以期明智。

她自报家门谓之为张三的邻居，这是要"大隐隐于市"的节奏吗？所以，她自然就成了张三隔壁的那位姑娘。那么，这张三的邻居，这位张三隔壁的姑娘到底芳身何处？自然，找到了张三也就找到了她。可是叫张三抑或李四抑或王五的太多了，只要到街上走一走，满眼满世界比比皆是呀。当然，她还是有些踪迹可循的，踪迹就在因《桃花源记》而留名的陶渊明那里，与陶氏的"采菊东篱下，悠然见南山"大有关联。是啊是啊，她的身影，她的"追问"文化人的身影，她的美丽大"才女"的身影，就在"采菊东篱下"的东篱下，就在"悠然见南山"的南山之南啊。

她的名字，叫魏辉。

她的这本书，叫《侯门往事》。

棉布裙

这个夜晚
我离泥土太远了,太远了

那些像雨点一样纷纷落下的脚
它们在拼命踩什么

想起儿时
拎着鞋子走在秋天的田野里
我是多么心疼不会言语的土地

    乌耕先生说,他还一直没有见过她。可在他的想象中,她就是这样拎着或穿着平底布鞋,走在家乡的阡陌中,并一路上寻寻觅觅走走停停。当然,停下来不是因为累了,而是远处有一只蝈蝈在学唱,或者她要扶起一株受伤的苦菜。

    乌耕虽然没有见过她,可早已见过了她的文字。我想,乌耕一定喜欢她的文字,否则,不会写出如此评说的优美句子。作为一家杂志的文字编辑,乌耕的文字功底以及对文字的识见与感觉,那肯定是相当了得,也绝非常人所能及的。

那是,棉布裙的文字。

是的,是棉布裙的文字,得到了文学达人乌耕的赏识。想一想吧,拎着或穿着平底布鞋,走在家乡的阡陌中。如此的行走,着装自然是很讲究的。选来选去,在众多的衣料和款式中,唯有"棉布裙"最为合适,也最能"中"行走着的主人的"意"。

如此的行走,如此的文字,如此的评价,如此的棉布裙。"看眼前,是何人,又面熟来又面生。"她不是,喜儿的大春,她是,读者的棉布裙。

棉布裙,李凤玲的笔名。李凤玲,我的一个乡党。

我见过她。就在今年。在短短的两个月里,已见过两次。一次是因"山东作家走进乡镇"活动,一次是受邀去安城一家乡企业采风。两次相见,相互的交谈,大概没有超过十句话。就像早就熟悉的老朋友一般,不用寒暄,无须开口,就已经,知晓了彼此。

在我的印象里,凤玲是一个安静、清秀、端庄、隽永,又富有才华的知性女子。一如一汪碧潭,内里丰厚深邃,外在波澜不惊。又如一株颗粒饱满的谷穗,总是在低垂着自己的头颅。如果用"不显山不露水"来形容她的某一特质,应该不会有太大的偏差。也许,这是由于她中学语文教师的身份使然。

其实,我见得更多的,是她发的朋友圈。在公之于"友"的自媒体中,她不是在读书,就是在码字。她在朋友圈里用词极简,很少超过四个字。要么"早安",要么"笔健",要么"晒一晒",要么"小结一下"。晒一晒的,大都是新入手的书。小结一下的,是每隔上十天半月,就变成铅字的文字。

如乌耕一样,在还没有见过凤玲之前,其实早就已经见过了她的文字。那是在2016年第2期的《山东文学》上,一篇题为《年在老家》的散文,一度进入我的视线:

夜,黑下来。奶奶抱了芝麻秸。过年的饺子,必须用它来烧煮。大门敞开着,只在大门外放了拦门棍。各路神仙都可以来家过年,而那些邪魔鬼祟,应该在拦门棍前,乖乖止步。

"饺子已经包好了,有荤馅的,有素馅的,它们被冻在天井里,支棱起小耳朵。"

"远处近处,都有鞭炮在响。父亲带着弟弟,在灶下忙活。给祖宗上香,给祖宗磕头。作为家里的男丁,即便年龄再小,被赋予的定义,也总是严肃而正统。"

这是老家的年。这是风玲笔下的老家的年。这也是我异常熟悉的老家的年。因为,李风玲的老家和我的老家,只隔着三五个村庄的距离。

台风"利奇马"离去后,我在第一时间,去了河边。这是我家门前的那条河,也是我的母亲河——渠河。沿着河的北岸顺流而行,二三里地的地方,有一块纯为沙底的水域。那褐中带白的纤细沙粒,是那样熨帖地卧在那里。这些沙粒,经过了亿万年的水浪淘洗,已然成为这条河流的神韵所在。现在似这样以沙衬底的河段不多了,可在我的小时候,却全部都是这个样子。赤足走在上面,仿佛一瞬间回到了少年。那种感觉,是发自心底的一种"久违了"的呐喊:这,才是我的河,这,才是我的"家"!

这种"家"的感觉,这种"久违了"的感觉,也不独是"河"的原因,也是被李风玲的文字,所唤醒的。

这个夏日,实际上是从仲春开始的,我就一直带着老母亲,在老家生活居住。因为一个"老"字——老家、老娘、本人也在渐次老去——让我油然生出了许多的情愫。在照顾老母亲之余,我受邀去家乡参加了好几项活动,也借此读了好几本书。

曾在朋友圈里发了图片,并附上一段文字:昨日家乡采风,意外收获两书:一是当代徐霞客李存修教授的《岱崮地貌发现记》,一是笔健走龙蛇李风玲老师的《碧潭飘雪》。

碧潭飘雪,本是风玲的朋友"军"寄给她的一款茶叶的名字。风玲觉得优美,便采取"拿来主义",做了自己第二本文集的书名。读着这本书,亦正如饮一杯甘洌清醇的茶。其实,碧潭飘雪由内而外的至纯至美,亦正是风玲所追求的境界。

"那真是一个让我们交了好运的村子。我们就是在这里,卖光了我们所有的西瓜。"风玲和她的父亲赶着牛车往回走的时候,已经夕阳西下。她开心地坐在牛车上,很想哼一首乡居小唱。一天的鞍马劳顿,她竟丝毫没有感觉到疲惫,而是感觉无比轻松。她期待下次的卖瓜之行,能再来这个能带给他们无比好运的村庄。

这是被风玲认作桃花源的地方。这里还有一位系着红色布条腰带的妇女,要带饥肠辘辘的她,回家吃饭。多少年之后她才明白,那惹眼的红色,本是为了昭告天下,同时,也是为肚子里的一个生命祈福。

红色布条腰带,从此走进了风玲的脑际,走进了棉布裙所贮藏的色系之中。布条腰带和棉布裙,是同根同宗同族啊。她们不仅属于善良,属于美好,同时属于温暖,属于柔软,更是属于纯情,也属于恒久。

在我读过的文字中,鲜见有写自己的老婆婆的。老婆婆,是丈夫的奶奶,是出嫁女的婆婆的婆婆。在老婆婆的祖屋,风玲总是亲切地叫一声"奶奶",然后便会脱鞋上炕。炕头暖暖的,就像小时候的一样。老婆婆总会给风玲拎过一个枕头,那枕头长长的、圆滚滚的,让人瞬间便想起自己早就离世的奶奶,那已经是好远好远的时光。

老婆婆的炕头让人迅速地回到童年,枕着这只颇有年代感的枕头,老婆婆的孙媳妇,很快就会进入梦乡。而每当孙媳妇睡着的时候,老婆婆就在一旁盘腿坐着,依旧默不作声。就是在这样的踏实和安稳里,孙媳妇一觉睡到自然醒。其时天色已黑,老婆婆也已经做好了饭,有粗面做的烙饼,有猪肉炖的茄子,还有小米熬成的粥。刚刚饱睡了一场的人,自然顿感饥肠辘辘,自然就是一顿狼吞虎咽。

吃饱喝足,收拾了碗筷。跑了一天的重孙儿很快就进入了梦乡。老婆婆便盘腿坐在土炕上,有搭无搭地讲起那些从前的时光。她说,"女人生孩子,其实很容易。我生你姑姑和叔叔的时候，就在这屋子里，扶着炕沿走来走去。然后扒一点灰，放在炕前的地上，一会儿就生下来了。"

这不仅对于当时尚未达不惑之年的风玲，同样对于如今已逾耳顺之年的我来说，也是听过的关于生育最简单却又最残忍的描述。这在今天的小辈们听来难以置信匪夷所思，在风玲的老婆婆那里，却连云淡风轻都已经不是。这让风玲感到震撼又有些迷离，于是就经常在这样的震撼和迷离里思考起生命和人生，思考起我们的祖辈，是在怎样的艰苦和隐忍之下，繁衍拉扯起一辈又一辈的儿女。

对于风玲文字的"家"的感觉，不独是我，乌耕先生同样也是感受强烈。

乌耕说，家的根本属性，是包容，是温暖，是生长与绿意，是一家人其乐融融。近处和远处都很荒凉，世界和嗜睡的人们都睡了，只有你一个人还在听着自己的心跳流浪。这时，家中依旧有一盏灯在为你守候，哪怕你浪迹天涯不再归来。这就是我理解的文字，也叫家，也可以叫哲学乡愁。读风玲的文字，给我的第一感觉，就是这种家的感觉。

"家"的感觉，其实就是乡愁。乡愁就是人生，它们，已经写进了我们的身体，成为我们的一生所爱。正是因为乡愁，我才会带着失智的母亲，回到老家。这些乡愁，在我们眼里光芒万丈。经过岁月的打磨，我们已在自己心中，自觉不自觉地，给它悄悄镀上了一层辉光。谁人不曾有过无所畏惧的青春时光，在那个时候，我们也许跌跌撞撞。可当年华终于老去，蓦然回首方才明白，原来我们每一个人，一生最为期盼的，唯有四个字：不负此生。

"但我心里的那杆秤，一直有一颗，很准很准的星。"一所大学的一位中文系学生，多少年后，撂下了这掷地有声的话语。这心里有颗"准星"的人，自然就是风玲。风玲喜欢文字，与生俱来。她对文字的敏感，从不识字开始。

我们不知道这一点是不是来自祖传。因为她的老爷爷李荣锦，就曾以山东省第一名的成绩，考入了京城的一所大学，并且远赴美国留学。抗战期间，风玲的老爷爷，亲手创建了山东省立抗日第八联合中学并担任首任校长，为积贫积弱而又备受欺凌的祖国,培养了大批急需的人才。在读大学之前,风玲就已经读过了数不清的书,尤其对女性作家,如三毛、池莉、王小鹰、迟子健、方方、范小青情有独钟。当步入这所滨海城市的大学里时,中文专业的她,就把学校的图书馆当作了自己的栖息之地。

应该说,有太多的东西,触动或戳痛着风玲那敏感的神经。可她觉得自己,好像一直不习惯于口头的倾诉,而只是用一支笔,不停地写着,写着。直到写得自己,早就忘记了写作的初衷,也愈加模糊了,写作的终极。所以,当把生活诉诸文字,"我"就不仅是我,而是大千世界。"你"也不仅是你,而是芸芸众生。我们从中得到对照和回应,因为文学的价值,首先是得到共鸣。每当岁月静好时,风玲总是泡一杯普洱,静静地站在时光里。王安忆的上海,池莉的武汉,迟子建的北极村,铁凝的玫瑰门,这些深存心底的老故事,浇灌了她原本寂寞的童年,铺垫了她原本苍白的青春。

兰语,是风玲书房的名字。在书房正对书桌的墙上,是韩琦的画,一簇野生的兰,从石缝间探出手臂。小花淡淡地开着,似有香气。一旁的诗句也是韩琦亲题:"深山之兰开无主,一片静玉云烟轻。"

无疑,风玲的书房,是她心灵栖息的地方。她的文字,是她心灵栖息的地方。她的"偏安于此的家乡小镇"——那被近世新儒大家钱穆先生尊其为三国第一人的管幼安"管公"故里,是她心灵栖息的地方。还有她娘家的七口之家,她婆家的数口之家,她自己的三口之家,这一切一切,都是她心灵的栖息之地。

由此,如果谁还有乡愁,如果谁想有乡愁,如果谁还更想走进乡愁,读风玲的《碧潭飘雪》,应该是个不错的选择。我们在"流年"里读流光容易把人抛,红了樱桃,绿了芭蕉;在"至亲"里读遥知兄弟登高处,遍插茱萸少一人;在"锦时"里读邂逅,适我愿兮;在"素心"里读我心素已闲,清川澹如此;在"余话"里读欲说还休,却道天凉好个秋。这些文字,不仅来自晒麦的场院,来自泥土,更是来自父亲用泥土"拓"成的"墼",来自用"泥墼"垒起的土房子。

还有，只有用"泥墼"支起才能烧热的土炕。尤其是风玲在"流年"篇里描写的景象，是那么的熟悉。读着这些文字，就仿佛是在复习自己的童年。

还有那走进风玲文字中的家乡的文友：张凌，潘洪信，刘孝山，于朝阳，郑小暄等，除了小暄还未曾见过面，其余的均认识。还有那位栾淑莹，许久以前，曾在朋友圈看到有人纪念她。原来她的故事，是如此凄婉，令人叹息。

风玲在她妈妈眼里，曾是个"揉不成饽饽的人，所以主不了事"。其实，风玲不是揉不成饽饽，而是偷懒了。因为，她要省下力气去"揉"文字。因为，仓颉造字，不"揉"，岂不可惜？

《淮南子·本经训》记载："昔者仓颉作书，而天雨粟，鬼夜哭。"第一次读到这段文字时，有一种石破天惊的感觉。因此，文字是有温度的，那是人的体温，也是文明最初的体温。

我说，人类有了文字，人就有了心灵。因为，自此，人的心灵，就有了锚地。所以，才会"天雨粟，鬼夜哭"，才会，石破天惊。

风玲说，君且随意，我自倾杯。感谢岁月，感谢时光，感谢关注自己文字的每一个人。她会继续地写下去，用一支虔诚的笔，用一颗柔软的心。

忽然一夜清香发

一

看到这些文字时,正是白露的时候。

秋已至,天微凉。清晨,晶莹的露珠,挂在树梢花枝上。一个诗意的白露节气,就这样,悄然而至。

恰好,眼前的文字中,有一篇,是写给白露的。在她的笔下,这白露的露,似乎不再普通,而是被赋予一种神圣。由此也就脱俗,也就有了感受,有了更多意象。一如江淹《别赋》所说:"秋露如珠,秋月如圭,明月白露,光阴往来,与子之别,思心徘徊。"

露从今夜白。白露,是一个冒着仙气的节气。这是江萍的白露。江萍的白露,不是白色,是晶莹剔透。晶莹剔透是彩色的,彩色是江萍的文字。还有,白露的清晨。

白露的清晨,我走进田野。这是家乡的田野。家乡的田野,因其沙性的土质,大集体时,种植着成片的花生。以后又成了苹果园。联产承包制以后,这里的农作物,就变得五彩缤纷了。

家乡的田野,位于村子的西南角,紧挨着渠河的北岸。在这儿呼吸新鲜的空气,看那阡陌上,多彩丰富的颜色,诵起《诗经·蒹葭》:"蒹葭苍苍,白露为霜。所谓伊人,在水一方。溯洄从之,道阻且长。溯游从之,宛在水中央。"

白露的清晨,我走进田野。这是江萍的田野。江萍的田野,是在那一眼清澈之后,忽然爱诗酒,忽觉春信近,梅与海棠都如己,只是还欠梅花太多字。在江萍的眼里,夜色如水,一切都不是最重要的,只有文字里的诗酒年华。天涯秋草,还在蓬勃。梦里清欢,还在卓卓。

钱穆先生说,无论如何,我们的心,总该有个安放之处。相传达摩祖师东来,中国僧人慧可在达摩前,自断一手臂,哀求达摩教他如何安放自己的心。慧可这一问,就问到了,人类自有文化历史以来,与钱穆先生所言的同一。而这,又是人人所有,是人人日常所必然遇见,并已深切感受到的。如是,那么,江萍的文字,是她,对于心的安放吗?

二

我在雨中,雨里没有你,雨声中有你。

我来看桥,桥上没有你,桥那边有你。

是宋时的雨,从一阕词中走来。

是哪个年代的桥,在一壶春里精彩。

江萍说,她的这些格律诗词以卜算子见长,现代诗数量较少,七律诗数量较多。这我不管,我只想说,当我读到这段文字时,仿佛有一丝电流穿身而过,瞬间被打动了。

因为这些文字所传达出来的优美中深蕴着的凄美,因为附着在这优美文字身上的,美丽的情感和美丽的灵魂。所以,所谓诗性之美,一定是说诗歌原本就美。我是一个不懂诗的人,但可凭直觉就能感受到这首诗的诗性之美。其实,诗本来就是给人传递感觉,需细细体味的。因为,它有优美的文字。

我喜欢优美的文字。因为,相对于承载着尽可能多的思想内涵的外壳而言,优美的文字更让人待见。这就像是一个有素养的人,总是让人感到舒服,愿意让人接触,愿意让人有更深一步的交往。所以,江萍虽然为庸常的生活而奔波,但本质上,她更应该是一名文字耕耘者。因为,她用她的独特方式,深刻地表达出了自己真实的生命体验和生存感知。因为,在她的这些文字里,总是充盈着丰沛的诗意和饱满的情愫。从她这简洁细腻的文字溪流中,我们已经完全可以看到一个情感完整的她,一个内心世界丰富、敏感多情又个性超脱的她。

我喜欢优美的文字。正是因为这个原因,所以当年一部一部地读完了琼瑶,虽然这些书不太符合我这种年龄的人。记得还专门写了篇《琼瑶的唯美情结》来论述琼瑶作品的唯美特点呢。曾看到一个报道,有人问一位登山运动员为何要攀登珠穆朗玛峰,这位运动员说:"因为它在那里。"多么睿智、多么出人意料而又发人深省的回答。别的山峰不在吗?可在这位登山者眼里,它们的确不在,他只看见这座最高的山峰。由此我就想到,在用笔或用键盘,流连出一行行文字的人中,能够留下优美的文字的,一定是眼里只有最高峰的人。

三

我想起了张爱玲的《小团圆》。张爱玲在结尾处,写下了女主角九莉,一生只做过一次的那个梦:

青山木屋蓝天,阳光下满地树影摇晃,松林中出没着好几个小孩,都是她的。然后之雍出现了,微笑着把她往木屋里拉。她醒来快乐了很久很久。

就觉得在江萍的这些文字里,那活跃于其间一个个的方块小精灵,像极了这松林里一个一个出没的小孩,奔跑,欢笑,嬉戏,向着青黛,向着远方。所以,这些文字是江萍的一方田野,江萍在这儿,种植着她想种植的一切。

江萍的田野上,种植着春天。这春天,可以穿越烟雨和流年,柽落在你安静的窗前,对你不说想念,也不是说相欠,只说这春去春又回的相逢,只是为了多看你一眼。

此时,杨花始绽柳未青,天地将醒未醒,尚在懵懂之中。只有迎春伴着她走路时的顷刻微凉。乍暖还寒，有迎春花的新意相伴，步也轻了。惊蛰将至，春是眉间晕染的这丛新绿鹅黄。

江萍的田野上，种植着秋天。秋草绵绵不绝，赏不胜赏，她的心里，终于有了一个名字。即便世事艰难，有一个名字在心底，尘事便有了意义，便有了指引和力量，艰难也不再艰难。日子是多么优雅，她抬头望，蓝天里有你；她开口唱，悠扬里有你。只是她却轻易不敢开口唱，只怕她开口后的悠扬里，出现了你的名字，被人知晓了心底不能说出的秘密。

她问，谁会陪她去看，那日暮斜烟里的秋光。

江萍的田野上，种植着韶光。原以为时光应如新蕊，原以为会不负寂寞苍苔，谁知绵绵细细的日子竟然这样不经捱。又是新的一年了。一年诗酒相伴，把寂寞翻了又翻，你总是这样难遇。春日疏密花朵经过，又那样到了夏。夏时，她守着院里那棵藤萝。直到最后一片叶子掉了，秋草把最后的希望带来时。尽管她束装以待，秋还是那样明明灭灭地过去了。如今，她说再也无以为寄，只好承认苍老，写尽蓼花。

江萍的田野上，种植着一片雪。她特别盼望一场雪。盼雪让青山白头，盼那瑞叶飞舞成愁，盼那纷纷坠落，许了她一世清芬。尤其，她想与你，在漫天雪里，将你的目光凝结，把她冰冷的手，交给你温热的羞涩，让你将她温暖成倏忽即可开放的梅，一树灿烂，只给你看。

江萍的田野水土丰盈，素心满满。泥土有素心，所以有足够的深厚和踏实，滋长绿色的希望；水滴有素心，所以能融入海洋，扬起生命绚丽的浪花。当今世界，五彩缤纷，在红尘里行走，做一个心地善良的人，做一个性格开朗的人，做如兰花般素心品质的人。尽管不得大悦，可细微的满足，萦绕于心扉，一样愉悦身心，恬静达观。

四

陆小曼，一位大家都知晓的、琴棋书画无一不通的大家名媛。她的美貌，连胡适都赞叹说:小曼是北京城,一道不可不看的风景。于是我也要说,江萍的文字,也是一道,不可不看的风景。

江萍是爱花的。这话令人好奇,这世上,有不爱花的女子吗?而江萍眼里,是已过千帆,却花事依然。她不管世间如何繁华,也不管窗外多少世事变迁,兀自伶仃盛放,尽管瘦弱,尽管清寒,尽管颜色清白,尽管少人欣赏。就这样摇落成梦,只自安然。这世间,谁又能如了愿呢?花事成喧,只为君入迷津,只为看的人看。向天先赊三分爱,邀得春风再酬谢。

她掩了门,半卷起帘,看这昨日带回家的海棠的魂。昨夜梦绕,疑为梅影,恍入梅林。原来这海棠,也是冰玉做就的身。这相遇,想与谁说呢?日子总是过得太匆忙,以前并没有仔细关注过,只是去年冬天才开始牵念,昨天得遇,心疼了她在风中的模样,不得不带她回家来。其实她,早就被多少人颂过的,其实她,早就迷过很多的人。

在所有花色中,她好像犹爱梅花。如此,她该称为梅痴才好。她给她文字起名:此夕只应看梅花;她给她微信起名:紫陌青梅;她给她 QQ 起名:梅不落;她给她公号起名:煮酒论青梅。当小院里的梅花开始孕蕾,她就知道年快到了。当她的第一个瓣展开时,真的好像美人儿轻启了唇,还似沾了酒一般,微醉,情态迷离。惊回首,分明是转身时忽然与梦里的人相逢,因怦然心动,才有如此浓的笑靥。

她说最喜爱春节是被安排在这个梅花怒放的早春二月,各种花事已尽,只有梅花怒放,给她一年的诗情画意。新年伊始,是看到,早春的扉页刚被打开,梅花成了序言,芳香四溢。

趁着年假,她可以去看梅林。那熟悉的一片梅林,并不远,却因为这是一年只有一次的寻觅,这一路,总像在寻找。一路寻觅,似有故事遗落,淡黄的梅花轻缀疏枝,摇曳着独特的风情与灵魂。每年春节闲暇,是日日与梅相伴,几乎日日吟咏。梅的风韵,可赏,可品,可咏,可歌,可泣。世间爱梅的人不在少数。人们爱梅,都是为了寻找一份高标雅韵的闲情逸致。

世上有哪一种相守,可以比得上和梅花一起更踏实安心呢? 不管是独自一人,还是有知己在侧,能在除夕良宵,可以得片刻安闲,并且有梅花可赏,有情怀可寄,这是多么美好和浪漫的事啊。梅花应是最美的知己,暗香盈袖,春风满怀,还有什么好惆怅的呢?

但江萍却是有惆怅的时候。这时,她一定是想与谁说说话的。于雪里寻酒也罢,于花里叹息也罢,去梦里寻知音也罢,一夕倾城,日日生烟,其实,那都只是她笺上的光阴。她在空城,只是孤人。只是,一位红尘客,日日觉良辰。

于是,江萍说,女子,此生也应该如花吧。或作孤芳,独自素素地开,不管世间言语。或作异香,开得浓烈,数度征服,让人无可挑剔。唯如此,才不枉此生。

五

钱锺书的《围城》中说,城外的人想进去,城里的人想出来。可是,如果是心灵的围城呢。江萍所刻意打造的,即为此。

我对江萍的认知,主要来自她的文字。可以说,她用顾盼生辉的文字,提供了一个体悟她的感光室;她用顾盼生辉的文字,构筑起一个心灵世界;她用顾盼生辉的文字,建立起自己的精神大厦。

那流淌于心底的句子,那落在纸上的文字,如潺潺河水,清澈透明。江萍说她遇到一个妹妹,妹妹说她清澈、纯真。多年来,好久未听到人用这样的字眼形容她。这时,身旁另一个人说,活在今天的人,才是清澈的。并且说,迷茫的人活在昨天,奢望的人活在明天。

这让我想起了一位年轻诗人——王海桑。他出生于河南太行山区一个贫困农村,大学时对诗歌着迷,出版了自己的第一本诗集《月亮在说你说我》。这位诗人说,我只说两句话:先说诗歌——诗歌不需要超越,诗歌需要回来,回到生命,回到爱,向着光回来。再说我的诗歌——我不会技巧,我甚至没有才华,但我的心灵会唱歌。

是啊是啊,江萍是活在今天的,所以她的心地清澈透明,所以她的心灵会唱歌。任岁月洗劫,因为纯粹的人,永远颜如舜华。比起人生戏剧里那浓墨重彩的人,她更喜欢做一个俗世烟火的旁观者,身在红尘,心在桃源。你将生活过得跌宕起伏,她却过得云淡风轻。她娓娓道来所发生的那些故事,看似与她相关,又似与她毫不相干。她始终相信万物皆有情,又或者说,世间百态,不过由心而造。一念起,万水千山皆有情;一念灭,沧海桑田已无心。最美的事不是留住时光,而是留住记忆。所有故事都会有遗憾,这才是实实在在的人生。所以,美好的,留在心底;遗憾的,随风散去。

白落梅曾说,人生的大美是简洁,所谓的简洁、纯粹,不是一个不懂世事的孩童,那明澈的眼神;真正的纯粹,是一个历经风霜的老人,他尝过人生百味,到最后,淡饭清茶足已。他的心,将所有的复杂都过滤干净,所剩下的,就只有纯粹了。

六

"谁把漫天珠玉,撒在空中,挂在檐前。曾寄深情句句,捎回暖意章章。您的文字与彩云共飞扬。淑云姐姐,是灵魂飘香的女子,正是凭借刻在骨子里的优雅与善良,才得以这样色彩斑斓。"

江萍的这些文字,要我给写一些字,刚开始,我有些迟疑。因为那时,我与江萍,才刚刚有了若有若无的联系,对她的文字更鲜有接触。无论是文还是人都不了解,怎好随便就写呢。

只有一点理由,我们是乡党,同为齐地人。齐地有个夏姓铅笔画画家,我给其写了一篇人文传记,江萍读后,写下了上述留言。

于是就说,谁的留言,这么美。于是江萍通过网络,给我发来了她的文字。于是,我一篇一篇地读下来,好生喜欢。都说江萍的文字好,何以见得?由此可见得。我喜欢优美的文字,江萍的文字优美。生命是有记忆的,需诉诸文字。江萍的文字,在我的眼前,闪闪发光。江萍的文字,醉了春风桃李,醉了夏荷临风,醉了一湖秋月,醉了皑皑冬雪。醉了你,醉了他,醉了每一个读她文字的人。江萍的文字里,经常会出现一个人。这个人,是虚化的,是抽象的,还是一个具象?是你,是他,还是我们每一个人?还是,不是你,不是他,不是我们每一个人?

　　江萍的文字是优美的。套用一句话:好看的皮囊千篇一律,优美的文字万里挑一。不记得是谁这样说过:审美像节日一样,是生活里不可缺少的东西。因为没有审美,无从感知。从此再好的世界,与你无关。

　　可是,美是什么?江萍用她的文字作了诠释:美,是对生活最基本的敬意;是上层建筑,是需要踮着脚尖才能够着的东西;是黯淡生活的那束光,是我们爱上生活的理由。江萍懂得,唯有爱,唯有美,才能对抗世俗的粗糙。她的文字,大多是淡淡的小情怀。有些文字,让人感觉到有种瘦尽灯花、挽住韶光的潮湿。有些文字,像一场绮梦,要用一生等待,醉一世桃红。有些文字,是素心相对的牵挂,被亲人,动了心弦,成了风景。在这些文字里,为了一川风,一夕月,费劲寻找。最惊艳的是那些绚丽的相遇,最怕触心,最怕散作一池云梦。幸好寻得了一袖清风,幸好有了苍绿而执着的守候,在时光的悠然里,将这一怀灿烂,以一枝梅的姿态,入了缤纷的日常,化作温暖。

　　所以,江萍的文字,函微、素稚、苍静而充满诗意。在她的文字中,处处能感受到与其心灵所向之间的密切关联,处处能感受到美的高度,融合到自己的文字里,体现出超越自己的灵韵。犹如朱自清先生在三十年代写下的《春》:

　　盼望着,盼望着,东风来了,春天的脚步近了。

　　一切都像刚睡醒的样子,欣欣然张开了眼。山朗润起来了,水涨起来了,太阳的脸红起来了。

　　春天像刚落地的娃娃,从头到脚都是新的,它生长着。春天像小姑娘,花枝招展的,笑着,走着。

　　可是江萍,我还没有见过你。我只知道,你的这些,美丽的文字。

门外有斜阳

等雪来

等雪来。

雪还未见，雪的消息早已漫天飞舞。

今冬初雪，明天见！今冬初雪，明天见？

一个是大大的叹号，一个是大大的问号。叹号里面包含着惊奇和期盼，问号里面包含着凝望和迟疑。

这是昨天，从两家本地媒体那儿得到的消息。

在乡下老家虽已七个月有余，可这只是"候鸟"生活。除了需时常前往岛城孩子那儿居住，我所长期安居乐业的这座北方"小"城，离着最北边的"北方"很远，离着南方的"北沿"儿很近。"一条大河波浪宽，风吹稻花香两岸"，歌词里的这条大河应是抽象的，而具象是我们的长江与黄河。何有其言？"风吹稻花"当是长江，"一条大河"当是黄河。其实，也不必纠结是一"江"一"河"还是两条"江河"，艺术的真实与现实的真实，总是有所区别，艺术的真实所传达的，至少是现实真实的高度概括与凝练。

我们这座"小"城，就居于这两条江河之间。说其"小"并非妄自菲薄，并非真的"小"，她的历史之悠久可以赶上大城市了吧，她的构建之规模可以平齐中等城市了吧。而且"小"有小的好处,可以以小见大,可以"壶"中观"日月",一如那闻名遐迩的十笏园。而且,她的南边东边北边都是"海",这是何等的幸运又是何等的光鲜。

等雪来。雪还未到,正在路上,抑或是绕道而行。在我们这里,雪是不缺的,每年的冬天总会下那么一场半场,不似那寡见雪落的南方,不似那终年雪不"化"的北方,不多不少刚刚好。

从朋友圈看到,东北那旮旯下了好大的雪,以至大学校园里的学生,做到了真正的后者踩着前者的足迹,排队去食堂与教室;以至正跑在路上的火车,被"冻"在了铁轨上,据说车上的旅人,连方便面都已经难以为继。眼下,天子脚下的京城也正雪花飘飘,孩子们和具有情怀的大人,正在雪里打闹嬉戏。

雪是水的一种存在形态,不是缥缈的"汽"儿,不是流动的"液"儿,不是岿然的"冰"儿,是介于"流动"与"岿然"之间的独有状态。南方的女孩子尤其爱雪,如我在华东师范大学进修时的一位"沪"上校友,亦就是那本被争相购阅的文集的作者,起了个笔名叫"纷飞的雪"。在"墨客"的笔下,雪是"冬"的化身,雪是"冬"的精灵,所以就有了一位六朝古都的文友,将自己的笔名写为"南南千雪"。就有了那么多关于"雪"的诗词歌赋,就有了那么多"跳跃起舞"在雪里的人儿。当然,那些被雪"冻"在半路上的旅者,他们现在只想有碗热乎"面"儿吃。

雪花尚未飘舞,思绪却兀自先"飞"起来,一下子又飞到了不知作者姓甚名谁的汉乐府《上邪》上:上邪!我欲与君相知,长命无绝衰。山无棱,江水为竭,冬雷震震,夏雨雪,天地合,乃敢与君绝!想来这首诗的主人,一定是一个才情横溢用情极深的女子,一定是一个来自能见雪却不多见雪的地方的人。她应该生长在长江与黄河之间这广袤的区域,一个"李清照"级别的女子,也许就是"雪姑娘"的化身呢。别说,就在前天还真是听到了冬雷震震,这也许是要下雪的前奏罢?

任马由缰的文字,一如那毫无章法的雪儿飘飞。等雪来……

大雪日

大雪第二天,依然没有雪。根据天气预报,好像三天五日内,也都没有雪。

大雪的当日,朋友圈里满满的雪。唐诗宋词元曲里的雪,名人字画里的雪,美篇佳作里的雪,纸上正溢出墨香刚刚挥洒出来的雪,以及在键盘上咔嗒咔嗒敲出来的雪。人们没有比大雪这一天更盼望一场雪的了。如果天公作美,正好大雪纷飞,那种"山舞银蛇",那种"原驰蜡象",那种"惟余莽莽",那种"分外妖娆",岂能不细细体验一下"欲与天公试比高"的伟人情怀?

其实,想雪来雪就来真的是难为了老天爷,要知道下一场雪是真的很不容易呢,也得讲究个天时地利人和。得时机成熟,得条件成熟,得机缘巧合刚刚好。

因为,如果只有身为"雪儿"它爹的冷空气自己孤独地来,那只是嗖嗖嗖地刮一阵或者刮几天大风罢了;如果只有身为"雪儿"它娘的暖空气自己孤零零地等,那只是短则一天多则数天的雾茫茫罢了。有时候雪儿爹娘好不容易在"老地方"成功约会,可这约会地点温度又太不给力,本来是想着浪漫地下场雪来,但结果却"画虎不成反类犬",就下成一场不合时宜的雨了。

所以,虽然大雪到了,还得耐下性子,等雪来。

廻澜塔

廻澜塔,不明白为什么叫这个名字。当然,在这异域他乡,自己肯定是孤陋寡闻。

余生很长,何事慌张。对联明白如话,自是一看就懂。可是,余生很长是多长? 五六十年? 三四十年? 还是十年八年,三年五年? 对于自己而言,实在是不敢多想。当然，即使余生所剩无几，倒也，不必慌张。

　　人生本来没有什么意义，这是顶级哲学家们一致的观点，连一贯"正能量"的季羡林先生都对此秉持赞成态度。其实宇宙中存在的一切，它们的意义在哪儿？所以，意义都是人赋予的，唯有如此，人，才能活得下去。

　　譬如那部《罗马假日》电影，王室里的公主向往平民的生活。一如《围城》所言，城外的人想进去，城里的人想出来。人啊，总是这山望着那山高。在这样的折腾中，人也就找到了活着的意义。

　　影片中有一尊雕塑叫作《真理之口》，如果谁说谎，将自己的手放进"真理之口"里去，谁的手就会被咬下来。女主人公安妮公主不敢放，男主人公乔·布莱德利记者不敢放，总之，鲜有人敢将自己的手放进去。这个情节，的确耐人寻味且意味深长。其实"咬"下手来的事不会发生，不敢放是心理因素在起作用。这说明，人心总是向善的，"善良"二字，总还是芸芸众生的底线标签。

　　人生的确没有"容易"二字。明天和意外，真不知道哪个先来。就像突然发烧，就像去岁无意中将脚踢在铁板上，到了今春脚大拇指指甲全部脱落下来。就像有人只是散个步，一脚踏空跟腱就会被撕扯开来。所以敬畏生命，顺其自然，活在当下，应该是对待生命的最好态度。

　　《奇葩说》中的邱晨说，疾病是最好的鸡汤，怕死是最好的鸡血，而死亡，是最精准的教育。白岩松同志也说，爱你现在的时光。过去的已经过去了，较什么劲呢？未来的还没有来，焦虑什么呢？你知道什么是真正的恐惧吗？真正的恐惧不是血肉横飞的画面，而是调动你的想象力，自己吓自己。记得一篇文章中说白石老先生曾画有一幅画：一个岛，上面挂着各种网，一间小屋，还有一颗落下去的太阳。画上写着一行字：酒醉网干洗足上床，休管他门外有斜阳。

　　有几位朋友曾说我是一个有情怀的人。我对这个评价虽然受之有愧，但还是欣慰的。这说明总是有朋友懂我，一眼就看到了我的本真。自己觉得，自己的感情不粗糙，自己的审美不低俗，自己的心底很柔软，自己的感知很灵敏。自己能够以诚待人，滴水之恩当以涌泉相报，宁让人负我也轻易不负人，正像亲人说我："你总是心太软心太软。"如此，我为自己庆幸，我还不是一个太稀里糊涂的人，不是一个太浑浑噩噩的人，不是一个失却热血甚至冷血的人，还勉强算是一个有趣的灵魂。要知道，亲人之间，朋友之间，最重要的是什么？是"懂"。懂，是人的心灵感应，是人的心灵之约，是可遇而不可求的。"懂得"若彩虹，遇上方知有。

那么余生，还想干点什么？最想干的是还想再出版一本书，或者，是至少两本书。还能出几本书吗？少时曾想当作家，老了终究当不成。不过如陈忠实先生所说，能有几本书垫在棺材里当枕头，这些书不管别人喜不喜欢只要自己喜欢，是不是睡得能够更加踏实一点？

夜深人静的时候容易胡思乱想，容易胡言乱语，容易翻江倒海。翻江倒海就是廻澜吧？廻澜塔，蓉城驷马桥边的廻澜塔，我懂了。

自在行

每个人都有自己的"迷"，所谓"当局者迷"。每个人都有一双明亮的眼睛，所谓"旁观者清"。每个人都给自己一个希望，然后，在这个希望里折腾一生。到最后，"好一似食尽鸟投林，落了片白茫茫大地真干净"。

其实，红楼梦是另一个人世间，你会在里边看到你认识的和不认识的每一个人，看到真实的自己。如果不读《红楼梦》，将会少了认识上的另一半。当然，没有读过或没有兴趣读《红楼梦》的，不会这样觉得，也许盲目地活着会更有滋有味。

《红楼梦》里给小时候贾宝玉喂奶的李奶妈，经常找宝玉的侍女袭人的茬，经常骂袭人不过是几两臭银子买来的臭丫头。可是她忘了，她也是用几两银子被买来的。所以，人在侮辱别人的时候，其实往往也在侮辱自己。所以，人，有时领悟，有时执迷。人，大约就生活在领悟与执迷之间吧。

我们在这个世界上是永远存在的，一点点也少不了，只是存在的方式会变化，只是作为人这个物种，才会存在几十年至多上百年。所谓人生而自由，但却无往不在枷锁中。但不作无聊之事，又何遣有涯人生？所谓人不作就不会死，可是人死，大多又不是因为作。正可谓，祸兮福所倚，福兮祸所伏；塞翁失马，安知非福。只有读懂了它，方才知道了人间的一些道理。

罗素说，你能在浪费时间中获得乐趣，就不是浪费时间。正如郭怀若先生所言，世间万有，一趣境，最不易得。无趣之人，纵空活百岁，亦只为时间所牵累而已。佛说诸经中言时间皆曰"一时"，盖时之长短，皆须依自心而悟，他人岂得知耶？明乎此理，遂得自在行。

太湖石

太湖石，太湖里被水长久浸蚀洞穿的石。一块石头，浑身布满了洞洞，就有了虚实通透之美。一块石头竟然如此，那一个人呢，一件事呢，一道景呢。譬如一个人，不能没有礼教，不能没有性情。其中的度，要拿捏好。拿捏得好的能耐，是你，做人的本事。

孕育需要母体，长大必须离开母体。这看似是一对矛盾，却是相辅相成的。世界上万事万物，大都如此。一粒种子，土地是它的母体，可是它要长大，必须破土而出。一个孩子，同样如此。有人说，每一个人的出生都是偶然的。谁也不知道，自己何时出生，出生在谁家，出生在何地。细想一想，此说也是有些道理。只是，这个偶然，定是天意。既然是天意，那么天意难违。既然天意难违，那么每个人的出生，皆是必然。每个人出生时，都带着对这个世界的无限深情。

最美的朝阳与夕阳，是因为可以直视吗？可是，只有那不敢直视的太阳，可以长庄稼，可以给万物以能量。而那不敢直视的太阳，是从，敢于直视而来的。所谓宁为玉碎，不为瓦全，其实是瓦成不了玉，是玉也成不了瓦。所以是玉就好好做玉，是瓦就好好做瓦。该碎去时就碎去，该成全时就成全。世上从来没有绝对的黑和绝对的白,非黑即白的思维,是可怕的。

是谁说过,世上最好的药是安眠药,世上最不好的药是后悔药。虽然,一个人不一定需要安眠药,却时常要服后悔药。祥林嫂的故事说明:不管自己有多少不幸、多少冤屈,只要成天抱怨,成天哭哭啼啼的,人们自然会远离你,原本同情的,也会躲着走。所以,世上本无事,庸人自扰之。可是,世上总还是庸人居多,所以,就有了"人无远虑,必有近忧"一说。终归,人还是要把一切放下。终归,人生还是要赤条条来去无牵挂。

老槐树

村里寿命最长的,是这棵老槐树。从有这个村庄开始,它就站在这里了。

它看到了这个村庄的从无到有,从小到大,看到了这个村庄每一次的更替兴衰。它看到了这个村庄每一个人的形形色色、假假真真,看到了这个村庄每一个人的生老病死。可是它垂眉低首,默不作声。不似那宁国府的焦大,居功自恃,假作聪明。当然,老槐树做不成焦大;这个村庄,也不是荣宁二国府。

有段时间听《蒋勋细说红楼梦》有些上瘾。蒋勋的解说虽然偶有小伤,但是瑕不掩瑜。记得自己读《红楼梦》时,不管怎么"啃",体悟也到不了这么深。所以,还是要感谢蒋勋先生。而这棵老槐树,比那部《红楼梦》,还早着一个朝代呢。

《红楼梦》,是文学界的珠穆朗玛峰。这棵老槐树,是当地人的图腾。

人世间

近日得闻的几个故事,一度让我感慨良久。

先说第一个。

马路边的人行道上,祖孙俩手牵着手,正悠然自得地踱着步子。突然,一辆自行车直冲过来,爷爷本能地将身体护向了孙子。就在刹那间,孙子哇哇大哭，骑自行车的男孩脸色煞白，爷爷躺在地上已不能自主起身。

一路鸣着笛的救护车，将爷爷送到了某三甲医院。经CT检查，爷爷为腿部骨折，需住院治疗至少三个月。

自行车男孩和爸爸立在床前，默默无语，一脸愁容。面对着会是一笔不菲的医疗费，家境贫寒的爷儿俩及其家人，只能暗自长吁短叹，在"受害者"面前自是无话可说。得知"撞人者"家庭的真实情况后，爷爷对自行车男孩的爸爸说："一定不要责怪孩子，也是怪我自己不小心，没有及早地预判和防范。我有退休金和医疗保险，不用你们管了，你们回家吧。回家后给孩子做点好吃的，千万千万别吓着孩子。"

故事中的爷爷是一位著名的专家，一生著述颇丰，其科研课题成果曾填补两项国家空白。当然，他也是我多年来以心相交的朋友兼兄长。

第二个故事说的是老张。认识他的都知道，老张为人厚道，乐于助人，与之熟悉的人有了什么事情，总是愿意找他帮忙。为此他在亲戚朋友那里，自然就收获了一个好名声。

话说数十年前的一天，他一在外地工作的学生给他打电话，说："自己从小的玩伴小王，因考试落榜，已不能复读升学，请老师尽上全力帮帮他。"受学生之托，这位老张便使出浑身解数，从帮其联系复读学校开始，一路助其实现了人生的愿望。

有一年，老张购房，因手头趋紧一时拿不出来首付款。得其相助且已从高校毕业从事法律工作的小王，便知恩图报解囊相助，送来三万元钱解老张燃眉之急。正在畏难发愁的老张，自是心怀感激，收下钱时就随手写了一借条交与小王收存。然后，在几年的时间里，一次一万一次两万，在自己家中和小王的办公室里，分两次将钱还给了他。

厚道的老张只知道害人之心不可有，却忘记了防人之心不可无。还钱后索要借条时被告知已遍寻不到，没有再让其写一欠款已还之收据，就将此事丢于脑后了。

不料人有旦夕祸福,借取还钱之事发生若干年后,正当盛年的小王却得了中风,躺在床上失去了自主表达的能力。此时,其妻不知从何处翻到了老张当年写下的欠条,遂向老张讨要所"欠"。老张细说归还之原委,可其妻根本不听老张的解释,而是以"条"为凭,将其诉之于某法律部门。由此,经过一系列的所谓程序,硬生生又从老张工资卡里,给"套"出去了三万元。

这个故事中的老张,是我的同学与兄弟。

第三个故事,当从"户户通"说起。去年农村的"户户通"路面硬化工程,牵动了不少在外游子的心。如此,但凡有乡愁情结并在农村有老屋的,一般都会给老家捐出一点儿钱,以示自己未曾忘本。

如上所述,这捐钱人中基本都是在农村尚有房子的,已经无房而又捐款的,抑或凤毛麟角,可老逯就是这凤毛麟角中的一个。他这个老家的"无房户",不仅给村里的户户通工程捐了一万块钱,同时还拿出相当数额的款项,资助依然居住在村里的弟弟翻盖新房。

这位老逯高中毕业后,即回乡在本村当民办教师,大学毕业时,又被分配去高校工作,从事某前沿学科的研究与教学。几十年过去了,其现在已在专业同行中领先,品行有口皆碑。自己刚过而立之年的孩子,也已是某著名高校的教授和省级"杰出青年"。本是三年前就已成为爷爷的他,最近又得孙子一枚。这一切,当然让他喜不自胜。可最让他开心的,则是他时时挂在嘴上的桃李满天下。一日相聚,有数名博士在场,这其中大部分人都是他的弟子。面对此状,我曾即席以"戊戌变法六君子,老逯弟子六博士"来调侃并点评之。

这位老逯本是一七尺硬汉,可哪知更是性情中人。就在前不久数十名学生为庆祝他退休而举行的宴会上,面对着"师之大爱,一生铭记"的大红标牌,竟一时珠泪纵横,难以自持。

我知道,这是幸福的泪水。以为然否?以为然否?我的知心朋友,我的,好兄弟。

冬至至

窗外，一片辽远明亮，无云的天空尽由着太阳肆意。窗台上一盘热气腾腾的水饺，仿佛在向人们昭示着什么，实际上也无须昭示，那竖写的两个大字和一行小字，已明白无误地说明了一切。

这是朋友发在朋友圈里的一张图片。虽已黎明，天依然在暗着。数百米外马路上车轮摩擦地面的声音，络绎不绝地传入耳朵，那些早起的人们已经开始了一天的忙碌。还有一些早起的朋友发来了问候的图片和视频。

真的是心中暖暖。适才看到了供职家乡某岗位，"山东十大最美读书人"冯姓朋友，给我写来的一段文字：

昨日去超市买菜，人比前几天多。出了超市，猛地看见阳光地里有一小童车。车里躺着一小女孩，也就一周岁大小。她很安静，小口罩上方露出的两只大眼睛很明亮，睫毛长长的。我不知道她在凝视什么，只觉得她的眼眸里有两汪清澈，那一刻，心就有些温柔了。她的笑，让我想起了佛。佛说，遇见，皆需感恩！

心中能不暖暖的吗？岂止是暖，更是美好，是美好啊。

是的，遇见，皆需感恩。从夏至开始日渐其短的铿锵脚步，今天到了一个节点，非是戛然而止，而是向后转，开始日渐其长的新的旅程。在遇见的日复一日的每一天里，我们需要感恩的事和感恩的人太多太多，一颗感恩的心，总是随时鼓胀得饱饱满满的。

顺着这个思绪往前走，想说的话就太多太多，还是先行打住，回到冬至本来的话题上。先有立冬，继有小雪，再有大雪，今又冬至，到底冬天是从哪天开始的？真正的冬天，应是从今天开始吧？凡是中国人，从今天就可以开始数九了：

一九二九不出手,三九四九冰上走,五九六九沿河看柳,七九河开,八九雁来,九九加一九,耕牛遍地走。

数吧数吧,在各自盘算着而且也必须盘算着心中小九九的同时,数着这个"大"九九向前走吧。

一个意识忽然进入脑际:二十四节气里边有立春立夏秋立冬,有夏至和冬至,怎么没有春至和秋至呢。夏至应是真正的夏天到来,冬至应是真正的冬天到来,而真正的春天和真正的秋天的到来是难以确定的,一个前连着冬后连着夏,一个前连着夏后连着冬,而夏至和冬至,就像一天中的正午和夜半,泾渭分明呢。

冬至到了,万物复苏就已经在路上了。数吧数吧,从现在开始,当我们数到九九八十一天的时候,真正的春天,就到了。

好了,起床,包饺子!

云有心思雨有花

云有云心思

秋天，是云最有心思的季节。

心思，决定颜值。

秋高气爽，天高云淡，云想衣裳花想容。

颜值高、有心思的云，最好看。

云是哲学家吗？

一直在创造自我，又一直在追求无我。

比人类中的一些人，活得聪明。

人的精气神写在脸上，云的精气神写在天上。

天是云的脸吗？

如果没有了云，天会寂寞吗？如果没有我，谁懂云的心思？

白露的云是白色的。

白露的云骑在牛背上，牛儿不是神马。

睡莲,睡在荷的边上。

一只野鸭,大声地叫着,试图叫醒永远也叫不醒的睡莲。

睡莲,是在装睡吗?睡莲装睡就像一只装睡的狗儿。这不该是,白露该有的样子。

阔硕的荷叶上,长满了白色。

云的白。白露的白。

白天看见联翩浮现的云,夜里就会浮想联翩。

浮想联翩也是云吗?

特别是在梦与梦之间的梦醒时分。

那不是不知所云的云,那不是人云亦云的云,那是思想的云。

谁说它与天上的云,没有关系?

仰望天空的时候,总见有鸟儿飞过。

是因为望它它才飞过? 还是本来就在飞过?

可是不望它,怎知它飞过?

当然,不是为了望它,而是为了看云。

它让云更生动了一些。

鸟儿是云的翅膀吧? 抑或,云是鸟儿的翅膀。

天空没有鸟儿飞过的痕迹,天空有云的痕迹。鸟儿飞过的痕迹,是云痕。

想起了幼时奶奶教的歌谣。

云彩向南,一溜蓝。

云彩向北,一溜黑。

云彩向东,一溜风。

云彩向西,披蓑衣。

奶奶给云赋予了方向感。从此,云就有了方向。

至少在我的心里,它不再居无定所,不再任马由缰。

说什么秋水伊人,说什么望穿秋水。

那是因为云落进了水里。

那是因为望得见落入水中的云。

诗与远方,云所具有。

可它缺少生活的苟且,没有生活气息,不能接地气。

可,这也正是云的特质。

云想衣裳花想容。

云与花,不是风马牛。

电子云,云计算,风马牛也不在这儿。

风马牛在哪儿? 在两朵云,在两朵不相及的云那儿。

云是孤独的吧?

要不,这一朵云和那一朵云,为何只要一照面儿,就融为一个整体,了无半点嫌隙。

云与云的相容性,比万物之灵的人,更高级。

南方的云。

南方的云是靓仔,是靓妹。

是阿哥阿妹的情谊长。

那北方的云呢?

去问泰山,问黄河,问黝壮的黑山白水吧。

万里无云。

云的命运,镶嵌在天上。

可风的命运呢?

风驻足的时候,我在奔跑。

我驻足的时候,风在奔跑。

云与风,风与我,总在一转身的距离。

那我与云的距离呢?它看我时很远,我看它时,很近。

故乡的云。

一首《故乡的云》,让我对费翔有了感觉。

归来吧,归来哟,别再四处漂泊。

当然,一如僧人济公,云游四海,也不乏是一种说得过去的生活方式。

天若有情天亦老。天有情,天有情,不都是因为云的缘故吗?

义薄云天的云是什么云?情动云海的云是什么云?

我看见,一朵云幻化成一只动物,动物的身上,被阳光涂成了金色,像极了,不,那其实,就是一只金子做成的马儿牛儿,抑或羊儿狗儿。

想来,这是云,送给新年的礼物吧。想必,这年出生的人,会永远留住,它的样子。

神马都是浮云。

神马都是浮云,何必过于执着。

神马都是浮云,为何不永远骑在神马的背上,不就永远拥有了云了吗?

神马都是浮云,有什么不好?

云的颜色好看,云有好看的颜色。

可云一旦给谁点颜色看看,那就有谁好看的了。

肆虐于天空,肆虐于大地,河流容不下,它狂暴起来的身子。

今天的云和昨天的云不一样,那是人的心事吧。

今天的云和昨天的云都平淡,那是人的心情吧。

今天的云和昨天的云都好看,那是人的心愿吧。

博尔赫斯说:"我瞅着镜子里的那张脸,却不知镜子里瞅着我的是谁的脸。"

我知道,那是镜中花,那是水中月,那是云的脸。

你,与云的脸,就隔着一层窗户纸。可是,千万不能捅破这层纸。一捅破,就没了。

没了,就没了。博尔赫斯的意思是,神马,本来就是终归都是,那一朵飘着的云。

所以,有空多看云吧。秋天的云,真的好看。

雨从山中来

又得浮生一日闲。

月之尾,四月的最后一天。

时正逢国民假期,遂与家人一起前往寻趣,前往寻访山踪水韵。于嘈杂喧哗中,演绎尘世之风情,体悟人生之况味。

此处多峰峦,中有一高耸入云者,名曰齐鲁嵩山。山脚下有一大湖,是为房车基地野营公园。湖上建有彩色浮桥,但见小船悠悠,游人如织。用作野营的房车与帐篷更是自成一景,一副灵光乍现的样子。

一家人近午方至,于风雨欲来时先亲近湖水。然后继续在山中游览。孰料刚刚入山,滂沱大雨即接踵而至。就见风裹着雨雨夹着风,似九千九百九十九匹狂马在奔腾。就见盘山之路皆成小河，水声哗哗，车轮过处水花溅起，一似那大海狂时浪急涌。就见满山遍野倥倥蒙蒙，所有的垂柳枝条都整齐划一地朝向同一方向。如此这般，让众多钢铁动物顿时吓得瑟瑟发抖，急忙寻找安全之处躲藏起来，再也不敢前行一步。

山中遇雨，应较难逢。加之比较信任儿子的车技，遂决定不停驶，冒雨穿行，趁此体味这"可遇不可求"的难得之遇，借此观那山中之雨，听那山风呼啸，看那满山遍野的白，看那满山遍野的白在风雨中摇曳凌乱。那满山遍野的白，乃是山楂树和槐树今春新生的孩子，这些孩子们此刻正在拼尽全力拥着妈妈。因为它们知道，一旦从妈妈身上掉落下来，必将坠于无底深渊，必将再也无法回到妈妈怀抱。

雨中穿山正酣，蓦然见几十架蜂箱置于路旁，蜂箱旁有一绿色帐篷，猜想应是养蜂人的休憩之处。想那勤劳之蜜蜂，于风和日丽之时在这山中飞舞，定是闻着槐花香，采着槐花蜜，悠然自得中也是透着诸般辛苦。思绪至此，突有一画面浮现于脑际：

蜜蜂每每采蜜之时，看上去似是盲目，碰上谁是谁，碰上哪朵即是哪朵。其实不然，而是予以慎重选择，就像一个人在选择自己恋人时一般用心。半开不开的花，真真是不够性感，躲开；花瓣颜色稍暗淡的，真真是半老徐娘，躲开。只有那些足够鲜艳且向其敞开心扉之"美人"，才能打动它，才能俘获它的"芳心"。正卿卿我我间，一抬头，如发现隔壁有一"美眉"更加漂亮，立马就"芳心"大变，旋即抛下这一朵，嗡嗡着扑向新的目标，嗡嗡着向新的目标，频频发起一轮又一轮之甜蜜攻势。

此乃是我从一位友人之处听来的趣闻。这位友人曾一度仔细观察过蜜蜂采花蜜时的样子，实在蛮有意思。既然蜜蜂采花蜜如此有趣，眼下，我们不如也做点有趣之事，否则怎能对得起这蜜蜂的"一番情意"呢。现在雨正滂沱，正是蜜蜂得以休息的极好借口，也正是我们俘获其劳动成果的极佳时机。念头既起，遂张伞下车，衣服却顷刻半湿。进得帐篷里，先与养蜂人一阵寒暄。见这养蜂人是一对中年夫妇，与其交谈之初步印象，男子似敦厚实在，女子则苛刻中透着些许独有的精明。

如是，与这蜜蜂之主人讲好价格，趁着蜜蜂因雨至而歇息放松警惕的时候，疾速"掠"走了它们的劳动成果。拎着这晶莹中白里透黄的数瓶玉液琼浆，想象着它的香甜甘醇，真想冲上前去"亲"那些蜜蜂一口。可是，只想亲吻这尤物的上腭或者下腭，因这尤物整日与花儿打交道，口腭也一定是香甜无比。可这尤物好虽是好，防人之心却很重，如果让其认定你要伤害它，主动上来"亲"你一下，不仅很快就终结生命，你也会难受得不打一处来。由此可见，以命相搏，乃是蜜蜂之秉性。所以，想要亲吻它的人们，还是只亲吻它用口器采来的槐香甜之蜜吧。看那槐花滋养成的甜之蜜，正"有暗香盈袖"，正向我们散发着沁人心脾的诱人馨香呢。

雨中穿山观景与伞下购蜜之举，虽是寻常，应该亦非太过平常；虽不浪漫，应该亦是别有情致。思绪至此，癫狂聊发，便口中念念有词，遂成打油诗一首：

> 卿莫笑俺太轻狂，卿不轻狂有雅量。
> 人生本就几万天，剩将一万赋远方。
> 卿莫笑俺散淡人，卿负重任家国身。
> 愚本已是桃源客，留得余晖洗寸心。

反复吟哦间，又见一浩渺水库来之眼前，水库边有一鱼馆，似在有意无意地等着我们。正好此时天色已晚，腹中也已觉饥，便停车入内，选一数斤草鲤。儿子见这刚从水池里捞出来的鱼儿活蹦乱跳，遂动了恻隐之心，不忍取它性命，就让执网者将鱼儿放回池内，另选他物做来果腹。执网者嘟囔道："这草鲤本是人工养殖，非是野生。养它就是用以食之，早点吃掉它，它会早托生。"说话间手起棍落，按着执网者的说法，这条鱼儿的"灵魂"就去它该去的地儿"托生"去了。

还真是的，不只这执网者"能耐"不小，这儿的厨师也是能耐颇大，只是一转眼儿的工夫，即煎烹炖煮做了九样。别笑俺孤陋寡闻，一鱼五吃曾经吃过，可这一鱼九吃还是第一次。不仅样数多，且样样味道鲜美。如此，心中块垒顷刻消解，不知不觉间胃口大开。待到要离开这家鱼馆的时候，腹内已是饱饱撑撑，疲倦又悄然袭来。望着窗外雨柱中暗黄的灯光，回想这一天的奔波过往，竟一时恍若梦中。

回家已是晚上九时，熟睡中听到隆隆雷声。嘀嘀嗒嗒，不知何时，已经开始下雨了。可是相比那山中山下与山的近处，这雨似乎来得晚了些，不仅来得晚，而且没了脾气，换上了一副柔柔弱弱、絮絮叨叨的样子。于是，我就想，这雨应是自那山中而来，应是一路追赶来到这里。不为别的，就为了这山中的"轻狂"与水边的"散淡"，就为了这即逝的月末，就为了这即将到来的新的一天。

花儿五月开

五月的花儿，仿佛一点儿也不知道疲倦，铆足了劲儿互相追着赶着，好像一不小心就会错过时辰似的。只要随处走走，在某个角落，冷不丁地就会冒出一朵花儿来。

一朵花儿后面，有时会有三五朵儿，十几朵儿。有时会有百儿八十朵儿、千儿八百朵儿。有时会有无数无数朵儿，望过去，一大片一大片的。这些花儿，有的姹紫，有的嫣红；有的艳丽，有的庄重；有的大如脸盘，有的小如指尖；有的浓香扑鼻，有的馨香淡淡。无论走到哪里，一拨儿一拨儿的，几乎是天天变换着新的。

这就与四月不同。在四月里，花儿们也许才刚刚闻到春的气息，也许才刚刚睁开惺忪的眼睛。那些觉悟得早一些的，那些喜欢赶赶时髦的，试探着开始向世间展示一下它们的身姿。可这毕竟只是少数，虽也时见甲紫乙红，但与五月比起来，只能算是小巫见大巫了。由此看来，不到了春末夏初，花儿们是活跃旖旎不起来的。

而到了六月七月，凡是忙着自己花事的花儿，大都开得差不多了。放眼看去，也许还剩下个十种八种的迟疑着不肯归去，但毕竟已经"萧条"了许多，也"黯淡"了许多。那二月呢，那三月呢，花儿们在哪儿呢。那时候啊，它们还在妈妈肚子里包裹着呀，它们还在妈妈肚子里包裹着并孕育着，耐下性子等待产期的到来。

花儿虽然大都在五月盛开，可它并不是二十四小时都在全天候开放。有人观察过，白天盛开的花，有许多许多，到了晚上就会闭合，到了白天再重新张开。原来，花儿也有害羞的时候。夜不懂它，它也不屑于夜。它只向懂它的人和懂它的时光绽开自己。夜虽然强占着它的身子，可它的美，不展示于夜的寡情，不展示于夜的艰涩。所以啊，一朵花儿一生不是只绽开一次，而是会反复地绽开多次，然后，一瓣一瓣地脱落。

除了梧桐花。

喔，原来梧桐花还与其他的花儿有不同之处呢。是啊是啊，看见那满树淡白色的梧桐花了吗？闻到那梧桐花浓浓烈烈的花香了吗？它就是这个样子，自顾自地嘟噜嘟噜地开，自顾自地嘟噜嘟噜地落。它盛开的时候是悄无声息的，它脱落的时候也是瞬间完成的。它不像别的花儿是一瓣一瓣地脱落，要落就是整体，要落就是全部，要落就是吧嗒一声从高处扑倒在地上。就使那花香和特别留恋着这花香的人，旋即一起陷落。

第二章　寻一处镶着云影的泽畔

再没有人了,再没有人了,你自己来吧
时间的路上你孤独吗? 尽头是如水的寂寞

你的原初是谁,你的未来何在
你住着良心的身体都老了
你的青春你的梦想这两片花翅膀呀
已经没有春天了,头发都白了
去找个镶着云影的泽畔,你坐下来
梳理你清水中的一生吧
再问问那树梢的月亮到底是谁家的女儿
漂漂亮亮,选定在哪个日子出嫁

你呀你别再关心灵魂了,那是神明的大事
你所能做的,是些小事情
诸如热爱时间,思念母亲
静悄悄地做人,像早晨一样清白。

——海桑

故乡的原风景

一棵桃树

一棵树,一棵桃树。

孤零零地,站在这河的北岸。

没有它的同类,只有它自己。

花期到了。花期不能错过,就这么兀自地开。

每一个骨朵都要展开,每一个骨朵,都有展开的价值。

鲜有人走近它。

在这田野里,在这方圆几十里的田野里,有大片的桃园。

人们想欣赏桃花的时候,会去看桃园。

人们会端详桃园里的每棵桃树,看它的花色,看它的繁盛,看它秋天能结多少果子,看桃园的主人,一年下来,能有多大的收获。

就这么孤零零地站在这河的北岸。站在这高低不平田地的地头。站在这去往河边,不算窄也不算宽的路的东侧。

这地头的位置很是重要。因为,它不会妨碍,这块地主人的耕作。不会影响,这块地主人的收成。

否则,这块地的主人,不会容许它的存在。

我在猜测它的身世。

它不会是人为种植的桃树,它是私生子。

人为种植的桃树,会数棵数棵的,会一片一片的,会进行精修细剪的,会计算它的收益与成本的。

它的身世应该是这样的,一个少年,手握一个硕大的桃子,一边啃吃,一边蹦跳着去往河边。

桃肉吃完,随手用力把桃核扔了出去。

第二年的春天,一个小芽儿,破土而出。

只是那个少年,你在哪儿?

你知道这河边,有一株,因你而生的生命吗? 你会记得,来看它一看吗?

还有那个,曾经以梦为马的少年,你当年,随手扔在河边的桃核,它们的命运如何?

你无意当中,种下的桃树,它们是否,依然安在?

一场春雨

一天未露面的太阳公公,像极了一个蓬头垢面的老者,像极了那满腹经纶却以流浪为乐的沪人沈巍,被强行按在浴缸里,先洗净了身子又洗净了脸,今早起来,笑得格外艳丽。

一场春雨后的清晨。

最先感知到这春雨的,是同居一院的两家邻居。

这两家邻居可是金贵,称得上是真正的芳邻呢。一家是院内梧桐树上的喜鹊,一家是大门过道房梁上的乌眉。每天清晨的五点左右,它们就像公鸡打鸣,又像母鸡下蛋,准时鸣叫起来。喜鹊的一家叫得活蹦乱跳,乌眉的一家叫得清脆婉转。它们的叫声,让这所农家小院,格外地生动起来。

可是这一天的早上,它们都集体哑声了。原来,是随风潜入夜的春雨来了。它们都趴在暖暖的窝里,骨碌着蓝蓝的小眼睛,悄悄地看雨呢。

我便从被窝里爬起，朝院子里望了一望，就见已经有了浅浅的一湾。

虽说是春雨贵如油，但一场春雨，实在也没有什么好稀奇的。

可是于我，还是感到了它的稀奇。

四十多年前，自己就已离开了这方土地。而每次往家乡走一走，又总是步履如捣，行色匆匆。不用说没有遇上过春雨，即便遇上，也是满腹的埋怨。因为，它会迟滞我往返的脚步。

可是这一次不同了，我躺在家乡的怀抱里，聚精会神地欣赏这一场春雨。曾经浮躁的心，也由此而安静了下来。

雨中的乡村是寂静的，一切都被那细细的丝线遮掩。那些丝线，拴拽着一座座的农舍，拴拽着一道道新翻的墒垅，拴拽着颜色深深浅浅、地势高低不一的麦田与菜园，像是要给它们，量身织就一套合适的新衣。

可那细丝拴拽住的，只是浮伏的表面，内里是沸腾着的。如果将耳朵贴近那些绿色的尤物，就会听见它们在欣喜地窃窃私语呢。还有那些房子里的人们，春雨是他们的盛大节日，是他们尽情狂欢的时候。他们有的在看电视，有的在打扑克，有的在唠嗑唱歌，有的邀上三五乡邻，盘腿坐在炕上喝着小酒。尤其是当他们谈起自己辛苦种下的庄稼，谈起有了这雨的滋润，庄稼会愈发苗壮，兴奋的脸上便如蒙上了红布，布满了吉祥的云晕。

对于一场春雨，生活在城里的人和生活在农村的人，感受是不同的。下在农村的雨，是下在人心上的。而下在城里的雨，却是下在人身上的。尽管这个不同，会因人而异。也就是说，对于那些居住在城市里的某些上班族而言，下雨下得是湿漉漉的雨披，是阴沉的天空和烦闷的空气；是打车难，是不方便，是鸡飞狗跳和密闭的交通工具；是牢骚满腹，是怨天尤人，是对下雨天的不待见。当然，这感受的差别，抑或显著抑或小微，既不能怨天怨地，也不能怨人，是所处的环境使然，是"存在决定意识"使然。所以，如春雨有知，就选择合适的地方栖身吧。

我的小院里有一棵梧桐，一棵山楂，一棵榆树，一簇蔷薇，一簇月季，一团迎春,还有三五株香椿。它们都老老实实地站在那儿。它们虽然不会动弹,可与我一样,对这场春雨,也是欢呼雀跃着的。手执一把雨伞,信步走到村前,映入眼帘的,是所有植物的手舞足蹈,一如人们的喜极而泣。凡是它们能够示人的地方,都流淌着幸福的泪水。雨停了,那颗颗泪珠,依然挂在俊俏的脸上。细细端详一番,这泪珠又仿佛是镶嵌在新生幼儿的腮际,让驻足观望的人们,恨不得大步跑上前去,美滋滋地亲上一口。

一场春雨,总是把意义写在自己的每一粒水滴上。它是为乡村而生的,因为田野里的庄稼,因为村庄里的绿植,因为那些饥渴的生者,它来了。

这是一场来自上古的春雨。从不如油开始,淅淅沥沥,下到了贵如油;又从贵如油开始,淅淅沥沥,下到了比油还更加的金贵。因为这场春雨,南河里的水,也开始流淌起来了。

一盘热炕

抗得住冬天的寒冷,却差点冻晕在去往春天的路上。

娘啊娘,真冷啊!您也不给我攥攥手,您也不给我焐焐脚,冻煞您儿子了。

老娘:嘿嘿嘿嘿……

竟然没有叫我"锅锅"。好吧,那就继续给您烧火炕,把您的后脊梁给烙烟它。

可我的老娘,就愿意让这热炕头,去烙她的后脊梁。

老娘的年纪已在朝着九十上数了。身体还硬朗,就是思维能力已严重退化。面对着喊我"锅锅"的老娘,经常有朋友"评头品足"。有的说,老娘这不是老年痴呆,是返老还童。有的说,有娘就有家,有一个患痴呆症的老娘,也是身为子女的福分。有的说,母亲因为不记得而回归童年,儿子因为孝顺而顺遂母亲的世界,此乃人间大爱。这些说法,对于老娘来说,都如那锅底下越烧越旺的柴火,都如那一盘热炕一样的实在。

贵如油的春雨,正淅淅沥沥地下个不停。可老娘不喜欢。自从回到这家乡的祖屋后,老娘一天要上街十几趟。返老还童的老娘,具有的已经是幼小的心灵。这雨,根本挡不住行为已状如少年儿童的老娘那颗不安分的心。

于是将院门和屋门反锁。老娘让我给她敞开。于是我说钥匙被邻居拿走了,人家是好心,怕您被雨淋着。老娘这才逐渐安静了下来,唱张大娘淘完了米,唱东方红太阳升,唱北风那个吹雪花那个飘。

老娘是坐在热炕头上唱的。一首接一首,唱个不停。一盘热炕,就有如此的魅力。可别小看了这么一盘普普通通的热炕,它可是乡村一道独有的风景呢。它既是农家人的出生之地,又是农家人小时候的摇篮,还是农家人长大后的休憩之处,甚至连吃饭、待客、聚会、聊天,都要在这热炕上进行。要不怎么会说:三亩地,一头牛,老婆孩子热炕头呢。热炕,的确是农家人的一方天地呀。

这盘热炕,似乎也激发了我的灵感。为逗老娘编的顺口溜,几乎张口就能来。老娘也竟然像听懂了似的,咧着嘴笑了起来:

满园春色关不住,
关不住的是老娘。
一天出去十几趟,
一霎不出就出样。

娘的个娘叫姥娘,
娘的个爹叫姥爷。
娘做馒头叫馎馎,
养个儿子叫锅锅。

俺和老娘炕头坐,

七说八拉还唱歌。

东扯葫芦西扯瓢，

看谁下炕添柴火。

这盘热炕，也似乎让老娘恢复了一些记忆。我的老家在渠河北岸，区划属于安丘，老娘则是一河之隔的诸城人。而相州又是诸城的重镇。小时候老娘曾经唱过《八路军打相州》。因时间久远，这首民谣的内容已基本不记得了。今天，趁着这室外的春雨下得欢实，与老娘盘腿坐在这热炕头上，你一句我一句，竟慢慢地回忆起来了。当然这首民谣反映的是否是真实的历史，在此自是无从细究：

相州据点修得真是好啊，炮楼三丈高啊。

鬼子司令吹大气，八路打不了啊。

八路同志真也么真勇敢啊，

慢慢地往前挨啊，攻破相州街啊。

小鬼子小汉奸，死了个三四千啊。

剩下了百十个啊，跳出围子来。

正碰上发河水，淹煞些狗杂碎。

一上午就这么过去了，一下午就这么过去了。除了大小便，这盘热炕就像磁铁一样，把俺这娘俩牢牢地吸附在了上边。孩子的妈妈做好了饭，端上来让我们吃，趁此，我就又抓住机会"开涮"老娘道：娘，您儿子娶的这个媳妇好不好？老娘随口道：好媳妇，花骨朵。见人来，一怵怵。反应那可真叫一个快当呢。

带老娘回老家住上一段时间，本来是一件很平凡的事，可在县城从事教育工作的鹏志侄儿，却像发现了新大陆，振振有词地褒奖了起来：叔叔所为，犹如旧时乡贤回归故里,官绅告老还乡,示范孝道,播文督事。我们现在乡村社会最缺乏高端人才引领。日本尚有此风,如前首相村山富士,卸任后便回到了他的老家大分市。今年我们的两会,也已有人提出了设立高级官员告老还乡制度的提案。

对于鹏志侄儿所言,为叔叔的我当然不敢当。也许,侄儿所言的本真,就在这盘热炕上搁着呢。我给老娘烧一盘热炕,与老娘坐在这热炕头上唠嗑,就是侄儿话语中的要义所在呢。

俺娘不识愁滋味

耳朵不聋眼不花，

身板好像十七八。

俺娘不识愁滋味，

永远都是笑哈哈。

这是俺娘几年前八十寿诞时，俺给她编的顺口溜。这顶算得上量身定制的"帽子"，戴在俺娘的头上，可谓不大不小正合适。俺大大比俺娘还小一岁，可是十年前就走了。记得大大去世时，我们兄妹五个商量着，要给大大以当地农村最好的葬礼，要用上棺木花罩，要请上说唱班子和吹手班子。因为大大一辈子不容易，颠沛流离，经历坎坷，还做过诸如心脏搭桥之类的大手术，在死亡线上挣扎过好几回。所以一定要让他风风光光地走，这样不仅给逝者长脸儿，对生者特别是我们做子女的也觉得有面子。可俺娘得悉后却坚决不让，她给出的理由是，吹鼓手和说唱班一路上吹吹打打说说唱唱，会引来大批乡邻围观，这要多少时间才能到达墓地？天气这么冷，死人不遭罪活人还遭罪呢，你们兄妹几个怎么受得了？活着的时候尽了孝就行了，死了还要那面子干什么用？我们兄妹几个本来从小就最"怕"俺娘，一听觉得说的也在理，于是也就按俺娘的意思办了。

说从小"怕"俺娘可不是一句空话。记得俺大大只要一看我们兄妹几个调皮捣蛋，就立马吓唬我们道："来了恁娘了，她要打恁，我可不管。"一听到俺大大这样说，我们就像老鼠见了猫，立马变得鸦雀无声。说起来，我们兄妹几个从小可没少挨俺娘的打，我和二妹挨得最多，不下几十次，大妹最乖所以挨得最少，仅仅只有一次。记得给我留下最深印象的几次是：早晨因懒炕不麻麻利利地起来推碾推磨，贪玩逃学半天未去学校上课，爬邻居柿子树上偷摘人家的柿子吃……就因为诸如此类的事情，结结实实地挨了俺娘不少笤帚疙瘩，有时屁股都被打得不敢沾座。而且俺娘还边打边问道：以后还敢不敢了？直到听到满意的回答才停手。于是，现在有时我就跟俺娘开玩笑地问"小时候你那么能打俺，好像后娘似的，你就不心痛？"俺娘振振有词地回应道："怎么不心痛？可是不打不成器呢。你看你们兄妹一个个都出息得这么好，尤其是你，都把你打成了厅级干部，你们还得感谢我呢。"倒也是，俺娘虽然对我们施以棍棒教育，可她从来不胡厉害，都是教育她的子女要走正道做好人。

俺娘有三句"经典名言"：人就这一趟买卖，没有第二回；为人要知足，不知足给他个月明（月亮）抱着也嫌不明快；三条路走当央（中间），谁也治不得。我就说："娘啊，你虽然没进过学校门，可你还是个哲学家呢。第一句是说珍惜生命，第二句是说感恩知足，第三句是说中庸之道。为人一辈子，只要把你这三句话给弄明白了，也就活得不至于太稀里糊涂了。"俺娘受到了她这有"学问"的"大官"儿子的肯定和鼓励，于是对此讲得就更加起劲和生动了。

俺娘不只那样说，她也是那样做的。

记得"文革"期间，俺大大作为"走资派"村支书被造反派批斗，被关牛棚，被办"学习班"，被戴上大纸帽子游街，曾一度想不开，认为活着太委屈，遂产生了轻生的念头。俺娘察觉后，对俺大大没头没脸地就是一顿"训斥"："亏你还是个大男人呢，亏你旧社会还逃荒要饭呢，亏你还是在组织的人呢，连个老娘们都赶不上。有什么大不了的，天塌下来有个地接着，该吃吃该喝喝，我就不信，干屎能够抹了人身上，早晚有还你清白的那一天！"俺娘可不只是光嘴上说说，还用实际行动来温暖俺大大：每天保证让他吃上一个鸡蛋，每天保证让他喝上用地瓜干换回的烈酒，家里最好吃的东西先让他吃，硬是帮俺大大挺过了那一关。

俺娘还是个很能吃苦的人。记得改革开放前那段时间，物质可谓极度匮乏，虽不至于食不果腹，但半年糠菜半年粮是习以为常的事。为了让包括爷爷奶奶在内的九口之家填饱肚子，俺娘除了白天到生产队里干活挣工分外，每天天不亮就起床，到田野里去捡拾柴草和拔野菜，然后赶回来将饭做好。伺候全家人吃完饭后，还耽误不了我们兄妹几个去上学。俺娘做的饭中最好吃的应该是"萎萎毛"小豆腐，再配上甘甜的煮地瓜，那叫一个美味，到现在想起来还馋呢。那时俺家人口多，全家人所有春夏秋冬穿的衣服和帽子鞋袜，包括夜晚睡觉用的被褥，都是俺娘在农忙之余，和奶奶一起一针一线缝出来的。现在想来，这该是多么的辛苦和不易啊。

俺娘也是个不记仇的人，好像在她的眼里，这个世界就没有坏人这一说。当年俺大大挨批斗时，有一个人对他特别狠，揪他的头发扇他的耳光，还用脚把他踹到地上。后来这个人得了癌症，我们都说这是报应，是上天看不过眼给他的惩罚。俺娘见我们不仅不同情还幸灾乐祸，就把我们"教训"了一顿，说："你们怎么能这样，他都是要死的人了，要死的人得原谅他，他对不起咱咱可不能对不起他。"在这个人的弥留之际，俺娘多次带着礼品甚至带着钱去看望他，他去世后，还跑前跑后给其张罗后事。

俺娘见不得不平之事，具有一副热心肠，挺会讲些家长里短的"大"道理，以至谁家有婆媳吵架等家务事，准会让俺娘去调解。一般来说，只要俺娘出了面，这事基本就能摆平了。还有谁家有红白之事，俺娘一定到场帮忙。譬如，在殡葬用的直径近半米的"富贵饽饽"上画图案，要根据逝者的子女家人情况现场"创作"。这可是俺娘的拿手绝活，四邻八舍那是非她莫属。全村每到春节，几乎家家户户都是贴着俺娘剪出的各式窗花，那可真叫一个鲜活靓丽呢。俺娘还乐于玉成人家的婚姻大事，经她牵线搭桥成了夫妻的共有十几对之多。俺娘还是个爱唱爱跳的人，据说为"识字班"姑娘时，什么扭秧歌打花棍了，什么登台表演节目了，都样样少不了她，是村里最为活跃的文艺骨干分子。即便到现在都是七老八十的人了，还整天咿咿呀呀地唱个不停，不过，唱的都是那些"老掉牙"的歌曲。

当然，俺娘也有笨拙的时候。我小妹妹家住一楼，住所前面有个院子，可俺娘愣是数次把自己反锁在院内进不了屋。这在暖和的时候还好说，可要在冬天那就遭了罪了。我们兄妹几个现都在城市居住，可她无论住在谁家，只要把她领出家门，她就认不得回去的路。于是我就经常调侃她，说她做的都是高难度动作，做到一次并不很难，难就难在还能反复这样做，我们智商这么"高"都做不到呢。对此她也不气不恼，嘻嘻哈哈一阵也就过去了。

这就是俺娘，一个与泥土打了一辈子交道的农村妇女。其实，俺娘不是没有愁事，没有难事，没有劳心事，她，就是心态好。

四大大

没有血缘关系的四大大,却如至亲。

——题记

参军

四大大参军走的时候,我才刚满周岁。

大门门闩响了一下,我本能地扒着窗台在土炕上站了起来,从已经戳破了的窗纸洞里向院子张望,果然,是四大大来了。

进得屋来,四大大先抱了我一会儿,然后从口袋里掏出了一包水果糖,随手向炕上一撒,趁我用两只稚嫩笨拙的小手一颗一颗捡拾的时候,四大大抹着眼泪离开了我家。

这是父母亲给我重复讲了多年的故事,是四大大参军走的时候与我依依不舍的那个场景。父母亲一遍一遍地跟我说,你和你四大大天生就亲,自小谁也不让抱,连亲大大都不找,可就是跟你四大大有缘,只愿意找他抱,只有他抱着才不哭不闹,才乖乖地让干啥干啥。

这一年是公元一九五六年。四大大刚满十八岁,刚够了当兵的年龄。这个时候的入伍参军,还不像后来那么踊跃,因为新中国才建立没有几年,又加抗美援朝刚刚结束,所以要去参军还需要动员,需要说服,需要苦口婆心地做工作。可我四大大,在当时完全可以称得上是一热血青年,主动找到部队前来领兵的首长说道:"我家兄弟们多,父母亲有人照顾,当兵我去!"

四大大当的是海军兵。据说这一年天气格外冷,雪下得特别大,大到把水井的井口都掩盖住了。本村的一位乡邻走亲戚,就因分不清哪是田哪是路,一脚踩空掉到了井里,三天后被人发现时已冻死。就是在这样的天气里,四大大却需要徒步走到县城去集合。村子距县城六十多里地,从早到晚,四大大整整走了一天,才安全地到达了集合地点。

探亲

于是,盼望四大大回乡探亲,就成了我比盼望过年都要重要和迫切的事情。因为,一颗与四大大天然亲近情同父子的良善的种子,早已在我幼小的心灵里扎下了根。

可是,四大大竟然一去几年都没有回来,只是每月要与我父亲你来我往地互通一封家信。这信的内容,据说有近三分之二是关于我的讯息。

四大大的部队驻地在青岛。参军走的那会儿,四大大徒步走到县城集合后,第二天就与新兵们一起,被解放牌大卡车运到了连云港集训地,三个月后分配到了青岛某海军基地,成了一名名副其实的海军战士。

入伍近五年时,四大大终于回乡探亲了。

这一年我已六岁,已经开始懂事了。

四大大回来后放下行装,不顾旅途的劳顿,一刻不停地就来到了我家,见到我时,一把便将我抱了起来,在我的脸上亲了又亲,然后又高高地举过了头顶。那相见的喜悦,那满室的笑声,直到现在仍是记忆犹新。

从与我父母的叙谈里,知道了四大大入伍后的大致情况。入伍两年后,按部队的规定就可以回家探亲,可他把这些机会都让给了别人。由于他的踏实厚道,每一项任务都完成得很出色,现在已经入了党提了干,成了部队的一名排级干部。这次探亲,就是享受了作为军官待遇的二十天探亲假。

天空那个蓝啊,太阳那个亮啊,心情那个美啊。在四大大回家探亲的这段时间里,我感觉天天就像过节一样。每天早晨一睁开眼睛,立即就去我四大大家,他走到哪里我就跟到哪里,甚至连他去方便时,我也站在那既养猪又兼做茅厕的门口等着。只要一眼看不着他,心里便空落落的,好像丢了东西一样。

由于四大大已当了军官,并且不断地升职,从排级到了连级,最后又升到了营级,所以每年都能享受一次探亲假期,每年都能回家住二十天,于是这团聚的温馨场面便周而复始地鲜活上演。

记得我上高二的那年暑假,四大大又回家探亲了。这时的他已经成了家,并且已经有了我三岁的妹妹和刚满周岁的弟弟。他们一家四口住了十几天后,要去我四娘娘的娘家住几天。四娘娘的娘家离着我村近五十里地,分属两个县域,没有直达的公共汽车,交通十分不便。于是父母便安排我用胶皮独轮车,推着弟弟和妹妹,将他们一家送过去。在我送下他们准备回返时,四大大早已在我的衣兜里偷偷放了十元钱和十斤全国粮票。在那个物资极度匮乏的年代,在我的眼里,这些简直如同一笔巨款。这样的事情,四大大到底做了多少次,我实在已无从记清。

转业

其实,四大大不是我的亲四大大,我与四大大并没有五代以内的血缘关系。因为同在一个村,同是一个姓,四大大与我父亲又是同一个辈分,年龄也相差无几,自幼就一起玩耍,稍长又一起上学,再加上秉性相投,所以他们两人便燃香、换帖、磕头,做了结拜兄弟。

我父亲和四大大那可真叫一个亲,一点也不亚于一母所生的兄弟。我的爷爷奶奶也将四大大视为己出,有了什么好吃的东西,一定要给四大大留着。当然,四大大也不把自己当外人,也将我爷爷奶奶当做自己的父母,将我的父亲视为亲哥。在我爷爷奶奶去世时,他按本地农村风俗披麻戴孝,长跪不起。在我父亲做心脏手术住院时,他在病床前陪了几天几夜,直到我父亲转危为安后,他才放心地离去。

在 20 世纪 70 年代初期,四大大结束了部队生涯,转业到了地方。按照组织分配,先是来到了陕西的一个劳改农场,担任该场的主要负责人,这样一干就是十几年。后又被组织调到了东营,在胜利油田人武部负责一个方面的工作,一干又是十几年。虽然调动较为频繁,可四大大无论是在哪个岗位,总能很快找准自己的位置,进入自己的角色,总是有揽下瓷器活的金刚钻,总能很快就会取得成绩。对四大大的这些本事,与他一起工作过的同事们,那可真是打心眼里服气。

四大大不仅与我们一家情义深厚,与自己的亲生父母和兄弟姐妹之间自然也更是有过之而无不及,其所作所为也是很少有人能够与之相比。他从当战士开始,每月总是从自己的薪水中拿出相当一部分寄给父母,以至于他喝酒成瘾的父亲去当时的供销社买酒或者其他东西,即使不带钱也能赊账。因为全村人都知道,他有一个孝顺的当军官的儿子,是不会让他缺钱花的。四大大排行老四,他的三个亲哥哥均在本村务农,他便尽其所能接济他们。他的父亲母亲去世时,处理后事的花销全部由他一个人承担,而收取的亲友的人情钱,他让三个哥哥均分,自己一分也不要。父母亲留下的几间房产,本应由他继承,可他也硬是留给了哥哥们。

退休

四大大如今已年近八十,所以在他六十岁的那一年,就已按照国家干部退休规定,离开了自己心爱的工作岗位。

不料想刚刚退休,四大大就遭受了人生中一次不小的打击:尚不满六十岁的四娘娘因患重病,撒手人寰。四大大两口子那可真称得上是一对恩爱夫妻,结婚三十多年的时间里,从未吵过架红过脸,被同事和邻居誉为是一对"老鸳鸯"。四娘娘的离去,使四大大像被霜打的茄子般没有了精神。记得我前往奔丧时,四大大拉着我的手说,你四娘娘跟着我吃了不少苦,先是两地分居,后又随着去了陕西,每周也最多只能见一次面,来了老家山东才算安顿下来了,可这还没享几天福,她就走了。

四娘娘去世五六年后,亲友们都动员四大大再找个老伴。因为虽然大妹妹和弟弟均已成家,但尚有一个离不开轮椅的小妹妹需要照顾。经过反复劝说,四大大终于同意并找到了新的伴侣。

今年春节,本人也已到了退休年龄,所以也就步四大大之后尘,离开了工作岗位。刚一退休,我便着手精心拾掇已闲置了十数年的农村老家的房子,不仅换了铝合金门窗,铺了瓷面地砖,粉刷了内外墙壁,通上了水电与有线电视,还新建了简易厨房与洗澡间。我这样做的目的有两个:一是带我一直住不惯城市的老娘回乡小住,二是请我四大大一家回来团聚。

我的愿望终于实现了。今年五月,四大大一家三口,我与老娘,我们终于相聚在同一屋檐下。

这真是一段叫人难忘的日子。每天早上四点半,伴着清脆的鸟鸣和第一缕晨光,我与四大大便兴致勃勃地走出了家门。我们踏遍了村里的每一个角落,踏遍了田野里的每一寸土地,几乎每次都忘记了吃饭时间,直到朴实能干的四娘娘电话催促:你们爷俩真是玩疯了,连饭都不顾得吃了。这才将我们唤回家来。

我们爷俩一起去探访已生长了四百余年的老槐树。四大大说,小时候捉迷藏就经常躲在这老槐树的树洞里,如今自己已经老了,可它基本还是原来的样子。

我们爷俩一起去探访村前的渠河,在现已干涸了三年之久的河床上捡拾鹅卵石和河蚌壳。四大大说,这条大河留给他的记忆最多最深,他的童年几乎就是在这里度过的。

我们爷俩一起去探访现已见底的龙湾。四大大说,龙湾当年是咱村最深最大的水塘,传说湾底直通东海,东海龙王每年都要来这里选一个孩子带回去,所以大人们总是不准我们在龙湾里戏水玩耍。

我们爷俩一起去寻找村里的八大景观遗迹。清光绪三年贡生牛辑五,论辈分我称之为老爷爷,曾专为我村八大景观赋诗:沙埠方平如印台,千行杨柳拟蓬莱,棉盈北岭银花现,水满南溪玉镜开,苍翠古槐张凤盖,汪洋大泽育龙胎,西崖村外作屏障,河可运粮呱呱来。如此景观,真可谓美哉壮哉。可现在历经世事沧桑,许多已是不复存在。对此,我与四大大都不约而同地感慨万千。

我们爷俩一起去遍访乡邻。房前屋后,院内院外,炕头炕尾,田间街头,处处留下了我们的足迹,时时听闻到笑语欢声。那浓浓的乡音与浓烈的乡情,不亲临其境是很难体会得到的。当然,也时常会有"对面相逢不相识,笑问客从何处来"的场景出现。不过这一般都是面对村里娶过来的媳妇和年轻后生们时。

在探访出行的路上,我多次跟四大大说,我的父亲已经不在了,咱俩六十年的亲缘证明,您就相当于我的父亲,我要将您做我的父亲对待。这个房子是我父亲留下的,您有永久居住权,愿啥时候来住就来住,愿住多久就住多久。因为,在我的心里,四大大是一个好人,一个完人,一个重情义知感恩的人,一个值得尊敬的人,一个与我虽无血缘关系却如至亲的人。四大大是千千万万普通人中的一个代表,中华民族的诸多优秀品质,在他身上可以说几乎得到了完美的体现。

院内梧桐树上的乌眉又已清脆地鸣叫起来,又已听闻到四大大起床的声音,新的美好的一天又已悄然来临……

老家的梧桐树

一

在老家的小院里,生长着一棵三人合抱粗的梧桐树。正在吃着饭,老娘放下筷子用手一指:这棵梧桐树长得真好,人家给多少钱我也不卖。这样的话语,老娘一顿饭就要重复若干次。可每当老娘念念不忘的这棵树处在盛花期的时候,落花也就开始了。

先是偶然的一朵两朵,继而三朵五朵,然后是成百上千朵,吧嗒吧嗒,像是争先恐后赶赴约会似的。在人们睡觉的时候,它下得就更欢了,早晨睁开眼睛,满地都是梧桐花安详的容颜。其实不用睁开眼睛,也能感受得到,梧桐花在夜里的前赴后继。

落在小院地上的梧桐花,就被老娘用扫地的笤帚做成了各种形状,先是大雁南飞的"一"字和"人"字,后来做成花环,随着梧桐雨的越下越大,就做成了实心圆。圆心的部分,已经变成了暗褐色,一不小心用脚踩到,发出唰啦唰啦的声响。圆周的部分,还是鲜嫩的粉红色,身子也还是绵软的。从窗户望出去,就见几只麻雀,在啄食着它们的粉嫩。

我难以猜测老娘的心思。她许是想起了已经故去十数年的父亲;想起了已经过世数十年的爷爷奶奶;想起了在这堂屋的东炕上,她和父亲轮流值班,伺候奶奶因中风经年躺卧的忙碌;想起了爷爷逢人就夸儿媳与子孙孝顺的暖人话语。抑或想得更远,想起了爷爷奶奶在旧中国的最后岁月里,靠逃荒要饭养活家中老人的艰辛。

我的心思老娘也是难以知晓。我在想,梧桐花争先恐后地开放,争先恐后地扑向大地,是梧桐花的宿命吗?用笤帚葬花而非林黛玉的荷锄葬花,是返老还童老娘的选择吗?一个认真地滴落,一个认真地葬花,是她们对待生命的态度吗?我还想,也许,桐花更喜欢林黛玉的眼泪,不喜欢老娘的摆弄。可是老娘不知有《红楼梦》,不知有林黛玉,老娘只知道,有梁山伯与祝英台。

我的思绪落在了这儿:风过有痕,家风亦是。风只是拂摇满树的桐花和叶片,家风却如梧桐树的枝干般明生暗长。

二

不知从哪一刻起,老娘开始有了失智的表现:先是十分地肯忘事,然后连一些基本认知也不行了。大前年夏天,她去在外地工作的二妹家住了数十天,直到离开时都不知是住在闺女家,整天嘟囔道:"这是把我放谁家了,俺'锅锅'也不来接我了。"在这之前,老娘在我们兄妹五人家里轮换着住,有的住得时间长些有的住得短些,以在她最疼爱的小闺女家居住为最多,还从未出现过这种状况。这一幕,不禁让我们兄妹伤起心来。可又不忍把"老年痴呆症"的帽子扣在老娘头上,就又另制作了一顶"返老还童"的帽子给老娘戴上。

老娘原先可不是这个样子。在她八十岁生日时,我还专为她编过几句顺口溜:耳朵不聋眼不花,身板好像十七八,老娘不识愁滋味,永远都是笑哈哈。尤其是年轻的时候,老娘那可是村里的"能"媳妇,不只坡里活干得麻麻利利,家里也是拾掇地停停当当。由于她那"乐天派"天性,嘴里小曲从不离口,一有空就剪窗花,农闲时就给人家说媳妇。不仅如此,还无师自通"发明"了三句颇有哲理的话:人就这一趟买卖,没有第二趟;三条路走当央,谁也治不得；人得知足，不知足给个月明（月亮）抱着，也嫌不明快。我就总结道：娘啊，您这三句话可了不得，一句是珍惜生命，一句是中庸之道，一句是知足常乐。很多能识文断字的人，还赶不上您弄得明白呢。

回到乡下住上一段时间应该对老娘有好处。因为虽然她已不会自主表达，可这十几年她一直不愿住在城里，经常吵吵着要回老家。如此，从前年开始，在天暖的春日至乍寒的深秋，就带着老娘回到了老家。跟随老娘脚步的，先后有也已退休的孩子妈妈，一同侍候老娘数月之久的大妹和三妹，从数千公里之遥回家探望的二妹和休班抽暇回家的小妹，还有她的孙子与外孙儿外孙女，以及她的几个闺女女婿。这么多人围绕着老娘，像极了院子里老梧桐哗啦啦摇响着满树的阔叶。

三

我的老娘真的与"返老还童"的小孩子一样，在家里是待不住的。只要不是躺着睡觉和吃饭的时候，就得到大街上去，我就赶紧给她搬个椅子放在路边，看她东一句西一句和路过的街坊邻居拉呱。这个一句"大婶子你吃饭了"，那个一句"大嫲嫲你不害冷啊"，老娘就一律用她的口头禅回应着：奇好啊，奇好啊。虽然答非所问，倒也没有大碍。

只是一霎儿不注意，就走丢了两次。一次是见老娘在街上聊得正欢，就暂时离开她回家休息一下。老娘一看我不在，撇下椅子就顺着街路向河边走去。正在河边东张西望时，正巧碰上居住于此的二婶儿，于是二婶儿从河边送娘归。还有一次是老娘自己偷偷出了大门，定位手表显示是在村里，但不能显示具体位置。如此只能逐街逐巷地寻找，最终在村东南角发现了她的踪影。从此，只要我离开家，就只好"狠心"把小院大门反锁，以将老娘"囚禁"在院内的"方寸"之间。

记得刚回老家不久，就遇上了倒春寒。于是怎么将老娘"关"在室内，就成了不大不小的难题。没有他法，只有哄呗："娘啊娘，真冷啊！您也不给我攒攥手,您也不给我焐焐脚,冻煞您儿子了。"老娘"嘿嘿嘿嘿"地笑着,竟然没有叫"锅锅"。好吧,那就继续给您烧火炕,也许我的老娘,正愿意让这热炕头去烙她的后脊梁呢。

可是我想错了,老娘可不按着我的"如意算盘"走。

不只是寒冷,贵如油的春雨,也正在室外淅淅沥沥下个不停。可这冷风冷雨,根本挡不住行为已状如孩童的老娘那颗不安分的心。于是,我将院门和屋门反锁。老娘让我给她敞开。我赶紧说钥匙被邻居拿走了,又说想听老娘唱歌了,老娘唱歌可好听了。老娘这才逐渐安静下来,唱张大娘淘完了米,唱东方红太阳升,唱北风那个吹雪花那个飘。

就这样,老娘坐在热炕头上,开始过起唱歌"瘾",一首接一首唱个不停。窗外,梧桐树也在用无叶的枝丫和着雨滴,唰啦唰啦回应着她。

虽然老娘的记忆力已十分不佳,可是对于年轻时唱过的一些歌谣,却是张口就来。特别是这一首,唱了一遍又一遍,以至于我也已对此耳熟能详。只是不知道这首歌谣的名字叫什么,而且这首歌的歌词还很长。据我推测,应该是在老娘的家乡于1947年解放时,十三四岁的她,跟着解放军的工作队学唱的第一首歌。不如此,一首歌不会如此地深入骨髓,因为一张口,就仿佛是从血液里流出来似的:

过去的社会老封建,妇女们受罪真可怜。从小爷娘没瞧起,咬着个牙根把脚缠。大门也不出二门也不迈,好似个哑巴吃了黄连。

买卖婚姻不自由,公婆脸前抬不起头。丈夫打来婆婆骂,还有个小姑子做冤家。天天吃气吃了个饱,牛马的日子实在难熬。

五更起来半夜眠,从早到晚不住闲。累得腰酸骨头疼,婆婆还给脸子看。喝凉水来吃凉饭,眼泪尽往肚子里咽。

越思越想越难受,什么时候才能得自由。来了中国共产党,领导着妇女得解放。一不挨打二不挨骂,替咱们妇女来说话。

咱们大家快组织,组织起来把身翻。老年参加妇救会,青年参加识字班。勤学习来多纺线,谁也不敢瞧不起咱。从今后,谁也不敢瞧不起咱。

这首歌的版权,应该属于,我的老娘。

四

一个已经失智失能的老娘,一个已经与其无法正常交流的老娘,要二十四小时不间断地照顾好她,那可不像说句话那么容易。一天两天甚至十天半月也许还行,可时间一长,就有些吃不消。俗话说老小孩老小孩,可是照顾孩子,你能看到他的成长。看到他长出小牙齿,看到他牙牙学语,看到他蹒跚学步,看到的是满满的希望。可照顾一个"老小孩",就要困难得多了。最关键的是无法正常交流,就得耐下心来哄着,不厌其烦手把手地教着。

白天还好说,伺候老娘吃喝拉撒相对容易一些。可一到了晚上,她要一宿起夜若干次,这才是最"折腾"人的呢。我给老娘买了高档坐便器,就放在睡觉的炕前,以便于她能够随时大小便用。刚刚躺下不久,正在似睡非睡的时候,就听老娘窸窸窣窣地起身了。老娘一起,就得立马做出反应。见老娘坐在了坐便器上,就赶快让耳朵变得灵敏起来,可一点动静也没听见,就见老娘已从坐便器上起来了。"娘,你不是尿尿吗?怎么没尿就起来了?""我尿了。""你没尿嘛,你要尿了我就听见了。""我尿了。"

我又没法"逼"着她让她继续小便,直到便出为止,只好由她重新躺回被窝里。可老娘已不能完整地给自己盖好被子,不是躺在被子上面,就是将半截身子露在外边。于是得赶快起身,将她的被窝给整理好。迷迷糊糊刚要睡去,就听老娘窸窸窣窣又起来了,于是上述对话又重复进行。直到听到老娘真的小便或者大便了,这才敢睡得稍微沉一些。

这样的情景,一夜少则五六次,多则八九次。时间一久,身体就开始给样儿看,就感冒就发烧就时常昏昏沉沉的。可老娘不会因此就稍有消停。一天发现老娘坐过的椅子湿漉漉的，待给老娘扒下裤子一看，从腰际到腿部全是秽物。于是便给其清理，可她还极度地不配合。只好一只手架着一只手拿着毛巾，边蘸热水边擦洗那些被污染的部位。费了九牛二虎之力，才好不容易清洗干净。这还是刚开始时的状态。再后来，老娘对大小便已是全然无觉。身上不离纸尿裤，身下不离纸尿片，隔三岔五就要耗时费力清洗一次，已经成为日常的功课。

可老娘爱笑的天性没变，"返老还童"以后就更爱笑了。老屋的院子里，阳光透过老梧桐的枝枝杈杈斑驳地晒下来，老娘不时抬头看她心爱的老树，咧开嘴开心地笑。梧桐树的影子罩在老娘身上，婆娑摇晃，似一对老友在共话短长。看到这些，我的心情就会随之舒畅起来。觉得任何辛劳都是值得的，岂止是值得，简直是太有价值了。觉得此生唯一能给予老娘的只有陪伴。因为生命从不等候，最美好的陪伴只在当下。

寒冬将尽，我在盼望春天。待到熙风吹拂的时候，小院里又会是满树的梧桐花。

那是青春放光华

20岁左右年纪，当是一个人青春岁月高光时期，无疑会在自己的记忆里，镌刻下最深的烙印。

——题记

深刻印记

已经连着下了两天的雨，到了第三天，还是没有停下来的样子。根据县教育局和公社文教组通知安排，学校早已停课，学生和老师全部待在各自的家里。

"钟顺老师，学校里可能已经进水了，快走，我和你去学校看看去。"随着喊声，我放下手中正在翻看的书，即刻与同为村校教师的牛钟相老师去了学校。进到学校一看，整个校园已经处在汪洋之中，所有教室已全部进水，凡是用"墼"垒砌的课桌已全部坍塌。在已及腰深的水中，我们两个不约而同地扛起驻校教师的铺盖卷儿，踉踉跄跄地往村里奔去。

正式名称为东古河学校的我村村校，坐落在村前的沙地里，距离渠河不足百米，除招收本村学生外，同时招收西古河村和兆家庄子村的学生，设有小学部和初中部，是当时流行的七年一贯制学校。学校的位置与村里相比，地势相对低洼一些，所以村内尚未受到降雨影响时，这里已经是水满为患了。从村里去学校要经过一个下坡儿，当我们两个放下肩上的铺盖卷儿，第二趟奔往学校走到这里时，水深已经快到脖颈了。我那时还兼着图书管理员，全校的所有图书，都装在一个小木箱里，放在一个橱子顶上。容不得多想，必须得把它抢出来。待到我们两个又把图书和老师的教本扛回村里后，已经没有再去学校第三趟的可能了，因为渠河已经决口，村内已经进水，低处的房子已经开始倒塌，整个村庄已处在洪水的围困之中。

这是公元 1974 年的 8 月 13 日，农历的六月二十六，主要发生在诸城安丘二县县域，从而给这里人们留下深刻印记的这场大洪水，就此被永久载入"史"册。

这时，我才刚刚入籍村校民办教师两个多月，接手小学三年级。按照当时的规矩，只要不离开这个学校，就要跟班到他们毕业。

初为人师

踏入社会自兹开始。这年我刚刚进入 19 岁，刚刚从就读的安丘 17 中毕业。记得毕业后不久的一天，时任村校校长的杨金玉老师来家里找我，说道："学校里正缺教师，一个三年级班没人接。听说你从上学开始，成绩就一直不错，高中阶段还担任班里的学习委员，17 中鹿思恭校长和你的班主任戴铭新老师，都推荐你到学校里当老师教课。已经和公社文教组汇报了此事，也已和你们大队里打了招呼。所以从明天开始，你就到学校来上班。"

我自然是异常兴奋，第二天天还未亮，就催着母亲起来做饭，生怕耽误了去学校的时间。刚刚做了教师，感觉一切都是新鲜的。每天早上，我基本是第一个来到教师办公室，除了扫地擦桌子之外，冬天生炉子春夏秋烧水，脏活重活抢在前面干。除了上课之外，有点儿空闲就去听其他老师的课，以尽快适应教师岗位。那时为了落实毛泽东主席的学生要"以学为主，兼学别样"的《五七指示》，学校专门修建了小型养猪场，饲养着个位数的几头猪。这个活儿自然也是非我莫属，除了正常上班的业余时间之外，周末和节假日也由我来负责管理。由此，我还承担了护校任务，节假日就住在学校里。

当然，作为教师来讲，教好学生是第一位的。退休以后，带母亲在老家居住，有不少当时教过的学生就去家里看我，几乎异口同声地评价，说我是当时学校里教课最好的老师之一，说我教过的课文，有些到现在还能背下来呢；说我教过的歌儿，好多到现在还没忘呢。然后，他们即兴咏唱起了《映山红》和《沿着社会主义大道奔前方》等歌曲。

学生的称赞也唤起了我的许多记忆。记得当时班里有一个本村学生，论辈分我得称他为小叔，从上一年级开始就是"捣蛋鬼"，几乎每个学生都被他欺负过，前任老师和家长，均已对其失去了信心，人送外号"牛魔王"和"监狱秧子"。我接手后经过一段时间观察，发现这个学生尚有许多他人不能及的长处：虽然贪玩儿可脑子好使，虽然集体荣誉感不强却不怕吃苦，虽然小错儿不断却也没有十分过分的地方，虽然秉性顽劣却仍然可塑性很强。于是，我就从激励入手，只要看到他有一点儿进步，就在班里使劲儿地表扬他。

一个从来只挨批评只受责备的学生，经常受到老师的表扬，首先是自尊心得到了极大满足，然后自信心也就此建立，不到半年时间就判若两人，不仅在班里成了名列前茅的好学生，而且在全校大会上作了典型介绍。由此，学校校长要求全校学生都要向他学习。这个学生后来考上了大专，毕业后现在外地工作。直到现在他的家长见了我，总还是会提起此事，说多亏遇上了我这个"好"老师，让他的儿子走上了正道，有了一个好的前程。

众里寻他

如果不是那场洪水，我们的经历会少很多。这里的"我们"，是指当时临浯公社整个教师队伍中的所有老师。就在发生洪水后的这年秋假，按照公社党委和文教组安排，全社二百多位教师统一集合起来，组成浩浩荡荡的"教师连"，开赴小官路村参加劳动。教师连由时任公社文教组组长宋国良老师任连长，时任17中校长鹿思恭老师任指导员。下设十个排，每个排二三十人不等,正、副排长均由各个学校校长担任。实行半军事化管理,晚上老师们分散住宿在社员家里,早晨统一起床集合,以排为单位到该村学校吃饭,然后去工地劳动。

所谓劳动就是一个活儿:给这个村的可耕田里修建水渠。按照早已设计好的线路方案,每个排先去施工员那儿领受任务,然后按照分工一字儿展开,紧接着就热火朝天地干起来。由于劳动场所相对集中,工地上安装了几个高音喇叭,用于宣传工作。

这件"活"儿,不知怎么就落到了我的头上。据说是我所在学校的校长杨金玉老师,早已去宋国良老师那里推荐了我,所以宋国良老师才能够"精准"点"将",把我从众多老师中挑选了出来。现在说起好像小事一桩,在当时却有种"天将降大任于斯人也"的感觉。由此,我也受到了格外的"优待",单独与连长住在一起,以便随时听候他的调遣。住宿的地点也不是在群众家里,而是在大队部里。

就像初次当教师时一样,做工地宣传工作也是"大姑娘上轿头一回",尤其是面对着全公社的"文化"人,心中自然是忐忑有加。为了将这一任务完成得出色出彩,我几乎使出了浑身解数,几乎牺牲了除必要睡眠外的所有休息时间,不停地采访老师,及时发现先进典型,然后写成稿子向工地广播。广播室就设在住宿的大队部里,麦克风、留声机和播放控制器,当然还有写稿儿用的本子与笔,就是我的全部"武器"。在口头广播的间隙里,就插播革命歌曲和样板戏,所以那部老式留声机和诸多塑胶唱片,也为我的这次宣传工作立下了汗马功劳。

文艺分子

虽然只有八块儿样板戏可看可演,虽然只有革命歌曲可唱可听,可那时的文艺生活并不枯燥,不仅是不枯燥,而且还十分活跃。不消说每一所学校都建有文艺宣传队,就是每一个村庄,也几乎都有"庄户剧团"。由于爱好文艺的天性,自上小学三年级开始,就"摸爬滚打"在校文艺宣传队和村庄户剧团里。记得第一次登上舞台,是周福利老师根据当时形势,编写的一部歌剧《小顺子》,由我出演里面的男主角。直到现在,这出小戏里面的几段唱腔,依然还是记忆犹新。

如果问起咱们当地人最爱听什么戏曲,回答肯定是非茂腔莫属。作为地方戏曲的茂腔,俗称"拴老婆橛子",凡是上了几岁年纪的几乎都能哼唱几句。当时俺村的庄户剧团,就是用茂腔先后排演了时兴的三块样板戏——《红灯记》《沙家浜》《智取威虎山》,而我就在里面负责打锣。长时间的耳濡目染,不往心里去也去往了心里:对这几块样板戏剧本已近倒背如流。

这一段的"文艺"经历,还真让自己长了不少本事:锣鼓家什已是样样精通,竹板钢板已是技艺娴熟,山东快书数来宝已是韵味十足。而且在刚至十六岁时还曾创下了一个与"身份"不甚相符的小小"传奇":平时同伴眼里放个爆仗都要捂起耳朵的孩子,竟然在全公社组织的基干民兵集训和实弹射击中,数发子弹,发发十环,从而一度赢得了"神枪手"的称号并受颁奖状。如此,当了老师以后,在文艺宣传等若干方面,自然更是如鱼得水。

村校的文艺宣传队由我和牛锡顺、牛明清等三位教师负责,在校长的支持下,我们购买了京胡、二胡、秦琴、竹笛、竹板、钢板等必要乐器,在学生当中搜罗人才作为文艺骨干分子,排练了表演唱、活报剧、三句半、小戏曲等节目,不仅在本村演出,更多的是去邻村演出,甚至演到了渠河南岸的诸城地儿。特别是由我掌鼓板、锡顺老师执京胡、明清老师拉二胡、自编自导的茂腔戏《新的家法》,曾经"轰动"乡里,名噪一时。

由于"窗户棱子吹喇叭名声在外",我们几个就被抽去公社驻地排练节目,以参加全县中小学文艺汇演。所排演戏剧的名字现在已经忘却,会演时获得的奖项也已忘却,但记得这是1975年春天,依然是地方剧种茂腔,依然是由我执掌鼓板,依然是由牛锡顺等老师操京胡、二胡及其他乐器,演员是从全公社学校选拔而来。

那时十年"文革"虽然尚未结束,可正常的社会秩序早已恢复,而且随着四届全国人大的召开,建设四个现代化强国的奋斗目标,已经成为全国各个领域的工作重心,所以会议就格外多。作为教师来讲,记得几乎每个周末都要去公社驻地开一次会,会场就设在新建的临浯联中教室里,内容主要是交流学习体会和工作经验。于是在这些发言者当中,时常就会有我的身影出现,同时时常出现的,还有在南林学校任教的张凤声老师。

热火朝天

一场洪水,损毁了我们临浯人的母亲河——渠河,同时也损毁了流经域内的其他几条河流,如甘河子、洪沟河等,于是对它们的治理,就提上了公社党委的议事议程。根据实际情况,公社党委决定,1974年冬天治理渠河,1975年冬天治理甘河子和洪沟河。利用农闲时节,集全公社之力,打一场清淤筑堤的攻坚战。由此一首歌曲就传唱开来:临浯大地无冬天,冰冻三尺照样干,为把水患治理好,再苦再累心也甜。

为了工作的方便,1975年冬天的治河指挥部设在西朱耿村,由公社党委李兆华书记任总指挥,仍然是实行半军事化管理,每个大队的民工组成一个连,每三个连组成一个营,每三个营组成一个团,全体民工组成一个师。指挥部下设一线工作组、后勤保障组和政工组三个"机关",负责治河工程的日常运转。

根据公社党委意见,政工组组长由公社文教组组长宋国良老师担任,组员则由组长负责挑选,于是我就又一次应"招"入"伍"。这一次的政工宣传队伍,与教师连时已不可同日而语,已由当初的单枪匹马换成了一支庞大的队伍,除了组长之外,还有从各个学校陆续抽调而来的所谓善于"舞文弄墨"之人。

我是第一个被抽调到岗的政工组员,报到当天组长就交给了我一个任务,起草一篇类似"社论"式的文章,拿到公社广播站,由播音员在临浯新闻节目中进行广播。因为刚刚开工，十数里的工地上虽已红旗招展，彩旗猎猎，可干活的民工却稀疏可见，各村少则一百、多则数百的民工绝大部分还没有到位，由此，要求各村干部切实重视起来，迅速做好民工组织工作。那时家家户户窗户头上都安着一个有线小喇叭，当天傍晚，这几千个小喇叭里就传出了如下声音：治河任务在前，为啥按兵不动？其实是"兵"要动，"将"要按，所以问题不在群众，关键在于干部。直到现在还依然记得，这篇千余字的稿儿，如一石激起千重浪，得到了总指挥和组长的大加赞赏。

我们政工组的住宿之处，是村里一户朝西大门社员家里的东炕。由于另外几位已经结婚并都有了孩子，只有我一个小单身儿，因此到了晚上，时常只有我和组长在这儿住着。在这三个多月的时间里，每天早上我总是第一个起床，在蒙蒙晨色中，先将房东的院子扫干净，然后去村里的水井挑水。在把房东水缸注满的同时，我的同伴们的脸盆和刷牙缸里，也已注满冒着热气新打上来的井"拔"凉水。而风里来雪里去，水里行泥里走，也随之成为我们的日常状态。

雨后春笋

那个时期的教育工作，虽然不大重视知识文化的学习，但却非常重视社会实践活动，非常重视学生解决实际问题的能力。就在完成治河指挥部政工组任务之后，随着全国雨后春笋般成立五七红校，临浯公社五七红校也应"运"而生。于是我就再一次被点"将"去该校工作。

五七红校设在东朱耿村村北、洪沟河南岸的公社林场里，校长由公社党委常委于殿元同志担任，副校长由公社党委委员、林场场长初天祜同志担任，教导主任由曾任过村校校长的郭洪彩老师担任，调来了语文、数学、机电、农林四位教师。学生由各村选送，条件是初中以上文化程度、动手能力强、立志扎根农村的优秀青年。全校首期招收 100 人，分设为机电班和农林班，学习期间享受本村整劳力工分待遇。

作为该校的语文教师，先是恋恋不舍地告别了先前接手现已升至的四年级的班，然后发现我现在的学生，竟有十几位是我高中时的同班同学。这个现象让我顿感压力倍增，同学教同学的事儿，不期而至地发生在我的身上，这是对手有瓷器活儿的"金刚钻"儿的锤炼和考验。于是，没有教材，自己编写；缺这缺那，自己动手。记得第一堂语文课，是讲授刚刚发表在《人民日报》上的毛泽东主席诗词《水调歌头·重上井冈山》：

久有凌云志，重上井冈山。

千里来寻故地，旧貌变新颜。

到处莺歌燕舞，更有潺潺流水，高路入云端。

过了黄洋界，险处不须看。

风雷动，旌旗奋，是人寰。

三十八年过去，弹指一挥间。

可上九天揽月，可下五洋捉鳖，谈笑凯歌还。

世上无难事，只要肯登攀。

老人家的这首诗词，可谓大气磅礴，直到现在吟哦起来，依然是耳熟能详，依然是荡气回肠，依然能给自己一股奋进的力量。

就是在这里，我开始踏上人生新的旅程。1976 年 4 月，我由杨金玉、郭洪彩两位老师介绍，成为中国人民先锋队里的光荣一员。在讨论接纳我入党的公社文教党支部大会上，我第一次受到了"党"性洗礼，由此在我的心底涌起层层波澜，因为同时提交会议讨论的五名预备人选，竟有两位没有通过。继而，我又被群众和公社党委，选拔推荐去大学深造，成为全公社这一年的"两名大学生、五名中专生"之一。

高中毕业后的这一段青春历程，是在家乡这块热土上，一段难以忘怀的青葱岁月。在那个火红的年代里,作为一个刚刚进入 19 岁的热血青年,这无疑是看似平凡倒也不平凡的人生之旅。如此,怎不时刻记起?怎会须臾忘记?同时不可须臾忘记的,还有我的诸多领导和老师,让我在这里一一写下他们的名字:为我打下牢固学习基础的一年级教师王秀英老师,我的高小阶段语文教师周福利老师,我的初中阶段语文教师与班主任牛金鑫老师,我的高中阶段语文教师与班主任戴铭新老师,我踏入社会后第一个工作岗位的村校校长杨金玉老师,对我成长过程谆谆教诲和严格要求的宋国良老师……

兰春、兰夏与兰秋

兰春,是我爷爷的名字。兰夏与兰秋,则是我爷爷的两个弟弟——我二爷爷和三爷爷的名字。还有一位叫兰冬的四爷爷,据说不到两岁时,冻毙在一个大雪飘飘的冬日里,所以就从没有见过他。

兰秋

没有见过的,还有我的三爷爷牛兰秋。第一次知道他的名字,是在上小学一年级的时候。1964年清明节前的一个下午,学校组织全体师生去给革命烈士扫墓。当时我因年龄尚小,还不知扫墓的确切含义,只是隐约觉得,这是一件很严肃的事儿。因为老师要求整个活动期间谁都不许随便说话,每一个同学都必须怀着对烈士的崇敬心情,一切行动服从"司仪"的指挥。老师说:"看见你们脖子上系着的红领巾了吗?它每天鲜鲜艳艳地飘飞在你们胸前。知道吗?它是五星红旗的一角,它是用革命先烈的鲜血染成的。"

几百人的队伍,抬着用松柏枝条扎制的花圈,来到了设在村前公墓林里的一座坟茔前。坟茔的南侧立着一块高大的石碑。花圈上不只有常青翠绿的松柏颜色,还有间隔的红色和白色:那是纸质的、人工所为的花朵"镶嵌"在上面。待师生们在石碑前一排一排站好后,先向烈士敬献花圈,再向烈士肃立默哀,然后介绍烈士的革命事迹,最后整修烈士坟茔。

介绍烈士事迹的,是我的父亲——后来的村党支部书记,一位时年不到三十岁的年轻共产党员。自此,我知道了那石碑上雕刻着的是牛兰秋烈士,是安丘县人民政府在新中国刚刚成立后,专为我三爷爷树立的。同时,我也知道了我家大门门框一边挂着的"烈属光荣"牌匾的真正含义。在我幼小的心灵里,一颗种子开始悄然萌发,开始为有这样一位三爷爷而感到骄傲和自豪,甚至还有长大后觉得难为情的一丝"沾沾自喜"与"炫耀":怪不得全乡镇的所有学校,都要前来给我三爷爷扫墓呢。于是在和小伙伴们玩耍时,就时常指着自家门前的那块牌匾说:看见了没?我家是烈属呢。

我三爷爷牺牲于新中国成立前的 1946 年,牺牲时才刚满十九岁。这时我的家乡已于一年前成了解放区,可是县城还没有解放,还盘踞着国民党反动派张天佐的一支部队。这支部队时常出动袭扰解放区,由此刚刚翻身做了主人的农民兄弟,特别是农民积极分子代表——村干部和民兵,就时常会被他们偷袭杀害。其中给解放区造成破坏最重也是威胁最大的是所谓的"还乡团",因为他们不仅对当地情况熟,对所袭击的目标也了如指掌,不少农民积极分子就惨死在他们手里——报复的心理让他们疯狂:处死前用尽各种酷刑,什么火烤水淹,削鼻挖眼,无所不用其极。

这年的秋天,为了防止敌人下乡抢掠刚刚收上来的粮食,我三爷爷所在的县武装大队,悄悄隐蔽在县城以南的数十个乡村里。他们行踪不定,今天在这几个村,明天就转移到另外几个村,打了几次下乡抢粮袭扰之敌的埋伏,让敌人吃了不少苦头。于是敌人加大了对他们的侦查密度,以报被袭击之仇,以削去心头之患。

这一天,我三爷爷他们这近百十号人马,为了防止敌人的突然包抄,特别是防止被敌人"一锅端",分散宿营在三个超过十里之遥的村子里,然后又每三五人一组,分散住在可靠的老百姓家里。不料我三爷爷所宿营的这个村,敌人早已安插了一个"眼子",待到天黑,这个暗探悄悄地出了村。

是夜,敌人将这个村子重重包围,先是将站岗的固定哨兵和流动哨兵除掉,然后分成多路摸进村里。在暗探的带领和准确指认下,逐一将住着武工队员的"堡垒户"团团围住,一场殊死战斗就此打响。随着清脆的子弹呼啸声划破夜空,手榴弹的爆炸声和呐喊声此起彼伏,室内的武工队员和室外的敌人,各自依托屏障向对方施展着身边的武器。

敌人两倍三倍于我,战斗进行得异常惨烈。敌人在室外机动性大,可以在院外、院墙和房顶上,可以用机枪、步枪和手榴弹,甚至可以用火烧——将草屋屋顶点燃,将木门和木窗棂堆上可燃物点燃。而武工队的战士们只能待在室内狭小空间里进行反击,使用的武器仅是"老套筒"和鸟枪,还有少得可怜的几颗手雷。直到听到枪炮声后其他两个村宿营的战友赶来救援,敌人才仓皇地退出了战斗。

三爷爷的遗体是由爷爷背回本村掩埋的。他的遗体被发现时,是在其战斗的室内火炕炕洞里——那是赶来救援的战友,因恐敌人二次反扑包抄,匆匆揭去炕席、掀开火炕,来不及掩埋牺牲同志的遗体而放进去的。这一仗,宿营在这个村的近三十名武工队员,只活下了两个人,其他皆壮烈牺牲,无一生还。由此,在安丘市的史志记载里,在山东省的英烈网页上,我三爷爷的一世英名,也已当之无愧地彪炳青史。

兰夏

我的三爷爷,是由二爷爷领进革命队伍的。

说起我的二爷爷牛兰夏,那可是个有故事的人。二爷爷出生于清末民初。当时因战乱频仍,原本的殷实之家便由此衰败下来。到了日本鬼子侵略中国时,已是房有三间地无一垄,全靠给富有人家扛活为生。当时我爷爷和二爷爷已经结婚生子,连同老爷爷老奶奶以及老爷爷的两个光棍弟弟,全家十几口人都挤在这一处破草房里。就在这时,又发生了一件令全家人痛不欲生的事:一天三老爷爷在村北捡拾粪便,见日本鬼子的飞机飞临上空,便用粪杈朝飞机比画了两下,这就引来了杀身之祸,鬼子的飞机随即扔下一颗炸弹,将三老爷爷残忍地炸死了。

面对家境的艰难和日本鬼子欠下的血债,二爷爷没有跟任何人商量,就将自己偷偷地卖为劳工,欲到日本鬼子掠夺的大连港口做扛包装船的活儿。他怕全家人阻拦,直到临走的头一天晚上,才从衣兜里掏出了三十块大洋,对自己的父母说:"爷啊娘啊,儿子不能在你们面前尽孝了,让我大哥和三弟代我孝顺你们吧,如果还有活着的那一天,我再回来看你们吧。"全家人知道此事已生米煮成熟饭,这一去定是凶多吉少,遂抱头大哭一场。那年是1942年。

二爷爷到了大连后,吃的苦受的罪那可真是无法形容。日本鬼子不把中国人当人看待,每天要干十五六个小时的活不说,果腹的东西却连猪狗吃的都不如。说起来这些倒还在其次,要命的是那些日本监工,个个凶狠如狼,看谁干活稍有怠慢,便用皮鞭死命抽打。在这个码头上,货船与岸边之间搭着一块四十厘米见宽的木板,这便成了劳工的鬼门关和阎王桥。一百多斤重的麻袋驮在背上,颤颤悠悠走上这块木板,劳工们个个都将心提到了嗓子眼上,自己能不掉下去就已是万幸,可日本监工看谁走得慢了,放下货物返回时,为了杀一儆百,一皮鞭就将其抽入水中。有一个日本监工在不长的时间里,就用这种办法要了几个中国人的命。

日本鬼子的暴行,自然在中国人的心里种下了报仇的种子,新仇旧恨更是郁结在二爷爷的心头,于是二爷爷和几位劳工便密谋除掉这个杀人最多的恶魔。经过数日观察和策划,他们终于找到了下手的机会,趁一个晚上这名监工值班时,把其引诱到货垛后面勒死后绑上石头扔进了海里。在动手之前,他们知道这事干完后,日本人肯定不会善罢甘休,一定会进行疯狂报复。所以他们早就预谋在得手之际,立刻各自逃跑。他们约定:不准回老家,不许结伴行,跑得越远越好。

经过三个多月的颠沛流离,二爷爷跑到了吉林一个老乡邦里暂时落下了脚。也算是自身历史演进的必然,二爷爷在这里找到了尚处于地下状态的共产党党组织，并且成了其中的一员。到了日本鬼子投降的第二年，二爷爷按照党组织的安排，回到了山东老家。党给他的任务是利用自己熟悉家乡情况的优势，动员群众，组织武装，秘密发展党员和成立党组织。二爷爷回到老家后，先是先后将自己的哥哥嫂子和爱人，也即我的爷爷奶奶和二奶奶发展为党员，由此由点到面扩充开去，以发展更多的乡亲入党。那个时候入党可是将脑袋拴在裤腰带上的事，说不定哪天就会丢了性命。随后，又将自己的弟弟也即我的三爷爷送到了县大队，参加了地方武装。

二爷爷当时还有一项重要任务，就是负责诸城安丘高密三地的秘密交通工作，简称"诸安密"。因这三个地方的县城当时还未解放，所以这是极其危险的事情。而且，每当有了重要情报需要传送，二爷爷都是亲自出马，这就更增加了他的危险程度。为了完成任务，他将自己一个嫁入地主之家的远房姐姐处作为秘密交通点，每次传送情报时，为了保证情报的安全，他总是将情报交给这个远房姐姐保管，并嘱咐道："这可是比弟弟性命还要重要的东西，必须人在它在，不能有哪怕一丁点的闪失。"有一次夜里为了传递一份情报，在路上遇到了敌人，他随即躺进了刚下过雨的路边水沟里，用杂草遮盖住自己的身体，直到三个小时后才得以安全脱身。就是由于这一次的长时间浸泡，二爷爷的元气大伤，患上了终身未愈的风湿疼痛。为了保密，二爷爷并未将运送情报的工作，告诉家人。一次在一个集市上传送情报时，正巧被二奶奶撞见，二爷爷便将头扭到一边佯装不认识，以致二奶奶一度对其产生了很大的误会。

及至淮海战役时，家乡已经完全成了解放区，二爷爷的秘密交通工作便告完成。于是，二爷爷就接受了新的任务，带领全县支前民工，前往战场运送粮食弹药。完成这次任务后，二爷爷又被抽调去做渡江战役的支前准备工作。南京解放后，组织想让他留在那里，可二爷爷还是感念家乡，坚决要求回到原籍。回到家乡后，上级先是安排他到县委担任领导职务，可他以自己领导与文化水平低为由坚辞不受。上级便又安排他去了基层，做了共产党执政后官庄乡的第一任乡长。

兰春

牛兰春是我的亲爷爷,20世纪元年来到人世间,是1946年入党的老党员。

说到爷爷,就不能不说到我的奶奶。奶奶的党龄与我爷爷的一样长,如果算到现在,都是整整的75年,比我的岁数还大了不少呢。爷爷被二爷爷介绍入党后,就担任了村里的贫协主任,而奶奶则担任了村妇救会主任。那个时候的党组织,因为还处在半公开状态,所以开展工作相当艰难。一边不分昼夜地忙着发动群众,巩固新生政权;一边到了该休息时也不能睡个安稳觉,用爷爷的话说是整宿整宿的"囫囵个子滚",东躲西藏小心提防着还乡团。等到安丘全境解放时,爷爷又忙着组织村里的担架队,并带队去往淮海战役和渡江战役前线。而奶奶则负责筹措军粮,发动全村妇女做军鞋,以支援正在进行的解放战争。

这些往事,都是爷爷奶奶亲口告诉我的。而在从自己记事起的记忆里,大约是在20世纪60年代初,这时新中国建立已经十年有余,抗美援朝战争也已结束,祖国土地上休养生息的人们,已经处在了相对和平的环境里,我的爷爷奶奶,就开始在老家农村集体的苗圃里种树、养树和护树。一直到他们终老,就没再做过别的。这时的爷爷奶奶,已经分别辞去了贫协主任和妇救会主任,专心做着他们选择的"新"事情。因为两位老人属于新中国成立前入党的老党员,所以身上深深烙印着那个年代老一辈人的固有等质。在我的眼里,爷爷是个俭朴勤劳,性情倔强刚强,为人厚道的实在之人。而奶奶的心地则是特别善良,怜悯之心在她身上表现得尤为明显。凡是向她讨要饭食或东西的人,她宁愿自己不吃不用,也要先接济给人家。所以周围四里八村的父老乡亲都非常敬重他们。

我的家乡是个有着二百多户人家的村庄,坐落在诸城和安丘的界河——渠河的北岸,爷爷奶奶养护的这片苗圃林子就紧挨着岸边,长三四千米,宽三四百米,总面积近两平方公里。整个苗圃林子以杨树为主,柳树、刺槐等夹杂其间。而我看到最多的,也是最为引人注目的,并非是在春夏秋三季里的这一片苍翠,而是在严寒的冬季来临时,能够伴随着漫天飞舞的雪花,一起开放的几棵生长极为茂盛的蜡梅树。

这可是爷爷奶奶的钟爱之物,就生长在他们养护树林所住房屋的院子里。放下那些似乎永远也干不完的活儿,每天的三顿饭后便是他们短暂的休息时间。每当此时,爷爷总是抽着他的旱烟袋,一边吧唧着嘴,一边抚摸着蜡梅那苍劲的树干,观察着是否该给它们浇水施肥了。奶奶也就拿了专用的剪枝刀,与爷爷一起,及时地将那些枯干的枝杈和各种虫卵清理下来,像是给待嫁的妙龄女子打理妆容。那份细心和耐心,就如同侍弄自己的孩子一般。每到数九寒天的时候,院子里总是格外地热闹,就见一拨一拨的人群,来了又走,走了又来。那都是抵御不住蜡梅花的暗香浮动和俊俏模样的引诱,前来品评观赏的乡邻呢。望着爷爷奶奶那慈祥的面容,有时就会走神:两位饱经风霜的老人,在兵荒马乱的昔日时光里,出生入死,从容不迫;而在新中国成立后的安稳岁月里,也能安享幸福生活所给予的所有惬意与闲适。虽世事维艰,却并不影响他们活成快乐的人;即使再难再忙,也会向生活里寻找乐趣;萎缩和愁容,从来不属于他们。

如前所言,我的爷爷打从出生的那一刻起,就没有离开过他的家乡,直到走到生命的尽头。爷爷的家乡也即我的老家,是为山东安丘景芝镇的一个乡村,在这二百多户的一千多口人中,基本上没有其他姓氏,几乎全是本族本家。据族谱记载,明洪武二年始祖伯成自江苏淮安迁驻现址,繁衍至今,到我这一辈已是二十二世。许是溯根求源的本性使然,我就时常在想,兰春、兰夏、兰秋,我的三位长辈的名字起得好雅呢。给他们起名字的这位先人,一定是位有学问的人,不知当时起名时,是否受到了唐代诗人陈子昂这首《感遇》诗的影响:兰若生春夏,芊蔚何青青!幽独空林色,朱蕤冒紫茎。迟迟白日晚,袅袅秋风生。岁华尽摇落,芳意竟何成?想那起名字的人一定是在祈愿:你们几位一母同胞兄弟啊,每一个都要如那秀美高洁的兰若,虽然躲不开风刀霜剑的一次次洗礼,可总是要旖旎着并散发出各自的芳香。

如今,我的三位爷爷均已作古,而他们为之奋斗的事业,也已是愈来愈加发达兴旺。中国共产党的党员队伍,已从建党之初的 50 多人,发展到现在的 9000 多万人。而从建党肇始的开天辟地,到新中国成立的改天换地,再到改革开放启航的翻天覆地,今昔对比,这又是多么惊天动地的巨大变化啊。这一切一切,我想都足以告慰他们的在天之灵。兰春、兰夏与兰秋,我的三位爷爷,还有我的两位奶奶,更有为了人民福祉而献出生命的无数先烈们,他们也一定会,含笑九泉!

奶奶的蔷薇，父亲的湖

奶奶的蔷薇

五月的花儿，仿佛一点儿也不知道疲倦，铆足了劲儿互相追着赶着，好像一不小心就会错过时辰似的。只要随处走走，在某个角落，冷不丁地就会冒出一朵花儿来。

可是这些花儿，我觉得都比不上奶奶的蔷薇。

这些日子，我几乎天天早上都要来到这条河边。不为别的，就为看蔷薇花开。其实，蔷薇花早就已经开了。可我依然会来。

在无限极地亲近这些花儿的时候，我总是先要屏住呼吸，保持一副神情专注的样子。奶奶说，只有这样，你才能看得透花儿的心事，才能听得到花儿的喃喃细语呢。我听见一朵花儿在哭，那朵花儿应该是雌性的。我听见另一朵花儿在唱，另一朵花儿应该是雄性的。因为奶奶曾说，女愁就会哭男愁是要唱呢。我想，这个愁应该更多的是乡愁吧，应该更多的是在怀念抚育它成长的那个人儿吧。哭和唱应该是花儿的常态，哭和唱都是花儿在倾诉着自己的满腹心事啊。奶奶还不止一次地说，该谢的花儿就让它谢了吧，谢了它才能学会遗忘，谢了它才能够重生呢。

奶奶的蔷薇，来自湾北崖。

村子的东头有个大水湾,是下雨后盛放全村流淌来的雨水的地方。最深处有五六米,最浅处也有一两米。南岸稍微平坦一些,北岸却是陡峭。就是在北岸这陡崖峭壁上,却是满布着厚厚的蔷薇的枝蔓。紧赶慢赶地等着五月一到,看吧,这里就成了一堵宏大壮丽的花墙哩。每每到了这个时候,花墙的对面就会形成一道弯弯曲曲的人墙,不只本村,东西两村的人儿,都在鱼贯加入这错落有致的人墙里面去。那些站在花墙南岸望够了的人,此刻也并不舍得离开,复而辗转到花墙上面的小径上,边走边近距离地吸吮花香,然后,再回到南岸去望啊望啊。

村里那位上了年纪的长辈说,这蔷薇花是奶奶从娘家带来枝蔓,在水湾的枯水期,栽种到这里的。开始只是很少的几棵,现在已经繁衍到了整个北崖。听闻此说后也就理解了奶奶的一个举动,怪不得一到了这个时候,总见奶奶会拿起剪刀去湾边剪来几束,插在废弃的装满水的酒瓶里。原来是在晚上睡觉的时候,也要一睁眼就得看见它们啊。当然,有了这些花儿,屋子里也自是生动了起来。

蔷薇花开放的姿势真有意思。有的正面朝向你,有的侧面朝向你,有的花托朝向你。仿佛噘着一个一个的粉红小嘴儿,频频地向你传达着浓情与蜜意。看着奶奶侍候那些花儿时专心的样子,不自觉地就会对这些花儿心生爱怜和心生爱恋,于是心底也柔软起来。蔷薇花儿虽然大都在五月盛开,可它并不是二十四小时都在全天候开放。奶奶观察过,白天盛开的花,有许多许多,到了晚上就会闭合,到了白天再重新张开。原来,花儿也有害羞的时候。原来,一朵花儿一生不是只绽开一次,而是会反复地绽开多次,然后,一瓣一瓣地脱落。奶奶说蔷薇花是很好理整的,只要在天暖和的时候,从蔷薇花株上斜剪下一根枝条植入泥土,用水把它浇透,它就活了。它的长势,可以只是矮小的一簇,也可以满世界地爬,或大或小,或长或短,全在于给它留出来的生长空间。

从我记事起,在我上学之前,我与奶奶就几乎是形影不离的。夜晚,我与奶奶一个被窝,被奶奶的体温包裹着,枕着奶奶的胳膊,躺在奶奶的怀抱里睡觉。白天,就趴在奶奶的背上,奶奶的背就是我小时候的摇篮。我知道的许多童话,就是躺在奶奶的背上听到的。我躺在奶奶的背上望星星也望月亮,听奶奶给我唱那童年的歌谣。直到把我哄睡了,奶奶才会把我放到土炕上去。

野雀喳喳尾巴长,
娶了媳妇忘了娘。
把娘背到山沟里,
媳妇背到炕头上。
关上门,堵上窗,
刺啦刺啦吃面汤。
吃完面汤想起娘,
他娘变成屎壳郎。

望着星星的时候,奶奶总是一遍一遍地给我讲牛郎织女的故事,然后指给我看哪一颗是织女星,哪一颗是牛郎星,哪两颗星是牛郎在柳筐里挑着的两个孩子,还有哪几颗是牛锁头星。于是我就对那条银河充满了好奇,就想它会比我家门前那条大河还宽吗?望着月亮的时候,奶奶总是给我讲玉兔的故事,就想那么小的一个能发出光亮的圆盘儿,能盛得上一只兔子吗?于是就时常对着那个满月的银盘儿出神。而且每每看见可爱的小兔儿,就想月亮上的那只玉兔,大概就是这个样子的吧?

奶奶是个小脚,走路时是用脚后跟着地,所以老感觉是一副走不稳的样子。我曾经一度认为女人只要上了年纪都是这样,直到上学后才知道那并不是天生的,而是被人为地缠了足。奶奶说那个时候的女人,如果不缠足,连个婆婆家都找不到呢。新媳妇过门后,不看长得咋样,先看脚的大小呢。奶奶生下来时本来家道贫穷,却被自己的父亲起了个"富贵"的名字。想来,那应该是寄托了亲人的终生愿望的。

奶奶吃斋念佛,一生向善,总是在念"阿弥陀佛",总是在可怜别人,总是在用自己微薄的力量扶危济困。那个时候,肚子经常是饿的,感觉永远吃不饱似的。一天三顿饭,基本上都是就着咸菜疙瘩吃,一年到头很少能见到油花花。而每当难得炒了点蔬菜的时候,奶奶总是把她碗里那份省出来给我,她自己是一口也不舍得吃。记得当时村里有一位老人膝下无子,孤苦伶仃,奶奶就经常驮着趴在她脊梁上的我去陪她。家里老母鸡下的蛋,一大部分也都被奶奶"偷"去给了她。到了节令蒸了馍馍或者包了水饺,奶奶也总是要派我们兄妹几个给其送些过去。那时因物资极度匮乏逃荒要饭的多,可是这些人只要被奶奶看见了,奶奶总是会将家中的饭食拿出来送给他们,宁愿自己饿上半天肚子。奶奶说,她在旧社会也要过三年饭,不能刚刚三颗黄豆"撑"着牙就忘了本呢。奶奶除了自己的名字,其他的字一个也不认识,可我认为她的一生都在修行,都在按最高的道德标准修行。当然她不知道自己是在修行,因为这些需要修行的东西,已经溶化在她的血液里,已经深入她的骨髓中去了。

奶奶为什么喜欢蔷薇,奶奶活着的时候我从来没有问过她,主要是没有想起来问她。现在想来,可能是因为当时农村花儿比较贫乏,只有少见的牡丹与月季,可那毕竟是有些"物"以稀为贵呀。可能也是因为蔷薇太普通、太常见也太好养活了。总之,奶奶是一个爱花的人,所以一般来说,一个爱花爱到如此境地的人,心底自然不至于粗粝,也不至于坚硬,而是非常柔软与善良的吧。奶奶当然是一位极普通的人,可在我的心中,她是天底下最好的奶奶。她老人家的影子,就像这五月的蔷薇,时时萦绕在我的视野里,时时萦绕于我的记忆里。

老家院子里那棵奶奶与娘亲早年栽植的梧桐树,一打开春就已开满了花儿。那满树淡白色的梧桐花,那梧桐花儿浓浓烈烈的花香啊。这棵树一直就是这个样子,花期来临时,就自顾自地嘟噜嘟噜地开,自顾自地嘟噜嘟噜地落。它盛开的时候是悄无声息的,它脱落的时候也是瞬间完成的。它不像别的花儿是一瓣一瓣地脱落,要落就是整体,要落就是全部,要落就是"吧嗒"一声从高处扑倒在地上,使那花香和特别留恋着这花香的人,旋即一起陷落。

只是,家乡的那个水湾已经不复存在,奶奶栽种的蔷薇也已不知去往了哪里。于是就想,这世间所有的花儿,应该都是在开放中诞生的吧。那么千百年来,它们的样子变过吗?蔷薇花的样子变过吗?还有,这一树梧桐花。

父亲的湖

母亲说你大大要带着民工去峡山"出伕",
油灯映着父亲年轻的脸。
三岁那个冬夜被父亲唤醒,
这一刻永远嵌进我记忆里边。

六十年过去父亲已经化为泥土,
泥土是湖是刘伯温修行的山。
我看见一只水鸟从你身旁飞过,
我看见一棵树矗立在你的侧畔。

只要天上瓦蓝瓦蓝,
心里就漾起那望不到边的湖水。
童年记忆的种子早已被播撒在这儿,
长成了一片湖也长成了一座山。

记忆贮藏于终将衰朽的躯体,

眼眸里的景观却恒久流传。

家园内的梧桐用鸟巢凝视归人，

父亲说初心与守望是他不变的眷恋。

这首诗中所指的湖，是为"峡湖"。这里所说的峡湖，非是毛主席老人家那首《水调歌头·游泳》词中"高峡出平湖"的所谓"峡湖"，而是通常称为峡山水库的那片"峡湖"。

峡湖，是与潍河相伴而生的。可以说，没有潍河，就没有峡湖。峡湖，是镶嵌在绵延数百里"奔流到海不复回"的潍河上的一颗璀璨明珠。

史料记载，潍河下游自古以来就是洪涝频发，以致民不聊生。为此，1958年，当任的昌潍地委和行署，动员和组织了十数万劳动大军，克服当时生产力低下和生产资料匮乏的困难，肩挑人抬，日夜奋战，仅仅利用两个冬春的时间，就建成了远近闻名的峡山水库也即"峡湖"，从而从根本上排除了水患。

历经无数个春夏秋冬和风风雨雨，现在的峡湖，据称已经成为山东省的第一大水库，成为山东半岛的重要防洪工程，成为全国重要的饮用水水源地和潍坊市主要水源地，成为国家级水利风景区，成为这方水土上人们的一个胜地。

2018年，是峡山水库也即"峡湖"开工建设六十周年。在这个重要的历史节点，峡山生态经济开发区管委会联合峡山区作家协会等五家单位，面向全国公开征集诗歌、古体诗词、赋及楹联等作品，以挖掘峡山水库也即峡湖文化内涵，发扬老一辈水利人优良传统和作风，传承和发展峡山水库也即峡湖精神。据悉，入选的作品将被石刻于峡湖风景区文化长廊。

我的这首题为《父亲的湖》的小诗，就是在这样的背景下应运而生的。

感谢评委让这首小诗入围，感谢峡山经济开发区有关方面提供这次机会，让我藉纪念峡山水库也即峡湖开工建设六十周年征集作品这样一个平台,表达了长久汹涌于心的一份情感也即一种情绪。

我想说的是,这片湖生于斯长于斯,浇灌着这片土地,滋润着这片土地上的人们。可以毫不夸张地说,没有这片湖,这片土地将黯然失色。与这片湖比起来,我的父亲很是渺小,可是可以以小见大。正是由于像父亲这样的十数万的渺小,用他们灵巧勤劳的双手,修建了这样一方堪为生命之源的生命之湖。

而对于我来说,我的父亲又大于天。父亲在天上,峡湖在地上。天上的父亲与地上的峡湖,静静地相望。那湖边的山,那湖边的树,那飞翔在湖上的水鸟,那湖中的每一滴水,谁说没有父亲的影子? 这方土地上的人们,饮用着这片湖中之水的人们,哪一个又不是这方土地的儿女? 哪一个又不是这片生命之水的孩子?

哼一曲乡居小唱

　　每一个人，都是时间和空间的朋友。离开了具体的时间和空间，我们都将不复存在。当然，有一种力量，可以穿透时空。

　　从己亥年开始，每当冬天遁去，就会带着老娘，回到乡下老家……

——题记

燕子

　　十七、十八坐着等。昨天是农历的九月十八日，晚上坐着等到月亮从东邻居的小院里升起来，将清辉洒在我家院内的梧桐树上，这才有些心满意足地睡了。虽然这枚月亮已不够"圆"，在它的上沿儿似有若无地少了那么一小"溜"儿，但它的皎洁隽永还是无与伦比。

　　两天来，一直有暖暖的阳光在撒播着，这在已觉寒冷的暮秋里，实在是难得得很。这期间，突然就觉得天天在空中飞舞的春燕寡见了。那春燕呢？难道已经开始飞回南方过冬了？

　　"小燕子，穿花衣，年年春天来这里。"燕子可是吉祥和有灵性的东西，每年春天飞回来后，都能准确地找到自己曾经的窝儿。而且谁家肮肮脏脏不干净了，家人之间不和睦了，孤家寡人人丁不旺相了，或者爱和邻人争争吵吵了，它就会远离谁家而另觅佳处。所以，在农村都以有窝燕子住在自己家里为荣呢。

听村里的兄弟说，燕子每年春天飞回来，在咱这里至多能孵两窝儿，孵化出的小燕子都是雌雄搭配的偶数，所以燕子都是近亲结婚。在还为蛋儿的时候，准备做父母的燕子如发现所下的蛋是奇数，就会把那枚多余的蛋先行扔掉。等到新孵化的小燕子快会飞了，左邻右舍乃至全村的燕子都会飞过来"引飞"儿。所以只要看到大量的燕子在谁家的上空翻飞起舞，那就是会飞的燕子在做不会飞的燕子的老师呢。小燕子学会飞翔之后，老燕子就会带它们一对儿一对儿地寻找垒窝处，直到帮助它们建好新家为止。有个别的燕子夫妻如果孵了三窝儿，那基本上就是死路一条了。因为按照时间计算，到第三窝燕子成人了，基本上就到了小雪了，做了父母的老燕子，要带领这三窝燕子飞回南方，时间已经不够用了，所以要么冻死在这儿，要么冻死在路上。

这么美丽可爱的燕子也是会受欺负的，谁欺负它？麻雀呢。曾亲见过道里的一窝燕子受麻雀的欺负，麻雀先是趁老燕子外出打食时将小燕子叼出来，然后待到老燕子飞回时，就以燕窝为阵地以逸待劳，因为麻雀的喙比燕子的硬，燕子根本啄不过麻雀，最后只好败下阵来另觅他处衔泥做新窝。这也与一个村庄里的村民一样，总有个别恶人会横行无忌，耍尽手腕变着法儿欺负善良者。

天是一天冷起一天了，燕子都已开始南飞准备过冬了。听说集中供暖的城市已经开始低温运行预作供暖的准备了，是不是也好启动"南渡北归"的程序了？燕子"南渡"我"北归"。所以带老娘回城猫冬应该已经是指日可待了。

燕子燕子，明年春天，我们再在这渠河北岸的乡下老家相见吧，祝你们"南渡"途中一路顺风，一路走好。

狗儿

刚才分享了一个"忠义犬"的暖故事，借此引起了对"狗儿"的一阵思索。

在乡下老家，时常在村里走走。狗儿可谓司空见惯，几乎家家户户都养着。只不过是土狗居多，寡见宠物狗儿。

于是闻听狗吠就是寻常事：有的低吼，有的高亢；有的若无其事，有的声震屋瓦。特别是那被拴了铁链儿的狗儿，只要走到它身边，必定是声嘶力竭地叫唤，不知是真的对你充满敌意，还是向你发出求救的哀嚎。所以狗儿的秉性也大致与人一样：千人千脾气，万狗万吠声。

向来对狗儿有太大的好感。在之前过去的那个狗年接近尾声的时候，曾写了篇《拽拽"狗"尾巴》的文字，算是"狗尾续貂"。站在街上与邻人闲谈，还听到了本村两个感人的"狗"故事。

一个是我的小学和初中同学锡宝兄弟，时年他正在祖国的西北边陲当兵，孰料家中的父母和哥哥因患疾病在几个月内相继去世，只剩下了一只狗儿。于是他出嫁了的姐姐见狗儿可怜，就将狗儿领到她婆家去。可过不了几天，这只狗儿就跑回自己的家。如此反复多次，一而再再而三，最后这只狗儿再也不跟他姐姐去其婆家了，而是趴在自家门口，不吃不喝，一动不动，直到死去。时任村支书的父亲见锡宝可怜，就以村党支部的名义给其所在部队写了一封信，请求部队首长不要再将其复员回家，而是给予妥善安置。据说锡宝现在已经是某大国企的退休职工，正在几千里之外享受天伦之乐。不知他还记不记得老家的乡邻，记不记得他家的那只狗儿。

还有一个是与我家相距不足百米的金荣哥哥，因生活不顺，酗酒抽烟，英年早逝，其尚还年轻的妻子便带着孩子改了嫁，只撇下了一只可怜的狗儿。于是这只狗儿白天便满村乱窜，碰到好心的就喂它一口，碰到"斜劲"的就挨上一砖头。到了晚上，就跑回自家大门口趴下休息。如此过了两三年，最后死在了自己家的大门口外。

于是就想说，"忠实走狗"虽是一句骂人的话，可如用在"狗"的身上，那也许是对狗儿秉性的高度概括和最高奖赏呢。君不见，社会上那并不偶见的寡情薄义的人，那肿了下眼皮一阔脸就变忘恩负义的人，真的是还不如一只狗儿呢。

原初

今天,带着老娘和三妹,去走姥娘家。说是这样说,其实姥娘姥爷早就不在了,是去看舅舅和舅母去。

八月十五快到了,这是个大节。在农村,春节和中秋节,一年得正儿八经出两茬子门。虽然只是来乡下老家小住,这个规矩不能忘了。姑家姨家姥娘家,这是必须去的。

今天早饭时,三妹给我讲,当年大大还在着时,有一次闲聊,说起了他和我母亲结婚的事。婚前,介绍人牵线以后,姥爷先来看家。还没进门,一看俺家大门外有一盘碾,往东三十多米有一口井,这需推碾出门就是,要打水三十步五十步远,生活起来可是方便。由此,还没见着俺大大的影儿,就已经看中了。

现在听着像笑话一样,可在那个物资匮乏的年代,这都是真实发生的。听说住在庄前的那位叔叔,婚前婶子来看家时,正好叔叔下坡干活还没回来,婶子一进门看到堂屋盖垫上有一摞煎饼,寻思进了这个人家可有饱饭吃了,还没见到叔叔,就答应下了这门亲事。

父亲已经走了十四年,老娘也已年近九十,看看他们的一辈子,真像电影《李双双》中所表现的,先结婚后恋爱,既吵吵闹闹又恩恩爱爱地过了一辈子。

当年

风在摇它的叶子,把叶子摇成了黄色;天在长它的云彩,这是要变天的前奏。天气预报说今天的气温将升至20℃以上,而到了明天,就会直线下降十几度。所以我所居住的这个北方城市,将从明天开始启动正式供暖。明天,明天还是立冬的日子,冬天到了。

供暖都开始了,春节还会远吗? 实际上今年的春节还真是比往年远一点,因为今年过了两个农历的四月,这样就需要过完十三个月才能过年呢。

说到过年，想起了乡下老家两个关于过年的故事。一个是关于我父亲的，一个是我称之为"大爷爷"的本村邻居的。

20世纪60年代的某个春节前，不消说是已经进了腊月门了。傍着年"根"子上，必须得赶年集，置办一下过年的东西。父亲揣着年底决算从生产队里分到的三十元钱，说得准确一点就是将钱郑重其事地装到上衣口袋里，系好口袋上的扣子，兴冲冲地去集上置办年货了。

口袋里装着一年的现金收入，像装着金山银山，像装着家财万贯，父亲自然是格外小心。可正是他的"格外"小心，引来了小偷，在他买好东西准备付钱时，钱已从口袋里不翼而飞。

那时候丢失三十元钱，无疑是丢了一笔巨款，父亲的头"嗡"了一下，不啻在头顶上响了一个炸雷。晃晃荡荡地回到家后，父亲倒在炕上不吃也不喝。整整两天过去了，父亲想好了一个抓住小偷的法子。

乡下老家的集是间隔五天一赶的，又到了赶这个集的日子了。父亲找了一张旧报纸，用剪刀将其裁成钱的大小，鼓鼓囊囊地装到了上衣口袋里。到了集上，为了更加引起小偷的注意，父亲不时用手摸一下口袋，就在集上这么来来回回晃晃悠悠地走。可当他又一次将手摸向口袋的时候，心里一惊，心想："啊！'钱'又没了！"

那个年代，物资极度匮乏，春节后的正月走亲访友大出门，一般带的礼物是两样东西，要么饼干，要么油条。不舍得用整包饼干，而是将饼干用专门的盒子分装，每个盒子里只装六到八片，这样有两包饼干就够了。而油条是用高粱顶杆串起，这样会在盛装的筐篮里占空间，有六到八串也就够了。

那个时候的正月里出门，几乎家家户户都是一个模式：客人来了，脱鞋上炕，坐在小炕桌前喝茶，等着女主人炒好四个"碟子"了，端桨上来开始喝酒，喝至日头正西再端上两个或四个"碗"儿吃饭。待到酒足饭饱之后，客人也好回去了。客人回去时，其带来的礼物是要回"礼"的，一般是留下礼物的三分之一或最多一半，其余的让客人再带回去。"怎么没留啊，多留下点儿，都留下就中了。""那怎么中?留的不少了,这些拿回去给你爷娘吃,给你孩子吃。"就在这样的推推搡搡中,主人客人之间客客气气地告别了,等待来年周而复始。

可这位大爷爷太过精明,在回礼时多了个心眼。人家回礼时是从筐篮的上面拿出几包点心就行了,而他是将筐篮里的点心全部取出,一包一包地掂量,将筐篮底下最重的几包留下,而将轻些的再装回去作为回礼。等到客人走了,这位大爷爷打开一看,点心包里装的不是饼干,而是地瓜干子。

要知道,那个时候的农民是靠地瓜当家的,一年四季,对于地瓜和地瓜干子,那是吃得够够的了。

叶子

起风了。

风每天都有,只是今天大了些吧。小院梧桐树上的叶子,被它摇地"唰唰"地响,仿佛在为这看不见摸不着的尤物,壮着威风。

人们常说,树欲静而风不止。看这梧桐树叶的表现,这么起劲地鼓鼓噪噪,也不见得树就想静下来呢。当然,风永远不会停下自己的脚步,所谓日落北风死,只是它走得慢了那么一些儿罢。

风在摇它的叶子,我在看叶子掉下来。风小时,三片五片儿;风大时,大片大片儿。

去年时,老娘看着这满院的落叶,还在用笤帚把它扫成"一"字形、"人"字形,抑或空心圆形。可是今年,她只是偶尔用拐棍戳几下,或者捡起几片好看些的,装到身上薄棉袄的布袋里去。更多的时候,是在看着这些树叶,静静地发着呆儿。

风在摇它的叶子,一会儿大一会儿小,从来没有停歇过。只是,春天时,越摇越长;夏天时,越摇越旺;秋天时,越摇越落;冬天时,叶子,没有了。

风在摇它的叶子,那是风的使命罢;叶儿长,叶儿旺,叶儿落,叶儿遁形,那是,叶子的宿命罢。

深秋了,深秋了,是到了叶子该落的时候了。等到树叶全部落尽的时候,冬天,就到了。"冬天到了,春天还会远吗?"可是可是,为啥到了冬天,就盼着春天速至呢? 冬天不好吗? 冬天是贮藏和孕育的时候。如果没有冬天的蕴藏与收纳,即使春天到了,又有什么意义呢?

突然思绪开了小差:盛夏时人们躲避太阳,深秋以至冬春时人们稀罕太阳,那不还是同一个太阳吗? 无非就是离近一点的太阳远一点、离远一点的太阳近一点罢了。还有就是,处在食物链顶端的人类,往往以地球主人的身份自居,貌似掌握着所有动物的生杀大权,可经常被一个肉眼看不见的小小病毒,"治"得似乎快没有了脾气。如此,谁是强大? 谁是弱小?

所以啊,无论是人类整体,还是作为其中的一个个体,总得懂得"敬畏"二字才好。

色难

从四月上旬开始,带着失智老娘回到她喜欢的乡下老家,不知不觉,已经是将近七个月了。来时虽有花开,却尚未春暖,而是春寒料峭居多。经过盛春、盛夏和盛秋,现在已经是深秋了。这季节的变换,也一如进入晚景的老娘。

俗话说,百日床头无孝子。原来觉得这句话并没什么,现在却觉得这话不假。尤其想起孔子曾说过的"惟孝者色难"一句,更是觉出了其沉甸甸的分量。当妹妹们在这儿的时候,只是从旁帮助一下,主要做好后勤保障就可以了。而当一个人面对着一个"返老还童"的老娘,一个以活动尚能自如的身体,除了夜里睡觉就一直做着一些匪夷所思的动作,一直说着一些匪夷所思的话语的老娘的时候,譬如将水龙头拧开任水流淌,譬如将一些脏兮兮的东西收藏起来,譬如拿起生芋头、生土豆甚至香皂都往嘴里填,譬如破坏掉穿好的纸尿裤而将秽物弄满衣服的时候,想对老娘保持和颜悦色的态度真的是不容易,难免有时会用高声加以阻止。可过后一想又非常后悔,老娘已经缺失了正常人的思维,属于无意识或下意识,她对自己所做的一切已经全然懵懂无知,这又怎么怪得了她老人家呢。

所谓"惟孝者,色难"的原意,应是出自《论语·为政》第八章,子夏向孔子请教"孝"的问题时,孔子说:"孝顺父母并且时刻保持适宜的态度是难以做到的事情。遇到需要解决的事情,晚辈替父母长辈做了;有了好吃的,让父母去享用,难道这些就足以称得上是孝了吗?"由此看来,孔子所提倡的"孝",是体现在各个方面和各个层次的,也即不仅要从形式上按礼教原则侍奉父母,而且要从内心深处真正地孝敬父母。作为父母的子女,我们应当时时刻刻努力践行之啊。

当地球的一面背对着太阳的时候,一位母亲以诞生的姿势背对着地球,在农村的土炕上,诞下了她的第一个孩子。那是六十余年前的今天,那时新中国成立还未满十年,一个农人正忙着收获的季节的凌晨。从那时开始,在接下来的十六年里,这位母亲一共诞下了七个孩子,经过了重重生死狙击的关口,譬如"生沙子"关、"出痘子"关,最后存活下来了五个。诞生都是伴随着痛苦的,所以说孩子的生日是母亲的"难"日,这话真的是一点不假。

思绪

鱼儿也是群聚动物吧? 只要是来,就是一片一片的,满河地涌。

这河里的鱼儿都是逆水而行。因为鱼儿的身上长着鳞片,逆水顺鳞,方是正道。

暑期的时候,河里总是少不了捞鱼摸虾的人。突然有人喊一声:过鱼了! 就见满眼都是白花花的,吮唧吮唧地碰腿。

随着喊声,一群少年鱼贯而出。他们个个扛着叉网,顺着河畔,向着这拦水大坝而来。因为成群的鱼儿逆行到此,就被这大坝下面的迭水处挡住。所以只要将叉网张在迭水处,无处可逃的鱼儿就是一捧一捧地往鱼笼里装。

春末的早晨站在这儿,望着自己映在水面上的影儿,思绪就像这缓缓的流水。目光所及,上游是九孔大桥,脚下是拦水大坝,大坝下面二十米处,就是当年张网的地方。

是什么时候,这些美好的时刻开始遁去?是从,是从离家去十里外的公社中学上初中开始的吧?

这一年,是1971年。一个少年开始长大,开始漂泊,开始去见识世界。这一年,有许多的孩子出生,其中,有我最小的妹妹。

如歌的行板

悠悠南河水

那个叫我"锅锅"的人走了
穿着女儿准备妥当的送老衣裳
脚蹬祥云花鞋头戴凤冠
霞帔映衬,面容是那样安详

节奏一下子慢下来。早上夜空的慢慢放亮,傍晚余晖的渐渐迷离,都依然一一在眼前展现着。不见了的,是这所祖屋的主人。白露节气前三天,中秋佳节前十七天,那个叫我"锅锅"的人,走了。

小院里,许是娘亲无意种下的一株丝瓜,爬满了东墙,爬上了仓房,甚至,爬到了邻居家。又顺着就近的晾衣绳,千丝百缕,东牵西挂。

除了畦韭,除了瓠子,除了丝瓜,除了梧桐树,除了石榴花,除了迎春株,除了香椿芽,还有娘亲亲自种下每月一开的,月季花。

记忆中娘亲衣着从未如此华丽
说是出嫁时曾穿过绿缎儿棉裤和红绸儿棉袄

最小的姨妈在一旁厉声呵斥

不要哭,不要把眼泪滴在恁娘身上

安详静谧的河边村子里,跟在娘亲身后,慢慢走在街上,直汇合到三五成堆的老人里面。放下手中的马扎,扶娘亲安坐,就在娘亲身旁站着,看着,听着。间或也讲一个故事或笑话给他们听。在生我养我的故乡里,在老浯河的怀抱里,在这一群人中,我当然是最年轻的,尽管因年老失智的娘亲总是喊我"锅锅"。

想来人生,并非姹紫嫣红才算春天。尤其是在退休以后,陪伴娘亲,素心淡雅,也是一种恒久芬芳。你看,在清风明月间,推开两扇旧式门扉,看韶华渐远,看娘亲健在,轻拥所有,怀抱暖香,当是时光深处最美的模样。

绣有八仙过海图案的一铺一盖

身下是红色身上是黄色

我的眼前仿佛有幻影在闪

八仙活了起来带着娘亲飞升仙界

月亮是需要等的。好看的月亮是等来的,那晚的月亮是等来的。

晚饭后,和娘亲端坐在堂屋饭桌前。娘亲"戏匣子"里,正循环播放着《小姑贤》《劈山救母》等"茂腔"戏剧。娘亲饶有兴致地听着,和我一起在等着月亮。

喜欢月亮的种子,是娘亲和奶奶给种下的。小时候,在娘亲和奶奶的故事里,月亮是个神秘的存在。

等月亮从小院东边升起来,等月亮挂在院内的梧桐树上,等月亮在过道的蓝色屋顶上洒一抹清辉,等月亮透过窗子爬来爬去。

中秋时节,乡村之夜,天幕拉下来很久很久,那枚月亮,来了。

风停了,夜深了,不闻鸡鸣,不闻狗吠,万籁俱寂,月色溶溶。夜半醒来,白月光悄悄从窗外爬到炕上,轻柔地泼洒在娘亲和我的身上。

我和娘亲躺直了身子,拥它入怀,做一个月亮的梦。

那溶溶月色,便蕴涵了世间所有美好,涂满了皎润,涂满了皎白,涂满了皎月女神。

娘,我是谁?
我知道你,你是俺"锅锅"
那叫娘答应就差辈了叫你老妹时答应才中
娘亲一脸茫然,嘿嘿嘿嘿

四月始,桐花开。五月始,桐花盛。六月始,桐花落。

其实,桐花盛开时,零落也即开始。

和别的花不一样,桐花一落就是一朵,吧嗒吧嗒,由寡到众,由慢到快。

梧桐树下,娘亲拿了笤帚,将这些落花扫起。先是"一"字,后是"人"字,再后是层层叠叠的圆形。许是娘亲在学着黛玉葬花的样子。可娘亲不知有红楼梦,只知有梁山伯与祝英台。

娘亲爱笑,这是她的天性吧,"返老还童"后就更爱笑了。老屋院子里,阳光透过老梧桐的枝枝杈杈斑驳晒下来。娘亲不时抬头看她心爱的老树,咧开嘴开心地笑。梧桐树的影子罩在娘亲身上,婆娑摇晃,似一对老友在共话短长。看到这些,心情就会随之舒畅起来,觉得任何辛劳都是值得的。觉得此生唯一能给予娘亲的,只有陪伴。生命从不等候,最好的陪伴只在当下。

"娘啊娘啊您上西南啊
高高的白马足足的盘缠!"

司事客用黄蜡纸做了招魂幡

让我用臂膀驮着大声呼喊

那天早上娘亲唱的歌谣,有让人迷醉的成分在,听着听着,像是回到了小时候:勾勾油,天明起;添上锅,淘上米;俺上东庄要笊篱。去时价,桃花开;来时价,红了尖;有心摘个给孩吃,又怕锅里烂了米。

连木心的《从前慢》也比不得啊。如此,娘亲何以变老,自己也永远是,那个长不大的孩子。

就挨在娘亲身边,用躺着的姿势,看着屋檐上的雨滴一滴一滴地滴落。

屋檐上滴落的雨滴,比雨滴大。

天上的雨,淅沥淅沥。屋檐的水,吧嗒吧嗒。

从凌晨至傍晚,未有停歇。这缠绵而又缠绵的秋雨啊。

"我走了,好孩子!"

处暑后白露前那一天早晨

娘亲跟我们兄妹五人郑重告别

平时含混不清这次却说得异常清晰

拣拾这些文字,心被一字一字扎过,又被一字一字暖着。娘亲走了好多天了,但觉得她还没有走远,她还一直跟在我身后。我回头,就能看见她。

没有走远的娘亲,在我的思念里。

跟在身后的,是思念。

思念如南河水,永远也流不尽。

思念如天上雨,断断续续,终无停歇。

从此,在思念之中,在梦境之中,在内心之中,时时刻刻,与娘亲相见。

从此,娘是老屋,娘是梧桐,娘是南河。

从此,老屋是娘,梧桐是娘,南河是娘。

从此,娘亲就在自家门前那条河里,每天经过家门,缓缓流淌。

三天未停的雨和白露的白将双眼糊住

不肯离去的风在梧桐树上发出骇人声响

农历辛丑年七月二十九日未时

舅舅拥着我说你的娘亲,去了天堂……

灯影里的雨

昨晚,站在窗前看。

准确说,是站在阳台上的窗前看。

看那雨,下在灯影里。

地上,灯下的地上,像有无数个星星在眨眼睛。

唰唰的声音,远处的电闪和滞后传过来的雷鸣,又仿佛在告诉,雨,不只下在灯影里。

你就盯着一盏灯看,雨丝闪着光,像一条条金线落下来。

灯影里的雨丝是真实的。

看过灯影里的雨吗? 正冲我的楼下,有一盏灯。那灯影的雨,真的是,一种别样的美。

可张曼玉和梁朝伟的《花样年华》,那张梁二人的灯影里的雨,是谁也比不过。

说是,王家卫最拿手的,就是能让人掉到一种情绪中去。这雨仿佛也听懂了,寻找灯影而落,去释放,一种情绪。

可真的雨,不会乖乖的,束手就王家卫的范。

电影里说,那是一种难堪的相对,她一直羞低着头,给他一个接近的机会。他没有勇气接近,她掉转身,走了。

牵在他们之间，是割也割不断的一根无形的线。这根线，是他们发现他们彼此的配偶之间，有着不可示人的关系。

其实，自从他们在同一天搬进同一层楼房，那租来的拥挤的一隅，成为一壁之隔的邻居开始，命运，就已经将他们放在一起了。如那灯影里的雨，如灯影里的雨形成的雨线。如映在灯影里的，如暗香盈袖的，那些剪不断理还乱。只有，等雨停了。

身处遥远的异国他乡，在东南亚的新加坡和泰国，周慕云仍无法忘记与苏丽珍之间，那无法言说的种种。那些含情脉脉，那些脉脉无语，那些无语面对。

不知，他们记得最多的，可是那，几乎无处不在的灯影里的雨？

他们都说，我们不做他们所做的事。可是，他们之间已经是心有灵犀。嘴上说着，而在心里，已如那灯影里的雨，丝丝缕缕。表面波澜不惊，内心已是，波涛汹涌。

只是，如果当天，她真的答应跟他走，他们会真的一直在一起？还是注定分离，各奔东西？电影无法给出答案。生活无法给出答案。他们互相之间，也无法给出答案。荧屏之外的看客们，更是无法，给出答案。就象那灯影里的雨，霓虹着，零乱着，虚虚幻幻，理不出一个头绪。

理不出头绪的答案，才是，最好的答案。

刚过去的五月里，看了十部电影。这些电影，都集中在一个链接内。利用晚上，趴在电脑前，一部一部将它们追完。这些电影，俱是想看一直未能看的：《廊桥遗梦》《人间中毒》《马语者》《昼颜》，等等等等。还有这部《花样年华》。

人性，几乎全部裸露在这里。爱恋，不舍，沉沦，亢奋，癫狂，孤独，无助，变态，现实，梦幻。这些用艺术的真实，表现出来的生活的真实，赤裸裸的，呈现在观众面前。其中，恒久不变的，永远是人性。主角，永远是人性。

十部电影中，《花样年华》是唯一的一部华语片，虽然是粤语。当然《人间中毒》，亦是与中国人有着同一张面孔的亚洲人演绎的韩语片。这在心理上，觉得离我们就更近一些。

据说这部电影,曾获得第53届戛纳国际电影节最佳男主角奖;获得第37届台湾电影金马奖最佳女主角、最佳摄影、最佳造型设计奖;获得第20届香港电影金像奖最佳男主角、最佳女主角、最佳剪辑、最佳美术指导、最佳服装设计奖。这么多的大奖集于一身,依我看,除了王家卫的老道,除了张曼玉和梁朝伟的深情,那灯影里的雨,功不可没。

灯影里的雨,淡淡的忧伤。灯影里的雨,真的好看。

这样一些瞬间

王昊在朋友圈写下两个字:大窑。

继而,又在朋友圈上了一张照片:两男一女系着红领巾,相视而笑。背景字幕:某市人民广播电台。

王昊所发,为今天的下午,十四时以后。

王昊留起了胡子,为的是本色出演。围着嘴巴一个椭圆,椭圆下方一个点儿。建党百年纪念日时,他要在一部情景剧中,演一个杨靖宇将军一般的抗联军长。

王昊的昊哥朋友圈节目,日前已改名为好好学习。红领巾照片,应是今天的节目结束后所摄。

今早醒来,一个红包在等着我:祝牛老师节日快乐。然后是留言:牛老师,谢谢您,谢谢您一直以来对我的支持和鼓励。

在这个专属的日子,原来我也可以收到"真金白银"式的问候。那颗本不苍老的心,受到这番鼓励,立即变得更加年轻起来——返老还童,童心未泯。

给我这老"顽童"送来节日祝福的,是一位从未晤面而居于京城的美女作家。她的以陈寿荣先生为原型的五十万字的长篇小说《莲华梦》,正在热卖中。她的父亲,一位毕生效力于某电视台的资深编辑,其图文并茂的《陈寿荣评传》，精装大开，厚重有范，也已于日前问鼎画坛与文坛。

有一段时间，我对自己进行魔鬼式训练。每天早上上班前的两个半小时，用笔写一千字，电脑上敲三千字。不是以月计，不是以年计，是以数年计。长年累月，从不懈怠。

雁峰说，或者应该说，是骆说，是笔名为马可的骆说。我看到了那足可盈尺的纸稿，不，是足可盈米。上面布满了密密麻麻纸写的文字。我说，如果将其交给出版社，将是一套充盈着浓郁文化气息的系列丛书。雁峰说，老师，既然是以文字的面貌示人，我就要保持好自己的形象。

雁峰，失却联系经年的文友。当年，他在报社当记者，许多人不认识他，可都熟悉骆雁峰这个名字。那是因为，他一天一篇或数篇，见诸报端的通讯报道。

就在三天前，在转发雁峰公众号链接时，我曾写下了这样几句话：

多年旧相识，因为文字。

又因同城远，天涯近，因工作生活之变故，彼此之间失却了联系。

近日，通过骆说公众号，通过公众号上的一篇文字，复又找到了彼此。

相约3000天，今天已至1361天。每天一篇的文字，隽永，简洁，饱满，大气，谁能为之？凤毛麟角之雁峰也。

我们已经相约，近日见个面。为叙旧，亦为找到，来时的路。

雁峰昨日自蓉城归，我们今天就见面了，因为那迫不及待的心情。

他放下了本该陪爱女过节的要事，我将彼时已经卧床的母亲全部交于大妹。在雁峰的工作室，那个满是文化气息的数百平方米的空间里。

那靠北面的墙上，东面的墙上，俱是书。书，在这里不是装饰品，是都被一本一本读过的，被成百上千本地读过的。那悬于壁上的数幅字画，用澄澈的眼睛,时时望着它的主人,俱是,精气神。

雁峰早已备好了上等的水果和上等的茶,约好了与我相熟的数位朋友,王昊是其中之一。还有黎斌,一位从事文化事业管理的人,亦是一位以字为马著述颇丰的文人。还有还有……

我们聊文学,聊文学的功能,聊生活真实与艺术真实之间的关系;聊渠河南岸的诸城、苏轼的密州,聊东坡先生在这儿的诗兴大发;聊莫言,聊莫言的高密东北乡;聊陈忠实,聊陈忠实的《白鹿原》,聊《白鹿原》被改编成电影和电视剧的得与失;聊贾平凹,聊贾平凹《废都》的起与伏,聊他永远两个字作题的最新长篇《山本》和《暂坐》;聊我们风筝之都获得泰山文艺奖的王威,聊王威刚刚上了全国文学大刊的最新短篇《阳光刺眼》和《蓝雨衣》。

王昊说,今天,真的是谈笑有鸿儒,往来无白丁。

虽是不舍,却想在十一点半左右离去,可雁峰早已预谋在胸,订好了酒店,并已让酒店提前炖好了据说是产自沂蒙山区的鸡,只等我等就范。

我想起了这座城市的这所大学,成立元年,那个在东校区也即现在的主校区文学院楼上苦读的学生,那个文学院老师们经常啧啧称赞的雁峰。他的心意,我当领了。

大窑,王昊在朋友圈写下的那两个字,为避免有那个什么之嫌,在这儿就不作任何解释了。喝它,津津有味地喝它,只为找找小时候吃冰棍的感觉;只为,今天是六一儿童节;只为,以四十岁左右为主,上逾六十岁,下满三十岁的一群曾经的少年。

我和雁峰,我和朋友们说,这儿,我会常来的。下次来,不会等到,下一个儿童节。

第三章　塔古斯河,美不过流经我村庄的河

塔古斯河
美过流经我村庄的那条小河,
但是塔古斯河
却又美不过流经我村庄的那条小河,
因为塔古斯河
不是流经我村庄的小河。

——佩索阿

西山里

蠹立于历史深处,鲜活于苍穹大地,傲然于西山里,所以我把它想象成为一块精美的石头。

——题记

少时记忆

在俺村里,有一说法,自古至今,如风般游走。许是空穴来风,也许不是:村人是为"砸锅牛",来自西山里。

话说当年兄弟四人,在当地难以为继,遂出走山外,寻找一线生机。行至一十字路口,一个要向南,一个要向北,一个要朝东,一个要朝西。兄弟一别,这辈子恐难再见,可一个祖宗繁衍的后代,不能就此陌路。何以为凭,立字为证。何"字"为证?四兄弟皆是睁眼瞎,大字不识一个。

正在为难之际,大哥眉头一皱,大哥就得有大哥担当:为了子孙们日后见面,咱把吃饭的家伙什砸了吧。一人手执一块,嘱咐子孙,好好保存,日后见面就靠它了。三位弟弟听罢,十分不舍,祖上所传,就这一口吃饭的锅了,再把它砸了,连个吃饭的家伙什也没有了。可思忖再三,也无他法,只好依大哥之计。大哥手起锅落,一分两半,又再手起,续分四半。四兄弟各执一片,挥泪道别,从此各自天涯。锅片亦不只是为信物,更是成了一个念想。

同村千余同姓之人，是其中一个兄弟的后代。可是只闻传说，未见锅片。我爷爷又将这故事，讲说得有鼻子有眼，不由人不信。及至年长，查了家谱，记载是明洪武二年，从江苏淮安而来，与一位伟人故里同籍．于是对"砸锅牛"之说起疑。问及专研古籍并著有书文的同姓侄儿，侄儿疑惑更甚：家谱乃清末民初所成，何证"江苏淮安"之说是真？何证"砸锅牛"之说不实？看来有时"真相"不如"想象"，还是"砸锅牛"的故事更为动人。

由此就想，看来从存在的真实，变成文字的真实，唯其想象，才有流光溢彩，才有灵秀跃动。那就让我想象的翅膀也飞一会儿：矗立于历史深处，鲜活于苍穹大地，傲然于西山里，所以我把它想象成为一块精美的石头。精美的石头在哪里？精美的石头在西山里。西山里是哪里？是安丘城区西南方向的西山里；是传说中，"砸锅牛"的家乡与故里。那个真实存在的前"牛沐"后"大盛"，就是坐落在这里。

大盛始称牛沐，改称现名，当是 20 世纪 80 年代的事。为什么要将"牛沐"改为"大盛"，想必改名者，自有其改名的道理。

许是因为笔者姓氏的原因，许是因为"砸锅牛"的故事，抑或听到了更多关于"牛沐"的传说，所以先入为主，对"牛沐"这个名字，就更觉亲切，亦即更感兴趣一些。我还知道，在我还是一个孩童的时候，父亲就曾多次带着民工，去修建于家河水库。当然现在了然，这个水库不在大盛镇域，可当时，只认它是在西山里。

虽然有"砸锅牛"故事在先，可真切感知西山里的存在，感知"牛沐"的存在，还是 20 世纪 70 年代的事。某一年秋假开学后，当时的安丘县有关部门，联合组织了一次全县高中学生篮球比赛。作为校篮球队成员之一正读高二的我，自当前往参加。根据抽签，第一场比赛，就是与牛沐公社高中学生对阵。就是因着这一个"牛"字，不仅对"牛沐"有了特别印象，而且还生出一份"情愫"：难道"砸锅牛"，是来自这里？

虽然倍感亲切，虽然印象深刻，但因那时交通尚欠发达，连脚踏车很鲜见,加上信息闭塞,总觉得它是一个遥远而又神秘的存在。

长辈传说

篮球比赛结束归来,跟家人说起"牛沐"之事,不料却借此打开了爷爷奶奶以及父亲的话匣子。爷爷奶奶,都是新中国成立以前入党的老党员,虽然不识几个字,却是明事达理,装着的故事,是一肚子,两肋巴,身后还有一背褡。正当盛年的父亲,也正担任村党支部书记职。他们或急或缓,如数家珍一般,给我讲了一个又一个关于西山里的传说与故事。

爷爷首先开言。话说这西山里有一座山,虽然山势不高,却是别有洞天。还是在很久很久以前,住在这座山上的人家,一直过着日出而作、日落而息的生活,就如那世外桃源一般。神仙样的生活,吸引了一位自称"大牛"的青年驻足,他说自己是个孤儿,愿意留下干活,只要给口饭吃就中。村人见他可怜,随即将他收留于此。

不料有一天,从南山来了一个恶霸。这个恶霸早就相中这块风水宝地,这次前来,就是为了设计霸占。为了达到目的,他给村民出了道难题,称他家山顶上有三件镇山之宝:石磨、石碾、石碌碡。只要有了这三件宝贝,就能保佑四季平安,五谷丰登。只要这个村里,有一个人能在三天之内,把这三件宝贝弄过来,那么他就此罢休,否则村民就得搬出这个村子,永远不得再回来。

村民都曾听说过这三样东西,是不是宝贝另当别论,可每一件,都在千斤以上。而且,光是到南山就有一百五十里,一来一回就是三百多里。即便什么也不带,也少有可能在三天内走完这么多路程,何况还要负数千斤之重。

这一下,可着实愁坏了村里的男女老少。几个长者,只好去求干活舍得花力气的大牛青年。没想到,大牛二话没说就答应了,要求给他准备三样东西:三十根筷子高的面饼,一副能挑山的扁担,三十根牛拉不断的绳子。

大牛的态度，让村民吃了定心丸，全村人立刻动员和行动起来：青壮女人和面擀饼；青壮男人点起炉火，浇铸铜质扁担；而上了年纪旳人，就集中到一起搓麻线。搓好以后，再放到油中浸泡，以此来增加麻绳韧性。如此这般，只用了一个晚上，就把大牛需要的东西准备妥当。次日天刚放亮，大牛就带着这些东西上路了。

经过千辛万苦，大牛终于把三件石器在规定时间担了回来。只是，这个时候的大牛，体力已经达到极限，一放下石器，就口吐鲜血晕了过去，不一会儿竟变成牛形。看到眼前一幕，人们才明白这位力大无比的青年，原来是一只修行的大牛。他是白天帮人们干话，晚上便变回本真，到河边喝水和休息。

幸运的是，大牛在村民的全力抢救下，最终醒了过来。但是，因为体力透支已达极限，千年功力丧失殆尽，再也变不回人形了。于是人们便把它放养到了河边：饿了，就吃村民备好的草料和豆饼；渴了，就饮河里甘醇的河水；热了，就到清澈的河中沐浴。优哉游哉，倒也惬意。

人们把它洗澡的河称为"牛沐河"。直到现在，大牛担回来的石碾、石磨、石碌碡，依然在村中安放，映衬着这一古老的传说。

爷爷的故事刚刚讲完，奶奶也紧接着开了腔，说是在这西山里的一个村庄，有两棵银杏树，相传栽植于宋代，如今已有近千年历史。其中，这棵大白果树在生长期间，因吸收天地日月精华而修炼成仙。这个得道成仙的精灵，形状就像一只白兔，可大可小，能缩能伸，看得见又摸不着，常在晚间出来活动。而且这白果仙心地善良，专做惩恶扬善之事。如果村里有人不孝顺，或者做了其他坏事，白果仙一概心知肚明。为了惩罚此有劣迹之人，白果仙就附在他们身上，让其在疯疯癫癫之时，将自己的劣迹公之于众，并痛心疾首誓言改邪归正，直到真正改好为止。

我的思绪还没有从"牛人担石"与"白果成仙"的故事中走出来，父亲又已接上了话茬：在这西山里，最有名的传说当属"牛沐钟声"，还有"宋时井"

和"辛应乾"。我曾数次去西南山里"出伏"修筑水库,这方面,从当地人那里听到了不少,这会儿给你一块儿说道说道。

相传金人统治山东期间,当地掌权者为讨好金人,责令牛沐里乡绅捐资重修牛沐寺,逼迫寺内和尚到民间化缘收铁铸钟。在一户拒绝交铁的妇人那里,差役掳来了一对嗷嗷待哺的孪生姐妹。

就在寺院内着手铸钟时,反复多次,却是怎么也铸不成。于是有一个凶残的差役,就把那一对孪生姐妹,扔进了沸腾的汁水中。说来也怪,这一次却是铸成了。两口一模一样的巨钟,其中一口悬挂于牛沐寺的钟楼上。只要撞击钟楼上的巨钟,另一口就嗡嗡作响,仿佛两姊妹的互相泣应。人们后来又把另一口钟,悬挂于安丘县城东门的城楼上,之间相隔40公里。可只要撞击其中一口,另一口钟也仍然是嗡嗡作响,遥相呼应。

及圣明成化年间,时任安丘知县的陈文伟,在遍览安丘山水形制后,写成了《总咏安丘八景》诗,其中,"牛沐钟声隐隐来"一句,勾勒出了晨钟远韵的风致,让这悠悠钟声,一直流传至今。

在牛沐寺院内不仅有巨钟,还曾经有一口距今千年之久的水井。据称这口井,是当时寺院内,唯一的饮用水源。整座古井井筒直径两三米,井深二三十米,水深三四米,用青砖砌成,可同时容纳四五个人沿井提水。之深之阔之大,迄今无"井"可与比肩。孰料,抗日战争时期的烽火狼烟,不仅损毁了寺院,古井也随之被填平。自此,便不知所终。

父亲接着说,提到西山里,说到"牛沐",就不能不说到辛应乾。这可是当地乃至咱整个安丘,响当当的名人。这位辛应乾先人,字伯符,号顺庵,生于"牛沐"附近的一个村庄,一说就是生于牛沐,是为明中期大臣。辛公于明嘉靖年间中进士,先授长治县令,继任雁门关提督,兼都察院御史,巡抚山西,整饬边防,后为兵部侍郎。因其功勋卓著,年老辞职时,皇上特再授其为兵部尚书。辛公著有《三命全书》《劝善录》《官迹图》等书,那个著名的"一日三西"故事,其中就有他的鼎鼎大名。

当下风景

说它位于西山里,那是说它所处的位置。实际上,它是三分之一在山内,三分之一在丘陵,三分之一在平原。同时,我不仅把它想象为一块精美的石头,而且这块石头,还是那位"神牛"青年担来的。在我的想象中,这里的人们人人都是"神牛":不仅镇村两级干部是"神牛",老百姓也皆是个顶个儿的"神牛"。而且,群众更是真正的"神牛",更是历史的书写者和创造者。倘不如此,怎会吸引那么多的目光?怎会传诵当今那么多的佳话?

有人说,漫无目的游,才有别样风景;漫无目的寻,才有新鲜故事。可是,对于前"牛沐"今"大盛"来说,我要板板正正地游,郑重其事地寻,而且还要跟随着"山东作家走大盛"采风团至。因为,这是我对这里,第一次踏足。

毋庸置疑,这次采风活动,自是唤醒了沉睡多年的一些记忆。首先想到的是,那些曾经在篮球场上一决雌雄的孩子们,他们都经历了什么?他们在哪儿又去了哪儿?在外地工作的也都退休了吧?都已经在颐养天年了吧?还有那些美丽的传说呢?

驻足在东田庄村,我看到了那两棵千年银杏树。特别是那棵吸收天地日月精华、时变白果仙惩恶扬善的大银杏树,它在默默地注视着我们,仿佛是在用它那明亮的眼睛,探求每个人的隐秘世界。我用双手抚摸着它,像是在抚慰一个饱经沧桑的老人,又像是在奖掖一个做了好事不留名的孩子。

驻足在牛沐寺钟楼前和宋时井侧,悠扬的钟声又在耳畔轰鸣,这是同去的文友敲响的。钟声穿越古今,愈发地浑厚嘹亮,似在传扬着那个"牛沐钟声"的故事。应该说,牛沐钟声的传说,不仅寄托着当地民众的缕缕情思,亦更具有深刻的人文内涵。还有那口宋时井,也已经恢复了旧时模样,向人们展示着它曾经的过往。

在大盛镇历史文化展馆辛应乾画像前，我仰首伫立凝望，久久不愿离去。辛公作为朝廷重臣，廉洁奉公，屡有善政，名扬故里，清史留名，曾在同一时间，与本县人士马文炜、韩必显分别升任山西、江西、陕西巡抚，留下了安丘"一日三西"的历史佳话。他卓越的政绩，应该长久影响了这块土地上一代又一代为官为民的人们。

穿行在一望无际的桑田里，眼前那绿中微黄而又连绵不绝的桑树桑林，那一座连着一座、动辄成百上千平方米的蚕棚，那蠕动着的数以亿计的白色身影和"唰唰"的食用桑叶声，此起彼伏，有声有色，犹如大海的波涛般涌动，犹如一幅壮美无比的图画。这的确是在别处很难看到的一道风景。据介绍，大盛镇桑蚕资源丰富，传统养蚕技艺历史悠久，蚕桑面积如今已达万亩之多。不仅如此，近年来还特地引进投资一个多亿，以从事桑葚酒、桑葚饮品的精深加工，形成了桑枝、桑叶、桑葚、桑蚕的全方位利用。所以，要说起大盛镇的农业，在我眼中，应是桑蚕业最具特色。

而在大盛镇乡镇工业方面，我对其禄禧沼气发电以及秸秆综合利用项目最感兴趣。我认为，这应该代表了农村持续发展、绿色发展的全新理念。众所周知，在我们广大农村，唯一不缺的就是庄稼秸秆，旧时还能当作燃料用于烧火做饭，现在大都几无用处。不少农民苦无他法，只好堆在田地里焚烧。如此，不仅严重污染了空气，还造成了资源的极大浪费。而在大盛这里，由于镇领导眼光独到，发展谋划具有前瞻性，真正把心思放在老百姓身上，舍得花钱为老百姓办真事实事，所以才会投资建厂，变废为宝，化害为利，充分利用庄稼秸秆，采用"高效厌氧发酵""生物质气电冷热肥五联供""生态循环农业"等先进技术，生产供应生物质天然气、热力、电力和有机肥，在相当程度上实现了农业智慧发展。据悉，由于本项目的科技创新优势所在，现已列入潍坊国家农业开放发展综合试验区先行先试项目，成为现代农业绿色发展示范区和乡村振兴的齐鲁科技样板。

从省城前来同行的刘秀平君,眼光最是锐利,嗅觉最是灵敏,频频发现大盛亮点。其中最堪称道的,是其发现大盛镇之所以屡创佳绩,是因为有一个悉心为百姓敞开大门的镇政府。她在已刊登于省级大报头版头条的消息中写道:

没有传达室,更不见门卫,安丘市大盛镇为民服务大厅直通镇党委、政府。50 余位乡镇干部的照片、手机号、在岗状态全部上墙公开。9 月 12 日上午,记者以陌生号码随机拨打该镇干部电话,都能接通。

她在文中继而介绍道:大盛镇位于安丘市西南部,辖 62 个行政村、1.03 万户、3.6 万人。9 月 12 日周六,上午 9 点,陆续有三三两两的农民来镇上办事、咨询。为民服务大厅设在镇政府办公楼一楼,几乎所有涉及居民生产生活事项,均在此办理。镇党委、政府工作人员就在二楼办公,中间没有任何隔离设施,也没有门岗。

不设防,怕不怕上访?“上访是老百姓的权利。来上访,说明老百姓信任政府。接待上访群众,是政府工作的一部分。”大盛镇党委副书记王磊说,“群众不来,我们也要去村里,每个镇干部都帮包社区和村。”

大盛镇今年受疫情影响比较小,“直通”服务起了作用。上半年全镇实现工业总产值 1.5 亿元;限额以上企业主营业务收入 1.1 亿元,同比增长 1.1%;利税总额 871 万元,同比增长 28%;固定资产投资 2.42 亿元,同比增长 19.4%。近年来,该镇先后被评为“国家级生态镇”“山东省文明镇”“山东省环境优美乡镇”“山东省卫生镇”“山东省森林镇”等。

是啊是啊,牛沐的那些传说,毕竟只是美丽的传说。而大盛眼下的这些故事,却是实实在在和正在发生着的。它的确不同凡响,成为一道靓丽的别样风景。

临别时,一位文友让我留言。我毫无迟疑,把一天的所见所闻所思所感凝于笔端,“闻牛沐钟声,享文化大盛”十个字幅挥毫而就。而邦块精美石头的歌唱,也正从心底涌出,缓缓传来……

有一个美丽的传说,
精美的石头会唱歌。
它能给勇敢者以智慧,
也能给善良者以欢乐。
只要你懂得它的珍贵,
山高路远也能获得。

有一个美丽的传说,
精美的石头会唱歌。
它能给懦弱者以坚强,
也能给勤奋者以收获。
只要你把它爱在心中,
天长地久不会失落。

塔古斯河,美不过流经我村庄的河

塔古斯河
美过流经我村庄的那条小河,
但是塔古斯河
却又美不过流经我村庄的那条小河,
因为塔古斯河
不是流经我村庄的小河。

  他时常伫立在这条河的岸边,反复吟哦葡萄牙诗人佩索阿的这首《塔古斯河》。

  他家村前有条河,河的名字叫渠河。在他眼里,世界上任何一条河流,都美不过流经他村庄的这条河。

  他出生的地方,就坐落在这条河的北岸,一个叫作西利见的村庄。自出生的那一刻起,他就沐浴在这条河的恩泽里,饮着这条河的河水,一天天变着模样。当五星红旗第一次在天安门广场升起的时候,他已满了两岁。在他孩童记忆里留下深刻烙印的,是大人们迎接新中国诞生的欢呼雀跃与满面笑靥。

  河水流啊流,他也在渐次长大,长大到了上学的年龄。上学得有"大名"

而不能再叫乳名。他是"兰"字辈，家人给他起了名字为李兰玉。学校老师告诉他，已有人先于他叫这个名字，所以这个名字也就不再属于他。放学回家后，他将此事告诉了母亲。

母亲出生在书香门第，虽然自己未能上学识字，却从父兄那里得到了诸多文化的滋养和浸润。她虽不晓得李商隐"蓝田日暖玉生烟"的名句，却知道"兰生幽谷不以无人而不芳"的谚语，懂得这是用来比喻有德才的人即便生活在偏僻的地方，也会是出色不凡的。她还从父兄那里听闻了这样一个故事：三国时期，诸葛亮的哥哥诸葛瑾在孙权手下为官，孙权让诸葛瑾带六岁儿子诸葛恪赴宴。席间孙权设计了若干场景考问这个幼童，结果俱对答如流，于是孙权夸其为蓝田生美玉。

母亲很是看好这个孩子。因为这孩子从小就知道忍让和包容别人，十分勤快和懂事。她在盼望着他上学的这一天，他希望他的这个"兰"字辈的孩子，也能够"兰生幽谷不以无人而不芳"，能够"出人头地"，能够做一个有出息的人，能够光耀门楣。于是她将正在吸吮着的长烟袋往鞋底上叩了叩，面对着站在面前的儿子，一字一顿地说：兰田生百玉，咱叫李兰生好了。

于是，李兰生，这个凝聚着母亲无限期望而又由母亲亲自赋予的名字，自此就成了他生命的一部分。世间最不可辜负的，便是母爱。直到现在，说起母亲为他起名字时的场景，他的眼里依然是泪花闪闪。为此，他十分珍视这个名字，像爱护眼睛一样爱护它，不让其有丝毫的被玷污与被亵渎。

于是，他将爷爷和父亲讲给他听的故事，讲给他的同学听，讲给他的学生听，讲给他的同事听，讲给他的亲友听，一遍又一遍——

居于其下游，与他曾同饮一河水的清人窦光鼐，八岁那年的某个夏日，与小学同学到渠河洗澡，恰逢一女子因水流湍急不敢过河，窦遂将该女子背过了河去。第二天上课时有同学将此事向老师告发，因违男女授受不亲古训，老师就以《背河》为题责其作诗，做得好免罚，否则跪砖以惩。对此，只见窦略一思忖，张口就来：民女河边叹急流，书生化做渡人舟。紧把玉手挽香手,并将龙头靠凤头。一朵鲜花横肉背,十分春色满河州。轻轻放在沙滩上,默默无言各自羞。

后来窦光鼐中了进士,被称为千年文官祖,一代帝王师。在给太子当老师时,如果太子完不成作业,照例与其他陪读者一样被罚跪砖块。一次老皇帝巡视至此,拎起被罚的太子就走,并说我们不上学也是天子。见老皇帝一时糊涂,窦光鼐也即随口应道:上学或许是尧舜天子,不上学一定是纣王天子。闻听此言,老皇帝随即停住脚步,对太子说:回去跪着吧……

这应是深入他骨髓里的一段佳话。听着他讲的故事,时常觉得他的身上也有着窦先人的影子。因为许多人看到了这样的一幕:中学毕业后他在村校当教师,先是教一年级并做班主任。有一天从早上开始就下起了大雨,他来到教室后见学生一个也没有来, 都被这雨留滞在了家中。按说这也不足为怪,休课就可以了。可教师的责任感促使他鼓起了勇气,冒着瓢泼大雨来到学生家中,将这些七八岁的伢童一个一个地背到学校来上课。先背来的放到教室座位上,布置他们抄写课文。学生此时是格外听话,因为去背他们时,他们的家长都一遍遍地嘱咐孩子:到了学校一定听老师的话!如此一直喊到师生二人在雨中消失。而到了学生李春森家时,还被他家的狗咬了一口,鲜血和着雨水顺着裤管往下流,至今那伤疤还清晰可见。就这样在雨中往返数十趟,一口气背齐了 36 名学生。

问起他当时心里的想法,他说就是一个也不能少。如今那班上的学生都年近五十岁了,去年他在北京某研究院遇到了学生徐慧芬,这学生见面的第一句话就是:"老师,您曾经背过我! 前几年有部电影叫《一个都不能少》,而老师您也正是这部电影原型主人公之一呢。"

他当老师时用自己的脊梁亲自背学生,他当学生时自然一直也是品学兼优者。他的功课几乎门门满分不说,单是 1965 年的春节,他的初中寒假作文作业《寒假记事》,就曾经登上了当时的《中国青年报》。他当中学语文教师后到县城参加业务培训,被教员点名试讲《红楼梦》中刘姥姥初识王熙凤那一段,他敏锐地抓住这一部分的核心在于渲染和衬托:刘姥姥要进荣国府,中间介绍人周瑞家的向刘姥姥介绍凤姐:"至少有一万个心眼""十个男人也说不过她";到了凤姐住处,首先出来的是被刘姥姥误认凤姐的其私房丫鬟平儿;接着是一群小丫头"齐乱跑",口里嚷道"二奶奶下楼了"。可谓是层层递进,一环紧扣一环,由此把个未见其人先闻其声的凤辣子刻画得入木三分。无疑,这个讲评成为班上最为优秀的学员教案。

他说,他尤其喜欢海子的《以梦为马》诗:

> 万人都要将火熄灭
> 我一人独将此火高高举起
> 此火为大
> 开花落英于神圣的祖国
> 和所有以梦为马的诗人一样
> 我借此火得度一生的茫茫黑夜

他不满足仅仅做一名乡村教师,他还有一个"绿色军装梦"。这个梦想终于在 1968 年的冬日得以实现,他一身戎装来到了祖国的北疆,成了一名边防战士。这里的冬天冷啊,可就是在这酷寒的天气里,他们要打坑道、筑工事,连续一个多月吃住驻守在坑道里。闲下来的时候,他就时常想起家乡的河,想起生活在这条河北岸的祖辈父辈和兄弟姐妹。就在这时他的爷爷和母亲走了,为了不影响他在部队服役,家里的人没有告诉他,直到他回家探亲时才知道了实情,这让未给远行亲人送终成为他终生的遗憾。三年服役期到了,他的退役表格被团司令部首长看到:这个战士的字写得好漂亮呢,留下他,调到司令部来,让他再多服役几年。直到 1974 年春天,他才带着两张立功嘉奖令和三级残废军人证回到了家乡。

丰富的人生阅历,让他对人生的认识达到了相当的高度。他深谙真正有价值的东西是学习；他深谙真正的高手都是广博积累到了一定厚度，然后实现了所谓的触类旁通和融会贯通；他深谙所谓的"一览众山小"的前提必须是"会当凌绝顶"，而登顶没有捷径，该走的路一步也不能少。于是他趁着复员回乡后复做乡村教师的档口，每天一早就提着马扎来到河边复习功课，因为他觉得，只有在这里，才能让他的心安静下来，才能让他浑身蓄满了力量。于是就在恢复高考的 1978 年夏日，他以安丘县理科第一名的成绩，被享誉海内外的青岛海洋大学录取。

他还清楚地记得他刚上大学时的样子：身着一身褪了色的绿军装，到处都充满了新鲜感，一如刘姥姥进了大观园一般。来自全国各地的同学有的称他叔叔，有的叫他大哥，这让他感到有些窘迫。可他很快就得到了老师和同学的信任，被选为班长和校学生会副主席。由于他在校四年一直学习出色和能力超凡，毕业时又被选拔留校做了教师。自此，在这个岗位上一做就是几十年，成了教授，成了研究生导师，成了岛城兼职英语导游。他不仅申报发明专利 18 项，发表核心以上期刊科技论文 45 篇，而且其中一项横向课题成功上市，出口额超过数亿元，可谓一响当当的"功成名就"人士。

让他声名远播的不只是骄人的工作成就，更是他的书法作品。他在爷爷的监督下八岁就开始写"仿"，自幼基本功扎实，写得一手好字，做了大学教师后更是书艺日臻精湛。他的书法，有着深厚的文化底蕴，透着浓郁的文人气息。业内同行评价他的作品是，点划之间的关系处理得十分精当，彼此顾盼，相互联系，别具韵味，突出一种传统格调，颇具视觉冲击力。他在耳顺之年又拜欧阳中石先生为师，这更让他如虎添翼，进一步得到了人生乐趣和智慧洗礼。由此他成了央视教育频道《水墨丹青》栏目书画院副院长，并被选为为国家领导人出访先期进行书法文化交流的代表团成员。他的书法作品现已被海内外诸多博物馆和同道收藏，应邀所写的字幅被镌刻在公冶长书院、管宁墓碑、几十所学校和众多公共场所，特别是五千余字的《道德经》长卷，已被家乡一学校雕刻在十几米长的大理石上，成为当地一道靓丽风景。

他的学养亦是十分丰厚，与朋友相聚时会应大家要求即兴背诵《兰亭序》《滕王阁序》和《岳阳楼记》。他说，他特别喜欢范仲淹的"先天下之忧而忧，后天下之乐而乐"的悲悯情怀，既然生而为人就应该努力去这样做。为此在2008年他将2万元作为特殊党费捐给汶川地震灾区，将1万元捐给因极端天气受灾严重的安丘地区，给安丘市官庄中学通过现款和书法义卖等方式捐献助教基金4万元，为抗击疫情捐献1万元，捐助家庭受灾的海大赵姓博士5000元，捐助家庭受灾的诸城市胡姓同学2千元，同时还多次对潍坊贫困山区失学辍学儿童以及聋哑儿童进行书法义卖捐助。他还写了几百首古诗词，其中相当一部分是讴歌恰逢盛世和真挚友情的。譬如这首:作完报告登班机,且将航班当坐骑。劝君先饮一杯茶,吾定赶上把盏时。他就是如此热情和诚实地对待他人，所以他的朋友也就像众星捧月一样对待他。

有人说，知识给予知识分子之最宝贵的能力，就是思想的能力。为此从年轻开始，他就时常用朱淑真《自责》中"始知伶俐不如痴"一句警示自己。他知道不管做什么，到最后伶俐都不值钱，人都是靠痴心活着的。为此他相信人可以通过为学净化自身，相信存在一条虽然艰难但能够致力的道路，"知善知恶是良知，为善去恶是格物"。他常挂在嘴边的一句话是:过去的一切都是对的,活就要活出格局，活出内心辽阔。

光阴荏苒当须惜。时至今日，诗人蔡方华写给2022的新年献词《奔赴》，又在他的心海泛起阵阵涟漪:

我忽忽已老,仍是祖国的孩子。
我在歌唱中叹息,又在叹息中歌唱。
我和我的歌唱于大地而言都是新的。
爱我。爱你生命中的大海,
爱你每一个朴素的清晨,爱你的红嘴鸥。
爱我。爱你每天行走的街道,爱你路过的树和湖。

在五月的槐花之下,在玫瑰之上,
你和你的梦终将相逢。

在暗处野蛮生长,终有一日馥郁传香。他现在已然退休,清瘦矍铄,笑意盈盈,半个多世纪的阅历都成了不经意间的回望。于他而言,可谓在品尝人生诸多酸甜苦辣的同时,早已暗暗埋伏下了事物的"天理"。这份"天理",至于一直用双手烤着生命之火取暖的他来说,一如那山间清爽的风,一如那世间温暖的光,不仅铸就了其性格特征,也成了其一生取之不尽用之不竭的"泉源"。他现在经常的生活状态是挥毫泼墨。他还被家乡的地级市聘为科技顾问,所以他也会经常地流连在母亲河边。于是就觉得,他时常握着的笔,仿佛就是他的人生写照。他用这支笔书写人生,最是一笔写精神。他村前的那条河更是他的力量源泉,是他毕生"百尺竿头更进一步"的不竭动力。他的朋友几乎异口同声夸他谦逊大气,宽以待人,严以律己,形容他为"饱满的谷穗"。因为越是饱满的谷穗,越是低垂着自己的头颅。

的确是啊,塔古斯河,美不过流经他村庄的河。因为在那河的两岸,从古至今,可谓群星争奇,如管宁,如窦光鼐,如刘大同,如王尽美,如臧克家,如马萧萧,等等等等,数不胜数。而在这熠熠生辉的群英谱中,自然也不能少了,这一个大写的名字——李兰生。

这一方土地

仿佛所有村庄,都是这一座泉庄。仿佛所有生命,都鲜活在,这一方土地上。

——题记

一本书里和我的眼中

就那么拔地而起。

所言地,亦是山,在那山之巅。

来之前,已将泉庄想象了无数遍。

早晨刚把太阳托出半个脸儿,就出发了。省道县道乡道的两侧,随着汽车疾驰,向后倒去的"快闪"里,自由自在的田地阡陌,仿佛也跟着汽车奔跑起来,让人们的姿态和情感,瞬间有了丰盈的底色。

这想象可不是无来由臆想。去年秋色挂满整个山峦的时候,就曾来过这里一次。祖籍泉庄的当代徐霞客李氏达人,刚刚设计建成的展馆开幕,邀我来揭牌。自那时起,这个坐落于沂蒙山区的小镇,就经常走进我的记忆里。

走进记忆的,还有数年前一个夏日,缕缕白云从谷底升起。此时,时年72岁的李氏达人,正站立龙脊向前眺望。目力所及,但见身姿奇异、百态造型的崮群,从左向右,一字儿排在那里。最靠前的是小崮、大崮、板崮、瓮崮、龙须崮和石人崮等。这时的 72 岁翁似已变成一个仙人,踏着轻雾薄云,向着那些崮一步一步踱去。恍惚间似又遁入幻境,觉得身边这些崮,一个个已摇身变成超女、球星、英雄、壮士等,从这沂蒙山脉,腾云驾雾,飞出齐鲁大地,掠过中华神州,去与世界名流大腕相聚在了一起。

曾读他的《岱崮地貌发现记》一书,借此写的《生命的行走与第五大发现》一文专门陈列于关于他的展馆中。说起来,比之丹霞地貌和喀斯特地貌,沂蒙的崮更有着它独有的奇异、雄绝和美丽。它为什么不发生在山腰,不长在山脚,而偏偏出现在山顶?为什么不是丘陵形状,不是峰峦外相,四周那样笔直陡峭,顶端又坦荡砥缓?为什么偏偏选中了沂蒙山,选中了泉庄,而没有落户他处?自然资源本是天赋,将这些景物赋予寓意和人类一些情结,打上当代社会鲜明人文印记,就有了灵魂,就与传统审美观念形成了一种水乳交融密不可分的关系。

它们的存在,生动了这方水土。平缓处如同未经修整的桌面,峭壁直立处又如刀劈斧凿,峭壁之下坡度则由陡到缓。神奇的造物主,把"突兀"写在这里,把"突兀"美出天际,让它们有了神一般的存在。由此喜欢上了"突兀"一词,因为它们都是"突兀"的尤物。这些从沉睡到慢慢苏醒的"突兀",已经得以伸展腰身,以第五大发现之新的姿态,展现在世人面前。

泉庄坐落于崮中,泉庄环绕于崮群,泉庄每一个崮上都有故事。沂蒙的 72 座崮,泉庄就有 36 座。那不同故事和传说,那每一座都有别于其他的独在,都活泼泼地写在这里。攀上崮顶,昂首触云,伸手牵云,万千气象,尽在眼底;纪王崮、东汉崮、英雄崮、情人崮、歪头崮、透明崮等崮峰,竞险争雄,相映成趣。它们昂首不语,仿佛在沉思。它们替这里的生命,替这里的人们守望了千万年,也仰望与俯视了千万年。世间广博如地,清朗如天,各在其位的鬼斧神工,如同一幅幅浓墨重彩的油画,将一种无可言说的精神气质凸显出来。人在其中俯仰周旋,挺立起永恒的人性光芒。

一位年轻人讲古老故事

天地有大美而不言。太阳升起不久，我们站在纪王崮上。远处的云雾轻拂过黛山，橘红色旭日点缀其间。有风经过，停在崮顶，停在身边，仿佛美好的事物都在一起向我们奔来，嘱咐我们要热爱这个世界。

这纪王崮，最有厚重的沧桑和阅历。而给我们采风人讲故事的，却是一位年轻导游姑娘。或许古老故事经由年轻人口中说出，就会口吐莲花，听上去会更加别有韵味。在这位年轻姑娘的导引下，耳边响着清脆悦耳的解说声，脚下漫步在纪王留存的处处遗迹处。

纪王崮得名于一个古老传说。群雄蜂起、逐鹿天下的春秋时期，国都设在寿光的纪国，被国都设在临淄的齐国吞噬。去国的国君纪王便率领跟随他的臣民，一路向西南方向退却，后留居于此崮之上。此崮地处沂水、沂源、蒙阴三县交界，坐落于泉庄境内，海拔 577 米，崮顶约 4 平方公里，山势陡峭，峻伟雄奇。崮顶峭壁高二三十米，周长十余里，是世上唯——座有人居住的崮，始称"天下第一崮"。对于此，《沂水县志》有记："纪王崮，巅平阔，可容万人，相传纪侯去国居此。"

传说中的纪王崮金銮殿遗址，坐北朝南，位于崮顶北端，今人已根据记载将其修建复原。自此向东，可见两个迄今依然完好的旗杆座窝，凹陷在坚硬岩石上，每个深度和直径均约半米。有文友跃入其中被没及腰部，露出的部分，似猎猎旌旗折去了翅翼。沿石径转往右向，位于金銮殿南面，是 2012 年最新发掘而闻名遐迩的"春秋古墓"。继续向前，在古墓向南再向南处，闻缕缕泉水从岩石中滴答而出，原是"滴答泉"到了。因泉水显淡粉色，此泉又名"脂粉泉"，说是纪王妻姜浣衣洗漱所致。那个著名的擂鼓台则在崮顶中端，相传当年纪王被围困于此，急中生智的他，将山羊绑缚羊角系于树上，足部放一大鼓，羊受惊四蹄乱蹬击打鼓面，围兵踟蹰迟疑间，纪王趁机从塔子门逃离险境。

在这崮顶，原先也有人家，据说是纪王守墓者的后代，共二户十九口人。他们世代相传，只为了"崮"守这一方水土。虽然为了景区开发他们已经迁址，可依然能够看到村中至今保存完好的民宅、古巷、古井、古塘、古树，还有正在营业的古式豆腐坊、酿酒坊、煎饼坊。村落中道路曲径幽深，古朴的青石板小径四通八达，其特有的宁静和丰厚的历史文化底蕴，让人生发出诸多感叹。曾经的纪王藏兵洞，现在已改成冰雕展览馆，我们一行大热天身着羽绒服前往浏览，依然冻得瑟瑟发抖。在纪王崮顶的天下王城，阔大的马术场地，从空而降的天女散花和模仿古代战马驰骋武士挥戟的战斗场面，撼人心魄。居守这里的艺人们，正在用一场绚丽的表演秀，诉说着当年纪王的故事。

顺着导游姑娘指的方向，我们看到了纪王崮山崖半腰那处断痕。断痕深约30厘米，被称为关公试刀石。想象一下当年关公的气势：传说当年关公来此剿匪，挥动青龙偃月刀砍向山崖，于是，抽刀断石石留痕。说来也巧，就在试刀石旁边，有一巨石拔地而起，状若关公持刀而立。所以这个故事，想来应是后人根据那块石头演绎而成。从关公试刀石向南，便是纪王崮的南门——朝阳门。我们一行就是从这个门进入崮内的。除南门外，纪王崮还有五道山门与山下相通，可六门之中，唯有朝阳门易于攀缘，其他山门皆奇险难逾。

站在瞭望台上极目远眺，苍穹之下，一片苍茫，群山高耸，千山如梦，悠然的钟声荡涤着云彩。丰富的历史蕴含、众多的故事传说，更增加了纪王崮的神秘色彩。它们似率领着磅礴的历史，在地下繁衍。地上是泔着的人，他们创造着人间未来，在地上生息。纪王及其后人，在时间的深处像永恒，跟随命运来到这里，由此跌入苍老与美丽的梦。我们看到，在那个曾经可谓原始荒蛮的屠宰场中，仍然闪烁着文明的丝丝微光，由此才得以传承，从古传到今。由此纪王崮上的风云历史，才将能够回响在这片生机盎然的土地上。

跟随一位老者的脚步

自从有了《诗经》，有了《国风》，就演绎出了"采风"之说。受邀参加省散文学会这次采风活动,一位当地老人,也加入了我们的队伍。他的出现,仿佛是从历史深处走来。其朴拙黝黑的脸庞皱纹里,不仅有着这一方水土阳光雨露的印痕,更有着岁月的积淀。他给我们讲山东省第一面党旗的故事,讲这面党旗所在地马头崖村张镃烈士的故事,讲八路军医院的故事。给我们唱沂蒙山小调,唱谁不说俺家乡好,唱老房东查铺,唱唱支山歌给党听。跟着这位老人的脚步,我们去马头崖,去尹家峪,去感受那一个个红色故事。

从老人嘴里,我们得知沂蒙山根据地留存最早的一面党旗,诞生在抗日战争时期。这不仅是山东省内发现最早的一面党旗,也是全国目前发现最早的五面党旗之一。

1939年春天,我党干部赵煜琴来到泉庄马头崖村,交给时任村党支部书记刘洪秀一面党旗。这面党旗是赵煜琴亲手缝制的,党旗的底色、图案,构成了没有统一制式之前的样态。是年深秋,刘洪秀就用这面党旗发展了两批新党员。及至年底,一个不足200户的小山村,已有党员54名,并有十几人加入抗日队伍。火红的党旗,引导着他们成为当地各村抗战带头人。

那段时间,日伪军三番五次对沂蒙抗日根据地进行"扫荡",在得知党旗消息后,将该村党员张镃抓去严刑拷打,要他说出这面党旗的下落。张镃宁死不屈,被日伪残忍枪杀,为保护党旗献出了年轻的生命。为了将这面党旗保护好,刘洪秀先是将其缝制在随身穿的衣服里,后来又用一块土布包好,藏在家里房梁上。再后来担心自家屋子如遭鬼子放火党旗会随之烧毁,就又把党旗用油纸包裹埋于地下。到最后又将其藏在一个隐蔽山洞里。这面满载传奇故事的党旗,现被收藏于临沂市博物馆,成为该馆的镇馆之宝。

为保护党旗牺牲的张镃烈士墓冢,位于马头崖村东首。我们一行来至这里,俯首站立,肃然默哀。墓碑的一侧,镌刻着烈士事迹和"正气浩然"四个大字的另一尊碑石,在阳光里发出炫目的光泽。采风队伍里一位女士,随手采摘了一束鲜花,放置于烈士墓碑下面。烈士墓周围,那些不知名的花花草草,正蓬蓬勃勃地绚烂着。

在老人的带领下，我们走进八路军山东纵队直属医院纪念馆，去见证一段艰苦的历史。这所医院于 1939 年在泉庄尹家峪村成立，当时共有 60 余名工作人员。驻此期间三个多月时间里，共收治 300 多名八路军伤病员和少量友军伤员。在极其困难条件下，医护人员开展清创缝合手术，进行换药和裹伤，使绝大多数伤员得到有效救治。其中广为流传的"沂蒙红嫂"故事中，那位被救下来的八路军伤员，最后就是被送到这儿治愈后归队的。

纪念馆为青砖灰瓦的平房套院。走进大门，映入眼帘的，首先是一块造型古朴的蒙山石。院子内青砖铺地，墙边栽种着翠竹和各色花草。展室内展出着许多珍贵的历史文物，其中有在反扫荡战斗中缴获的日军毛毯，战争年代配备团、营级干部使用的"马褡子"、手提医疗箱和手术器械包，以及修建纪念馆清理地基时，发现的大刀和步枪子弹等。开馆伊始，曾在这儿身经百战，新中国成立后被授予上将军衔的一位老战士，为纪念馆题写了馆名。

开始的八路军和后来的解放军，在这儿那段血与火的岁月，俱已变成了泛黄的照片和墙上的风景。枪炮声虽已远去，可烈士的鲜血不会泛黄，那为新中国建立而抛洒的热血永远鲜红，他们的后人也会永远记得。随着八路军山东纵队直属医院纪念馆的建立，这已成为泉庄人新的精神图腾，成为当代红色文化的一个缩影。泉庄是一片红色热土。红色，永远是沂蒙人更是泉庄人共同的精神底色。传承红色基因，弘扬沂蒙精神，当是先烈们恒久的初心和期盼，更是后人时时萦绕于怀的使命和担当。

顺一只擘画的手望过去

这几天，从黎明到黄昏，阳光充足，胜过一切过去的诗。

在这儿挥洒大手笔的，不只永恒的天地，不只远古的纪王，不只当年的八路军，更有今天勤劳智慧的人们。时间按着它的节奏滴落到现在，滴落成了存量的厚重，还有，变量的宽阔。国家振兴乡村方略已被重鼓播响，中国乡村从未像今天这样激发出巨大能量，爆发出巨大创造力。农村的格局和面貌,农民的创业技能和文明素养,正在发生着质的嬗变。

伫立在设于山巅的金龙山农业园观景台,一眼望去,满眼都是碧绿的叶和金黄的果。碧绿是桃树的叶片,金黄是为增加色度和甜度,给每一个桃子套遮的纸袋。我走向一棵桃树,摩挲着一只桃子细嗅,淡淡的香甜溢满鼻腔。忙碌的果农停下手中活儿告诉我:挂在树上的每个桃子,都有自己的二维码"身份证",只要扫描就可追溯从坐果到采摘入库的所有信息。面对我关于他们收成的好奇,他说平日里是辛苦一点,可到了年底,每户都有成捆的"票子"被领进家门,少的十几万,多的数十万。村里在外打工的年轻人都回来了,就连毕业的大学生、研究生都已回来了十好几个。他的说法很快得到了印证:在山腰宣传栏张贴的大幅照片上,我真得看到了年底分红时,无数个洋溢着笑容的果农面前案几上,摆着小山样一捆捆大红色的票子。

离开那棵桃树和果农们,徐徐吹来的山风,是如此轻柔又如此惬意,它抚摸着每一个生灵的脊背。天空下,是一个万物平等的大地。农人披一身草木清香,从这人间大美之处,上山而去,下山归来。经过的每一棵绿植,每一只彩蝶,每一声鸟鸣,甚至每一滴露珠,仿佛都是他的亲人。这样的人间烟火气,让人沉醉又深陷。我几乎忘记身是客,而以为是乡人了。

采风人宿住宾馆的一楼大厅里,有尹家峪田园综合体建设规划沙盘。一位脸庞俊朗的中年男子,手指沙盘,比比画画,像极当年在这儿指挥千军万马、纵横驰骋擘画沙场的将军。作为泉庄镇 3 万多老百姓的带头人,他的信心满满和成竹在胸,他的气定神闲和泰然自若,感染了在场的每一个人。摆在他面前的,仿佛不是一个沙盘,而是一件艺术品。从他的介绍里知道,这个项目规划面积 38 平方公里,已入选"山东首批田园综合体试点"和"山东首批乡村振兴重大项目及重点旅游项目"。

不能只听其纸上谈兵,要到实地去看一看。田园综合体内的国际太空体验中心、鱼菜共生循环农业中心、台湾民俗展示中心、英伦乡村美学中心、鳞次栉比的峁上人家民宿等,正在向我们伸出橄榄枝呢。这些已经建成并投入运营的场所,融汇世界潮流的中国风格,颇具前卫性的造型艺术,完美结合的恢宏与细致,美轮美奂的局部与整体,吸引着一拨又一拨从四面八方慕名而来的旅人。综合体周围是十数条小街,随便在街上走一走,在其他地方寡见的百岁老人,这里却是寻常见。看到一份材料说,这么一个小小乡镇,竟有80岁以上老人1726位,其中百岁老人9位。这里获得的各级荣誉亦是不胜枚举,信手拈来几个,个个都是金光闪闪——国家级生态镇,中国美丽乡村,山东省美丽宜居小镇,山东省长寿颐养示范镇。真个是把"诗在泉庄,何必远方,崮泉花海,人文情怀"的追求,以及"农文旅融合,景田村一体"的意境发挥到了极致。

白天奔忙一天,晚上依然兴致不减。在热心朋友的带领下,我们跑去了桃花山,沿着山路去追月亮,赶星星。那遥远的星星,仿佛触手可及;那皎洁的月亮,也仿佛比别处更亮一些。久违的北斗七星悬在头顶,晶晶亮亮地走进我们的记忆和视线,有文友立即用高像素手机将其收入囊中。能肉眼可见北斗七星,那祭出美好身姿的北斗七星啊,除了小时候奶奶的怀抱,就是在这儿了。

孙犁先生说,彩云流散了,留在记忆里仍是彩云;莺歌远去了,留在耳边还是莺歌。离开了泉庄,她的芬芳,依然溢满心底。泉庄的山涧溪流,日夜流淌在墨绿色的落差里,那泉水涌动的声响,成为它灵魂上升的另一极。往昔烟云在它心底徘徊,每一次风舞轻扬,都是一首绝美诗词。我的身体里,也仿佛有无边疆域,等待洗礼。去把眼前美好,一次次,当作神迹。

万里写入襟怀间

他的家乡,有一颗老槐树。据称从有这个村庄开始,就矗立在这里了。比当年徐霞客的诞生还早一些,是为村里寿命最长的一位,是为本村以至当地人的图腾。无疑,它看到了这个村庄的从无到有,从小到大,看到了这个村庄每一次的更替兴衰,看到了这个村庄每一个人的形形色色,自然也看到了20世纪中叶,从这里出发的那个少年,一直持续进行着的生命行走样态与价值。

生命的行走,大概是那些卓有成就者的人生常态。记得苏东坡曾说,自己平生成就在黄州、惠州、儋州,他最好的作品都是被贬到这三个地方时写就的。而李白、杜甫、柳宗元、刘禹锡、王昌龄、王阳明等更是行走派,他们或是躲避战乱、远谪他乡,或是主动走遍崇山峻岭乃至江河湖海,是行走成全了他们多彩的世界。他们的代表,无疑当属徐霞客仙人。而在他们的行列中,自然也少不了这位从老槐树下走出的"当代徐霞客"李存修达人。为此我曾调侃他:不要叫您李教授,就称为"李行者"得了。他笑而不语。所以美国作家爱默生有言,谁能走遍世界,世界就是谁的。这一招很笨,却颠扑不破。

漂泊的游子终归是要回家的。一棵老槐树,让回家的路有了方向。数十年的四海为家不是无以为家,而是主动选择。他从大学毕业后就离开了家乡,先是去了"蜀道难、难于上青天"的天府之国。在任四川省政府外事办专职口语翻译期间,曾参与接待了美国总统卡特、物理学家杨振宁等国家政要和海内外名流。在任四川省旅游局副局长期间,最可称道的,是参与发现并规划建设了闻名天下的九寨沟风景区。20世纪80年代末,他又从四川调任广东省,先任香港招商局广东国旅总经理兼书记,然后从退休到现在,一直担任广东省旅游文化协会会长。

在笔者的眼里,这位李先生是一直处于生命行走的状态,不只是因为本职工作,先从胶东半岛去了大西南,又从大西南孔雀东南飞。一个学习工作轨迹的大三角,几乎涵盖了大半个中国。单是他的生命意识和生命自觉里,就也已经把行走作为了自己的庸常所为和毕生追求。岱崮地貌的发现,是具有里程碑意义的一项壮举;而记载这一壮举的《岱崮地貌发现记》,更是具有里程碑意义的一本书。笔者知道,他一直在干着三件事:主要精力用于旅行,旅行之余著述,著述之余讲学。这三件事既各自独立又相互依存,都是关于"文化"方面的事,都是有着恒久价值而功德无量的。

归来的游子依然"不安分"。那么,在这棵老槐树目力所及的视野下面,他又在干什么呢?不记得是谁说过,世界上所有追问,归根到底都是文化的追问。所以他所能做的,一定还是文化方面的事。由岱崮地貌文化所承载的第五大发现暂且告一段落,在他的家乡,他已把他的注意力亦即他的视角投向了这里——河湖文化。

我们知道,我们居住的星球,布满了山川河流。因为有了河流,才有了山川;因为有了山川,才有了河流。山川,是地球的记忆,也是人类的记忆;河流,是地球的记忆,更是人类的记忆。所谓"人往高处走,水向低处流",所谓"子在川上曰,逝者如斯夫",就是人类对于山川河流的另一种记忆与存储方式。

河流,从古流到今,它从高山绵延而来,它向海洋绵延而去。作为地球上最动人的线条,对于人类的社会发展,可谓具有重要意义。无论是世界古代文明,还是当今一个地区的发展,都多与河流有着密切关系。距今四千多年以前,我们的黄河流域,即为中华民族文化的摇篮。"一条大河波浪宽,风吹稻花香两岸",这是我们对于母亲河——黄河与长江的讴歌与赞美。当然我们也不能忘记,埃及的尼罗河,巴比伦的幼发拉底河和底格里斯河,还有印度的恒河与印度河等,都是人类古代文明的发祥地。它们,与我们的黄河与长江,有着同等重要的位置。

在潍坊这片美丽的土地上,同样有着三条重要的河流。其中,潍河被称为潍坊的母亲河,另外两条——汶河和渠河,则作为潍河的重要支流而出现。潍河,古称潍水,发源于莒县箕屋山,从五莲北部进入潍坊市,流经诸城、高密、安丘、坊子、寒亭六市区,在昌邑市下营镇入渤海莱州湾。作为潍河主要支流的汶河,发源于临朐县沂山东麓百丈崖瀑布之桑泉。作为潍河重要支流的渠河,发源于沂山东侧的太平山,现为诸城市和安丘市的界河。

潍河被视为潍坊人的母亲河,干流全长 246 公里,总流域面积 6376 平方公里,是中华民族古老东夷文化最发达的地区之一。记得老家为安丘市景芝镇的著名历史学家赵俪生先生,在《篱槿堂自序》中写道,章太炎先生曾经喟叹,他从苏州动身去北京,过了长江就感到荒凉,过了淮河更感荒凉,只有从济南向东望去,仿佛还有点文化人的踪影。于是就想,这章先生所说的文化人的踪影的所在之处,应该就是我们脚下的这块土地,应该就是前述所涉三条河流也即潍河流域诞生的地方。在这里,不仅出土了 7000 年前新石器时代的石磨盘,也出土了距今 5000 年前刻画于陶器上的古文字。在潍河两岸,自古至今,出现了很多政治名人和文化大家,如传说中古代五帝之一的虞舜,孔子女婿、孔门弟子七十二贤之一的公冶长,显达西、东两汉的伏氏家族,经学家郑玄,文学理论批评家刘勰,《清明上河图》的作者张择端,中共一大代表王尽美,现代著名诗人臧克家,还有管宁、晏婴、窦光鼐、刘墉、李相菜、赵明诚、王筠、刘大同、王统照、王愿坚、马萧萧等。由此可见,在潍河流域,能够流传于后世的文化和文化人,可谓灿若繁星。而在本文主人公所在的家乡安丘市境内,还另有大小河流 40 余条,水库 102 座,是潍坊重要水源地。

这位回归家乡的当代徐霞客深刻认识到,河湖与人类文明的相互作用,造就了河湖的文化生命。而河湖与人类社会的关系,是具有悠久历史的。河湖文化生命作为河湖生命的一种形式,同时也是人类文明史的一部分。其表现主要是在语言与文字,哲学、道德与宗教,文学与艺术,神话传说,民俗民风之中。河湖文化生命的哲学基础是"天人合一",河湖文化生命孕育人类文明,人类社会文明发展积淀河湖文化生命。对此,从远古先民关于河湖的神话传说、先秦诸子对流水的哲学思考、艺术家对河湖诗心慧眼的体察等方面,就不难发现我国古代文化对于河湖价值意义的认识和理解。所以,河湖文化生命扩展了社会调控范围,促进和推动着社会政治变革、经济变革和文化变革。

理性认识当是自觉行动的先导。于是,这位生命行走者就以"文化河湖长"的身份,从 2019 年春天开始,历时两年多的时间,带领"中国当代十大徐霞客文化旅游俱乐部"骨干成员一行,对前述的潍坊市境内三条主要河流以及安丘河湖,进行了全面考察调查与研究。从早春乍暖,到三九严寒,踏着沂山东麓圣水泉的冰雪,一次次迎着朝阳出发,一次次踏着月色回归。他们自带行囊,徒步前行,查阅了大量水文与历史资料,考察了"三河"及安丘河湖沿岸流域,涉及沿岸河堤、村庄、丘陵、阡陌、桑田、果园、道路、桥梁、学校、博物馆、图书馆、人文、历史、物产、事件、美食、非物质文化遗产传承人等多个方面。他们沿途召开数十次座谈会,走访近百名知情人,编写文章,拍摄照片,据此形成了一百多万字的文字资料并编纂成书。

想起了李白的诗:黄河落天走东海,万里写入襟怀间。如今,由他牵头主编的三卷本《文化潍河》《千年汶河》《行走渠河》和独立成书的《安丘河湖》,已经摆在众多读者案头。这四本书,无疑是三河流域与安丘河湖第一手全面系统的文字资料,是当地关于河湖文化的一件盛事。他曾说笔者那篇《生命的行走与第五大发现》的拙文,是写他的文章中他最爱不释手的一篇,因为是从生命的行走角度来解读他的行为与价值样态。于是,就此我还想说,这套水系列丛书的诞生,同样是其生命行走另一种表现形式,是生命之担当,是生命之大放异彩。如此,为生命之水书写,为家乡之水立传,自是功不可没而功莫大焉。

河流与湖水,不仅存在于自然界,也存在于人们的意识里。其实,每个人的生命里,都会有一条河流抑或湖水在荡漾,在奔涌。因为它的流畅、贯通与空灵;因为它的靓丽、智慧与伟大。这一条河流抑或湖水,会记住抑或记住了,所有从它这里经过的生命。

在家乡这棵老槐树温暖怀抱里,他生命行走的脚步愈加停不下来。据说又在开始整理并撰写一部《行走南半球》的书。这是在为生命行走与家乡河湖之样态,弹奏新的乐章、续写新的篇章吧。如此,这无疑也将是,对一直注视他的那棵老槐树,新的回馈与反哺。

一朵色彩斑斓的云

冰心先生说,成功的花,人们只惊羡她现时的明艳。然而当初她的芽儿,浸透了奋斗的泪泉,洒遍了牺牲的血雨。

——题记

苦涩

夏淑云出生的时候,已流淌了千百年的汶河水,正悄悄地经过她的村庄后面。

1964 年,与其他的年份似乎没有什么两样。自然,夏淑云的出生,与其他的孩子相比,也就没有什么特殊的地方。她初来这个世界,虽然用尽了全身的力气啼哭了几声,可对汶河南岸被称为夏家庄的这个小村庄来说,无非只是多了一张与"社员"争食的嘴,多了一个纯为"赔钱货"的女孩子而已。

父亲母亲,对她的到来还是欢迎的。毕竟前面已经有了两个男孩儿,换换"样"儿,也正符合他们的心愿。可欢迎归欢迎,等待这个小生命品尝的,更多的则是生活的苦涩。

夏淑云说,在她关于童年的记忆里,几乎全是生活的艰辛。按说,自己的父亲是个中医,在公社卫生院负责防疫工作。母亲是个勤劳善良持家有方的农村妇女。一家五口人,生活应该过得比较滋润。可由于她出生两年后,就

"赶"上了那个特殊的十年,这让她的一家备尝了生活的磨难。

有几件事,让夏淑云刻骨铭心。

一次,她跟着哥哥,去地里推回生产队分给的地瓜。眼见人家那一堆一堆的,都是一嘟噜一嘟噜上好的地瓜,而分给她家的,却是那些零散的或者破了相的小地瓜。因为她的父亲正被批斗,工资停发,没有钱缴给生产队里买工分。而他们兄妹三人年龄正小,也没有去生产队劳动的能力。只有母亲一人能在生产队挣点工分,于是就遭到了队干部的歧视。记得哥哥一边往篓子里装着地瓜,一边抹着眼泪说:"分给咱家的地瓜虽然又破又小,可也不能不要啊,因为这一冬天的吃食,就全靠这些地瓜了。"

还有一次,她与哥哥跟着母亲去生产队里分麦子。待轮到她家时,一个当时的负责人,用手"点打"着母亲的额头说:"你们想得倒美,欠着生产队的钱不缴,还有脸来分麦子。先把欠生产队的钱缴上来,否则饿死你们这群王八犊子!"在拎着空布袋往家走的时候,心碎了的母亲与他们兄妹几人,几乎哭得一路上没有住声。街坊邻居的婶子大娘见状,除了个别幸灾乐祸者外,绝大部分都流下了同情的泪水。其中就有几个心肠好又不怕事的,利用晚间,偷偷地给她家送了几斤麦子过来。

生活的重担,加上隔三岔五地游街示众,让父亲也一度失去了生活的勇气。在一个只有淑云在家的下午,父亲拿出了早已准备好的安眠药,一把一把地往嘴里填。父亲一边填一边说:"淑云,你要好好听妈妈的话,一定不要惹妈妈生气啊。"刚刚懂事的淑云,意识到这可能不是什么好事,立即大哭起来。一边哭一边跑出去找妈妈,告诉妈妈,爸爸正在家喝白药片子。由于淑云的及时发现,父亲终又被抢救了回来。

小小的淑云,也有那么两回差点性命不保的事情发生。一回是她与小伙伴们在河边挖"兔子食",也即用小镰刀将稍嫩的草"砍"出来,然后放进小柳条筐里。由于淑云一不小心将柳条筐子弄翻了,柳条筐子便翻腾着向河里滚去。当时村里在这河边建有磨坊,为此就将河水单独截出一段,用作磨坊的机器"动力",无疑,这一段"动力水"自当是水流湍急。而急于抓住柳条筐子的淑云,扑腾一下子,就跌进了这又深又急的"动力水"里。说时迟,那时快,多亏小伙伴们高声呼叫,才被在磨坊干活的几个大人救了上来。一回是她抱着出生刚六七个月的妹妹,与小伙伴们玩"拾勃骨"游戏,玩的地方正好在村里的水湾崖上。就见淑云一只手揽着妹妹,一只手在飞快地上下舞动。不料妹妹双脚一撑,致淑云身子失去平衡,姊妹俩就双双"骨碌"进了水湾里。等大人把她俩捞上来时,两个孩子都已没有了呼吸。于是,妹妹就被送进了医院,淑云就被倒提着双脚向外控水。经过一番折腾,姐妹俩才又各自重新捡回了性命。

痴迷

不记得是谁曾这样说过:未有此事物,先有此事物的"天理"。对于淑云而言,在品尝生活苦酒的同时,也早已暗暗埋伏下了事物的"天理",而这份事物的"天理",至于从小到大一直醉心于痴迷于画画的淑云,不仅铸成了其执拗坚韧、遇事爱认死理爱较真的性格特征,也成了其一生取之不尽用之不竭的"泉源"。

从五六岁开始,淑云鬼迷心窍地迷恋上了画画。虽然生活依然是苦,虽然由于繁重的体力劳动,致使她双手的小拇指,直到现在还无法自然伸直,如此的残疾将会伴随她一辈子。就像面壁数年的僧人突然灵光一闪,突然一下子就开窍了一般。

起因是贴在墙上的年画和哥哥看完扔在炕尾的小人书。那时她虽然还不懂得什么是"文明",什么是"艺术",可这些"稀有的线条和色彩",给了她幼小心灵重重地一击,让她仿佛如哥伦布发现了新大陆,让她知道除了繁重的体力劳动,还有这样一个美妙的世界。

她欣喜若狂。

她不能自持。

她用抓在手里一切可用作"画笔"的东西，在所有能够当作"画板"的平面上，尽情地挥洒，尽情地涂抹。

淑云说，顺理成章地，从此开始，无论是小时候还是长大以后，无论是老师问还是家长和朋友问，她的梦想，就是长大后当一个画家。这个梦想，不是之一而是唯一。她要天马行空地画，想怎么画就怎么画；她要自由自在地画，无论在地上还是在墙上；她要上天入地地画，凡是能够得着的地方都是她的画板。

有一次，她把一户人家的白墙，画满了大大小小的仙女。不知为啥，那个时候她就喜欢画仙女，也许载有"仙"气的仙女，正是她内心当中精神寄托的美妙所在。"嗨，可能一般人想象不到我是用什么当画笔的，我是用野菜和树叶团成团当画笔的，所以画出来的画是绿色的。那个绿色好美啊，记忆当中那幅绿色墙绘是自己最为得意的作品。记得当时引来了不少孩子的围观，其中一个孩子就跑去白墙主人家告了我的状，这就惹得这家女主人去找了我的母亲。记得此时母亲正在家烧火做晚饭，那位妇女一到我家，就对我母亲厉声指责：你还安安稳稳地在家里做饭？快去看看你那'野'闺女吧，看她把俺家那墙给划拉成什么样了。这可是俺家才刚刚'泥'的白墙啊，你要不狠狠管教可怎么得了啊！听闻此言，火冒三丈的母亲哪儿还顾得上烧火，提拎着正冒烟的火棒就跑了出来，找到我就是一顿结结实实的打。把我屁股打得红一道青一道的，两三天了都还不敢沾座位……"

种子既然发了芽，就会一天一天地长大。及至上学读书时，淑云的画画天赋就更加地如鱼得水。老师正在课堂上讲课，她就将课本竖起来挡住老师的视线，等到下课，一幅仕女图就完成了。在学校里她最愿意干的活，就是出板报时让她画插图，这也是她收获表扬最多的时候。课余时间，她的精力也主要放在了画画上。随手找根树枝儿，地面上就留下了一幅画。随手捡个梧桐树叶儿或者杨树叶儿，上面就有了"小画家"的画迹。要是谁找她画个鞋样子或者窗花什么的，她觉得这是对她最高的奖赏。

就是在这样的成长过程中,淑云那已经被"画画"占满了的思维空间,可能就一直在不断地碰撞与升华,一直在日积月累地形成自己独特的绘画语言。应该说,这时她笔下的一切亦是她心中的一切,是意象,是情绪,是她思想的花朵和心灵的寓所。由此,也逐渐形成了她可以解读自己画作独到之处的密码。

历练

理想往往很丰满,现实却很"骨感"。就在淑云有滋有味做着画家梦的时候,父亲已在利用自己的社会关系,给她找了一份工人的工作。本来这在当时来说,是许多人求之不得的事情:能够跻身于工人阶级的行列里,该是多么的荣耀啊。可这对于淑云来说,却是一点儿也高兴不起来。因为她的画家梦,有可能会就此夭折。淑云知道家里两个哥哥正在上学读书,正是开销比较大的时候。作为刚刚初中毕业的女孩子家,如果不体谅父母的难处和一片苦心,只想着自己的继续深造,是不是又太过于自私了呢。

淑云想起了自己的一个关于裙子的故事。

从迷上画画开始,淑云就一直奢望自己能有一条裙子,奢望能够享受一下穿上裙子那宁静柔婉的感觉。及至初中一年级时,这一愿望就格外强烈起来。因为自己一个要好同学的姑姑,从上海给同学寄来了一件漂亮的连衣裙。穿上这件裙子的同学,简直就像自己画里的仙女一般。淑云自己,也好想要一件这样的连衣裙,也好想做一回自己画里的仙女啊。经不起缠磨而又经济拮据的母亲,给淑云指了一条路:"妮子,这个夏天你就去割青草吧,等青草晒干了,卖了钱就给你买裙子。"淑云担心母亲说话不算数,拿出一张纸写上"等以后卖了干草买裙子"的字句,让母亲用锅底灰按上了手印。

自从和母亲达成这一协议后,在那一整个夏天里,淑云就舍弃了与同伴的玩耍,一放学就去割青草。手指每天都会让青草勒出一道道血口,也忍着疼痛不作停歇。割啊割啊,一直从夏天割到了秋天,终于等来了个收干草的人。这个人用 30 元钱的代价,将那一大垛干草收走了。可母亲拿到钱后却再也不提给买裙子的事,淑云急忙又拿出写好的字据给母亲看。母亲被缠得没办法,只好带淑云去了安丘百货大楼,用了八块六毛钱买了条纯棉碎花白底的连衣裙。这条裙子的衣领和袖口都绣着浅浅的小花,透着单纯的素雅与美丽。

时光在静静地流淌,那条婉约长裙却一直占据着淑云心中最隐秘的角落。即便到了现在,每当夏天看见大街上穿着美丽长裙的姑娘走过,淑云还是会不由自主地去搜寻那美丽优雅的身影,搜寻自己当年那份溢满心底的零乱与欣喜。

淑云就想,画画是美丽的,裙子是美丽的,自己最早所画的着裙的仙女是美丽的。裙子是外在的美在自己心底的投射,画画是自己心底的美给予外部世界的呈现。所以,既然父母已给自己找好了工作,那么"条条大道通罗马",在工人的岗位上,也未必不能实现自己的梦想。

可以说,能够正儿八经用整张裁剪像样的纸来画画,就是从当上工人才开始的。淑云曾经在黄烟复烤厂和水泥厂以及一家公司工作过,先后当过接线员、化验员以及收银员。无论在哪个单位,无论做什么工作,淑云在工作之余,总是在不停地画啊画啊,以至于她的同事,几乎全部都收到过她给画的肖像画。直到父母渐老,直到自己成家立业,直到自己有了孩子,直到家务事缠绕得自己无暇顾及。直到这时,那个画画的"魔兽",还时不时地从心底里跑出来,淑云就使出全身力气,将其强压回去。

也许,此时的淑云还没有意识到,在漫长的人类文明发展过程当中,艺术的存在与延续扩展,尤其是艺术范畴内画艺的存在与延续扩展,往往被看作是神圣的。因为,不是人人都能成为艺术家,不是人人都能成为画家。因为,好作品都是有神性的,也就是有精神的。每一幅作品都要讲究维度,都要提升精神层面。所以,它其实是一种精神,或称之为一种信仰,当然更是文化的一部分。作为此时此刻的淑云来讲,她绝不会放下手中的画笔,她只是在选择用另一种形式和内容，来完成这个"化"的过程。美化、感化抑或教化？对自己，对他人抑或对社会？这与淑云自身的个性和心性有关，也是作为一个从事画画的淑云，在这一时期所能作出的唯一选择。

复归

小苗终竟会长成大树。它没有停止生长，它只是在厚植自己，只是在壮大自己，只是在寻找更适合自己成长的时间与空间。

50多岁的时候，夏淑云出名了。可她对自己的"出名"并不在意。她在意的是自己那数十上百种色彩斑斓的画笔，在意的是自己那近3000幅色彩斑斓的画，在意的是已融入生命的色彩斑斓的画画过程。

促使她又重新拿起画笔的，是一件看似偶然实则必然的事情。那是2013年的一天，已与母亲一起搬到城里居住的父亲，突然拿出一本画册给了淑云。这厚厚的一本，竟然全是淑云画过又随手丢弃的画作。这齐整厚实的画册，已被父亲裁剪装订和精心整理，每一页都有娟秀的毛笔字作为标题。接到这本画册后，淑云的眼睛湿润了：原来父母是支持自己画画的，虽然早早地给自己找了工作，可将自己画过的画，尽可能地收集并保存起来，这就足以说明了一切。

自兹开始，淑云在画画上才真正进入了"走火入魔"的状态，才真正达到了"炉火纯青"的地步。她可以不吃饭不睡觉，但绝对不能不画画。画画已成为她的生命，已成为她生命中的一切。所有能入眼的东西，所有家里的物件，什么三个茄子两棵葱，土豆大蒜西红柿，韭菜盒子单页饼，鸡鸭鹅狗马牛羊，统统都是她画画的素材。她的眼睛里全是画，她的脑子里全是画，她的整个身心全都沉浸在画画之中。如此，不仅她的父母支持她，她的丈夫和她的儿子，也早已成为了她的坚强后盾。

可夏淑云毕竟是出名了。她的画作被全球头条等多家媒体推介刊发，被素有"国家名片"之称的大型文献类珍藏邮册收录，并有多家刊物长期聘请她为插画师。身上光环多起来之后，采访淑云的媒体也多了起来，自然社会活动也就多了起来。可淑云对此统统不感兴趣。她的兴趣点，永远在铅笔画上，永远在创作上，永远在进步的空间上。

我仔细观察过淑云的画。淑云的画就像是一块温润的玉石，淡雅、素静而富显高贵。她的画中常有惊人一瞥的色彩，既能远观也能细品，一如绘画本体的自在言说。无疑，淑云已将铅笔画的意境和哲思，融入自己的创作当中，处处不见痕迹，却又无处不在。而其表现形式又非一成不变，而是一直在探索，在尝试，在变化。所以，淑云岂止是在画画，更是人心；岂止是在勾勒，更是力量；岂止是在描摹，更是日月长存留下来的痕迹。如此，这也正是淑云作为一个画家而言最为难能可贵的素质。

淑云说，那年冬天她正参加中国教育电视台举办的水墨丹青春晚，因为北京很冷，她就担心画室里她画的小狗小猫和兔子等会不会被冻死了，就打电话给她大哥让他去开暖气。大哥说你不在家开什么暖气。她骗他说她的画框怕冷。从北京回来后她告诉母亲和大哥说，怕自己画的小动物们冷才开暖气的，被母亲和大哥笑骂为神经病。

淑云说，她画动物总是先画眼睛。每当画出动物的眼睛后，冥冥之中就感觉能跟它交流了。整幅画慢慢清晰可见时就能跟它说话了。所以每一幅画都倾注着自己当时的心情，高兴时的画、烦恼时的画、每一个时段的画都有所不同。

流连在淑云300多平方米的画室兼展室里，望着满墙满架琳琅满目的淑云的画，于是就想，淑云哪儿是在画画？分明是在素描她的岁月，复制她的生活，勾勒她的人生啊。她的画作探寻的应该是关于人的最为根本意义上的爱与真及美，所以她的画作才具有了生命力。似乎可以说，她已找到了自己画画的节奏，节奏即风格，所以她已有了神来之笔，所以她的画也已接近出神入化的境界。爱画画的淑云对画画的感情，应该已有身体、精神和心灵上都无法撼动的信赖与迷恋。迷恋画画的她时刻身陷其中，不能自拔。因为那色彩斑斓的画已生长在她的身体里，就像基因，无从改变。为此，画笔是她生命的一种表达，画作是她生命的一种诠释。就像一只蝉呼之欲出，仿佛要飞起来。就像孙犁所说，"彩云流散了，留在记忆里的仍是彩云；莺歌远去了，留在耳边的还是莺歌。"

所以，从她的作品里，能看到温暖性；从她所画的那些小狗、小猫、小鸡等等小动物里，能看到慈爱心。她所有的作品都是源于自己的心田，但令人折服的是她时时能以极其敏锐的视觉，捕捉到万物的本真与鲜活，在自己独特的艺术道路上，获得了鲜为人有的大自在。

我就想起了舒婷那丰富细腻又清纯明净的《致橡树》：我必须是你近旁的一株木棉，作为树的形象和你站在一起。根，紧握在地下，叶，相触在云里。所以，橡树如是画品，木棉即是淑云。她们站在一起。根，紧握在地下，叶，相触在云里。

我就想起了海子的那首《以梦为马》：

万人都要将火熄灭
我一人独将此火高高举起
此火为大
开花落英于神圣的祖国
和所有以梦为马的诗人一样
我借此火得度一生的茫茫黑夜

画画离不开色彩，人生涂满了色彩。淑云离不开色彩，淑云的人生色彩斑斓。所以啊，当环境逼仄的时候，精神一定要浩渺无涯，与天地往来。

新的一天开始了，夏淑云又来到了她的画室。那流淌了千百年的汶河水，仍然在她的身后，静静地流淌。

一生寻找是真谛

演绎传承，央视黄金栏目组的经典寻找

2019 年的阳春三月，中央电视台的数位专题节目摄制创作人员，走进了云南，走进了西双版纳，走进了西双版纳的崇山峻岭。

他们是央视老故事频道《传承》节目的摄创专业人士。顾名思义，传承，传承的一定是有价值的东西，一定是能够流芳百世的东西，一定是能够称得上"非遗"的东西。尤其是权威的中央电视台，能够入了他们的法眼的，一定是选了又选的，一定是独一无二的，一定是能够经得起时间检验的。如果一旦被他们选中，不消说，那自然就有了恒久的价值。

他们是慕名而来。他们要在这儿待上数天。他们将跟随着张苹萍的脚步，跋山涉水，去山顶的茶园，去山腰的初制所，去山脚下的加工厂，去设在湄公河流经的地方——西双版纳州政府所在地的真谛古树普洱府。他们要找到张苹萍的人生真谛，找到她毕生追求的原动力，找到她的精神寄托和活力所在。他们用他们极为专业的视角，用他们极为专业的镜头，用他们极为专业的诠释，讲述着这一个必须传承而且一定会经久不衰的故事。

笔者被那辨识度很高又极富磁性的浑厚男中音所感染，目不转睛地盯着荧屏一遍一遍地看。一位落落大方、气场十足的女子出现在眼前。她的脸

上永远挂着自信的微笑,她的举手投足间永远显现出非凡的亲和力。她在展现着她的茶道功夫,她在带领着她的员工行进在上山的路上,她在采摘古茶树的"一芽两叶",她在分拣,她在"杀青",她在讲述着她的真谛理念,讲述着她的整个产业链条每一个环节的能够追溯,讲述着她对大自然、古茶树的认知和它们与人类之间的关系。

一位山东姑娘,一位喝着潍河水长大老家为山东高密的姑娘,因为父亲对茶的喜欢,因为父亲的耳濡目染,自幼与茶结缘,从而将茶与自己的生命深深地融为一体。在岛城的一所高校毕业后,放弃了多少人求之不得的警界工作,二十年前,离开了家乡县域,走进了世界风筝之都;十五年前,又穿越大半个中国,走进了美丽神奇的西双版纳,走进了古树普洱的原产地。

盯着荧屏,笔者脑海里浮现出了浙江农林大学茶文化学院院长王旭烽在《茶的故事》中写下的话:每一个茶的时代,都会诞生不同的茶人。比如上古时代会出现神农,传说他一天中尽尝七十二种野草,中毒后幸有茶得以化解;中国唐代出现了"茶圣"陆羽,自从陆羽降临人间,人间相学事新;17世纪出现了英伦饮茶皇后凯瑟琳,开始了这个不产茶国家的大规模品饮历史;现代中国出现了吴觉农,在他引领下,华茶开始了现代化的征程。

他进而慨叹道,古往今来,多少茶人茶事,如片片茶叶,沁润出一盏永恒的芳茶。古老的大茶树是茶起源的追溯原点,而茶的终点却遥遥未有终期。透过它,我们看到了弥谷披冈的茶园,看到了阳崖阴林的茶山,看到了连接天空与大地的绿色世界。在那遥远的地方,原始森林中那古老的大茶树,它们被认为是全世界所有茶树的祖先。其实,它们的祖先更古老,我们不妨把它们作为远古祖先派来的使者吧。

所以啊,茶,因其和人类特有的亲和关系,尤其是和中国人特有的血缘关系,形成了独具的广泛而又深邃的精神关照。因此,茶与我们而言,既是物质的，又是精神的，它有着中国人特有的文化内涵。了解中国茶文化的过程，也是在某个层面上了解中国历史、中国文化和中国人灵魂的一个过程。

笔者依然在盯着荧屏一遍一遍地看。央视节目的高大上自不待说，无论是从创意到画面，还是从选材到配音，无不给人以强烈的震撼和心灵的冲击。于是可以毫不夸张地说，这个在央视当红栏目以《云中茶缘》为题的节目，以形象的方式，洗练地表现了真谛的创业过程，揭示了真谛一路追寻的本真精神，还原了张苹萍的心路历程和人生足迹。想来如果"愿世界充满茶的馨香"的王旭烽教授看到这个节目，再出《茶的故事》续集，一定会把张苹萍收入其中的。

一个念头在笔者心底油然而生：去云南，去西双版纳，去到那崇山峻岭间；去看真谛的古茶树，去看真谛的古树茶园，去探寻张苹萍的脚步，去找寻真谛那充满活力的源头。

原生茶园，在那云雾缭绕的崇山峻岭间

机会来了，2019年的金秋十月，张苹萍要去西双版纳的茶业基地。为了旅途方便，也为了向那边带一些山东特产，同时也正好赶上有时间，这次她要驾车前往。于是，我们一行数人，便搭乘着张苹萍的座驾，从山东向云南进发。

这一路上要用三四天的时间，逾越六省，路途遥远，乘员难免有些寂寥。车子驶进湘西，穿行在紧紧相连的座座青山之间，时而平坦，时而崎岖，时而峰回路转，时而远近高低各不同，这便让本是昏昏欲睡的我们开始兴奋了起来。让我们没有想到的是，平时静若处子的张苹萍，还是一个特别喜欢唱歌的人，她说她上学时，曾经是学校合唱队的领唱呢。置身于蜿蜒的山路当中，她唱歌的激情开始迸发，一张口，就如那百灵鸟儿的婉转鸣叫。她唱《在那遥远的地方》，唱《草原上升起不落的太阳》，唱《北京的金山

上》,唱《麦苗儿青来菜花儿黄》,唱《小河淌水》,唱《橄榄树》,唱《我爱你勐巴拉娜西》。从日出唱到日落,从这山唱到那山,终于唱到了一个叫元江的地方,唱到了一个少数民族居住的聚集之地。绵绵青山千里长,今晚宿营在元江。元江是个好地方,哈尼彝傣满眼亮。对少数民族特别持有新鲜感的同行者,随口吟出了几句打油诗。

穿行,穿行。就这么晃悠,就这么颠簸,穿行在高山,穿行在密林,穿行在秘境白云间。这已经不是到达目的地之前的穿行,而是到达目的地之后,向茶山进发的真实写照。

从公司大本营景洪市去往茶山的路上, 时间少的需要开车两三个小时,多的则需要五六个小时。这还只是到达设在山半腰初制所的距离。在初制所停下车,剩下的路程要么骑摩托车,要么乘坐拖拉机,要么徒步行走。山中的距离不好丈量,为了体验一下爬山的感受,我们选择了徒步行走。可是平常并不缺乏锻炼的我们,走了不到一刻钟,就已经开始大汗淋漓,气喘吁吁。

这爬山路可不只是步步登高那么简单,行走过程中,有的地方没有下脚处,有的地方非常湿滑,还要小心横生出来的枝杈杂草的划伤,小心不知名蚊虫的叮咬。就这样走走停停,用了一个多小时,终于走到了真谛的一处茶园地。

望着层层叠叠镶嵌在高山陡坡上的茶园, 望着一望无际旖旎生长的一棵棵茶树,眼前不觉浮现出一幅画面:一位女子背着行囊,行走在这崇山峻岭之间,就为寻找到她心仪的茶树和茶园。寻找到以后,在采茶的黄金季节,又亲自带着她的员工,天天行进在这崎岖难行的山路上。不止行走,还要采摘,还要在初制所进行分拣、晾晒、杀青。一个月,两个月,甚至三个月,这该是多么的辛苦、多么的不易啊。可张苹萍的脸上永远挂着自信的微笑,上山下山的路上和闲暇时间,永远在轻声哼唱着山歌。于是就想,这些生长了数百年甚至上千年的茶树,它们曾经孤独寂寞地站在这里,也许就为了有朝一日能有这么一位女子,来发现它们,来看望它们,来抚慰它们,来青睐它们的吧?笔者仿佛听到了它们异口同声地回答:遇上一个如此懂我们茶树心思的人,一如人生得一知己,值了!

她的孩子还小。大的刚在上初中,小的正在幼儿园。她们想妈妈,电话打了过来:妈妈妈妈,你什么时候回来呀,我们想你了。宝贝,妈妈也想你们啊,可现在妈妈正在山上,和那么多的叔叔阿姨在一起呢。过些日子,妈妈忙完了就回去,等回去时,给你们带好多好多好吃的。张苹萍说,她从来不敢主动给孩子打电话,都是等孩子的电话打过来。在她的心里,孩子是她的至爱,古茶树是她的至爱,她们和它们,都不能放弃啊。说到这里,就看到张苹萍的眼角在闪着泪花。

这是滑竹梁子古树茶园。如这样的茶园,在西双版纳的巍峨群山里,真谛公司属下一共有五六处。那卡,冰岛,老班章,滑竹梁子,这一个个名字,都熠熠生辉于真谛古茶树旁边的标志牌上。当初为了寻找它们,张苹萍的足迹,几乎踏遍了这里的山山水水;她的汗水,滋润了这里的一草一木。她在这里走过的里程,能够围着布朗山转上个百儿八十圈,能够够得上《西游记》中孙大圣一个筋斗云的十万八千里。

即便是在采茶的淡季,张苹萍也会时常带上砍山刀和口粮,在同事的陪伴下,从山腰到山顶,沿着古茶树生长的地方,一棵一棵地去看望它们。手脚被划伤甚至摔跤,几乎是每天都在发生的事。张苹萍深情地说,站在山巅,望着重峦叠嶂的茶山,瞬间就会感觉到自己的渺小。可以说,是西双版纳的茶山成就了我,是西双版纳的人接纳了我。现在,张苹萍已经快成为完整的西双版纳人了,她时常会穿着少数民族姑娘的服装,流连在这或繁华或淡雅的异域风情里。她爱这里的山,她爱这里的水,她爱这里的人,她爱这里的一草一木。她在这里有许多的朋友,特别是有许多少数民族朋友,傣族,彝族,哈尼族,基诺族……走到每一处,都会看到他们之间互相热情地打招呼。每当上山,她总是会给这些少数民族朋友,带上水果和点心;给他们的孩子,带上小人书和玩具。

古老茶树,与原住民少数民族同生共长

传说在很久很久以前,傣族王子率领一群青年人在森林里狩猎。他们发现了一只美丽的金孔雀,追了七七四十九天,怎么也追不上。他们越往前追,沿途的景色就越神奇美丽,但见森林繁茂,蔓藤缠绕,奇花异草争奇斗艳,珍禽异兽频频出没,溪水清澈长流不断,坝子肥沃一望无际。

就在他们快追上金孔雀时,眼前突然出现了一个美丽的金湖,湖里开遍了芳香四溢的莲花。金孔雀纵身一跃,消失在金湖里。于是傣族王子转身对众人说:"这里就是'勐巴拉娜西'吧!"几天之后,傣族王子和青年们就把家迁到了这里。这个地方,就是如今的云南省西双版纳傣族自治州,一个神奇美丽的生态家园。

作为茶树的原产地之一,西双版纳可谓生活着世界上最早的茶人后裔。这些茶人后裔,大多是少数民族。所以在这里,民族茶文化的根底自然是非常深厚,从中蕴藏着茶文化初元文化的大量信息。为此,是不是可以这样说,哪儿有古茶树,哪儿就有少数民族居住;哪儿有古茶树,哪儿就有野象出没的踪迹。

在拉祜族人开的饭店里,在本地有名的"拉祜人家",张苹苹曾带领着我们,与少数民族朋友一起吃饭。车大,康朵,阿布鲁,玉温……每一个少数民族朋友的名字,都是那么别致和韵味,都有各自鲜明的特点和涵义。

他们说,你们山东是礼仪之邦,在我们这里没有那么多讲究。确实是,譬如喝酒,只问你一句,喝酒吗?绝不劝酒。当然这是拉祜人家的风俗,不唱祝酒歌,不灌客人酒,但是菜却够丰盛。

他们说,中国的少数民族一半在云南,云南的少数民族一半在版纳。云南有少数民族 27 个, 其中版纳有少数民族 13 个,20 世纪 70 年代末才命名的最后一个少数民族基诺族就在这里。版纳的少数民族占 74%,所以在这里

汉人才是少数民族。

如此,就在西双版纳,暂且做一次少数民族。可是笔者在这里更感兴趣的,是能够体悟到的这山,这人,这少数民族集中居住的地方,这独一无二数百头野象时常出没之地,与古茶树之间的内在联系。

据笔者所知,在我们国家,几乎所有的野象都在云南。而在云南,几乎所有的野象都在西双版纳。为此,这儿有著名的野象谷。在野象谷景区的大象学校,曾看见了被驯化后的野象,做出了它的主人要求的各种动作;也曾坐在大象的鼻子上,让摄影师留下了那瞬间的永恒。

就在这古茶树旁边,在这野象出没的地方,有一个少数民族不得不单独提及,这就是1979年才被国务院确认的最后一个民族——基诺族。这个民族的确是"少数",共有人口两万多人,没有自己的文字,只有自己的语言,从原始社会直接就进入社会主义社会。

基诺意为"舅舅的后代"的意思。相传基诺人的祖先是兄妹俩,爸爸同时亦为舅舅。所以直到现在15岁举行过成年礼的青年人要结婚,也必须先征得舅舅的同意。如没有舅舅,就需在巫师的带领下找一高高尖尖的蚂蚁窝,摆上祭品,如果蚂蚁出来食用方可。否则要继续找一大树,重新摆上祭品,直到大树流出树液才可。

基诺族生活在西双版纳的深山老林里。在他们的居住地,建有"阿嫫腰北"占地几千平方米的仰卧身形塑像。阿嫫腰北是基诺人的祖先,塑像那高耸着的乳房和肚腩,确信无疑地昭示着其极强的生育能力。这里还建有原初兄妹俩的立身雕塑,如这雕塑是按照原型量身定做的话,就是用现代人的眼光来看,也绝对是帅哥和美女。

在这里,还有一个地方也不能不提及,这就是著名的阿卡寨。这是一个有着大自然韵律的美好所在, 且等笔者找一找那如同随着古茶树一起生长且无处不在的韵律:

阿卡寨,载歌载舞的阿卡寨。

阿卡寨,小伙子唱完祝酒歌,姑娘们接着唱的阿卡寨。

阿卡寨,前国家领导人曾经光顾的阿卡寨。

阿卡寨,哈尼人苏英的阿卡寨,哈尼族风味的阿卡寨。

阿卡寨,用料极为讲究,芭蕉叶包烧罗菲鱼,芭蕉叶包烧各种食物原料的阿卡寨……

基诺族,阿卡寨,还有众多的少数民族,他们给笔者留下的最深刻印象是什么?那就是他们与大自然和谐共处的旺盛生命力。于是,笔者心中的问号也就随之被拉直了:野象,古茶树,少数民族,他们之间的必然联系原来在这里,原来就是原生态啊。原生态,少数民族的原生态,野象群的原生态,古茶树的原生态,生命力的原生态,他们都共存共生于同一个时间和空间里,无可分割,有机地融合在一起。所以,看见了少数民族,看见了野象出没,也就看见了,栉风沐雨巍然屹立的古茶树。

还有,那个设在西双版纳葫芦岛、占地 1100 公顷、拥有 13000 多种植物、由蔡希陶院士于 1959 年创建的境内最大的植物园,在这儿,也仿佛站成了一棵古茶树。

老班章王,不能不说的一个人和一棵树

老班章。是的,老班章。

可以不知西双版纳,不可不知老班章。

老班章是一哈尼族村寨,老班章是一个著名品牌。

老班章,中国普洱茶第一村。

老班章,一个不可能被忽视的地方。因为,真谛老班章,俱来自茶王。抑或,来自茶王麾下。因为这里有两个"班章"王,他们都与张苹萍发生着千丝万缕的联系。

班章王是一棵树,一棵 1200 多年的树;班章王是一个人,茶界几无不晓的杨永平先生。

于是,在西双版纳的某一天,我们跟随着张苹萍的脚步,走进了老班章。

参访老班章,茶王迎远客。大名鼎鼎的茶王,亲自领我们上山去看鼎鼎大名的茶王树。而其他的游人,只能在篱笆外张望;茶王从茶王树身上采下嫩叶,亲自为我们煮茶饮;茶王频频举起相机和摄像机,在茶王树身边,亲自为我们一行留影;茶王摆出各种姿势,愉快地与我们一起拍照留念。

在与班章王茶树、班章王杨永平先生的亲密接触中,我们了解到了老班章的诸多"秘密"。

刚一走进老班章村,就被一副美丽和谐的秀美乡村图画迷住了。村子建在一个山腰的坡地上,进村的门楼恢宏大气,进村的道路整洁干净,红瓦白墙抑或灰瓦白墙的房舍鳞次栉比。当然最美的莫过于紧毗村舍的那一片片茶园。茶园依着山形,层层叠叠像梯田一般。沿着茶园里的观光栈道走进茶园深处,就见那两株已傲世千年的茶王和茶后树,以它那雄壮的主干和苍劲的枝杈迎接着我们。

班章王说,老班章的"火",是从最近几年才开始的。近些年来的每年春天,这个坐落在云南西双版纳州勐海县的老班章村,总会成为茶界瞩目的焦点,几乎承包所有茶界新闻的所有头条。单看以下几组数字就知此言不虚:2014 年,老班章茶王树春茶以每公斤 16 万元成交,一年后成交价上涨到 20 万,2017 年被拉高到每公斤 32 万而刷爆新闻界,而 2018 年 3 月,茶王树毛料采购价直接飙涨到每公斤 68 万的高价。因为茶叶,这个原本默默无闻的村庄,在经历了数年的茶叶贸易后,带着无数的荣誉与财富,傲然于世。曾经一个极为普通的村名,如今已成为顶级普洱的代名词。

老班章地处勐海布朗山,温和的亚热带季风气候,给这里带来充足的阳光和丰沛的雨水。这里只有干湿两季,冬春季节多云雾,夏秋季节多雨水。即便在冬春旱季,也不会因为缺水而影响茶叶萌生嫩芽。因为老班章的白昼与夜晚,基本是笼罩在云雾之中的。等到夜间气温下降,雾气就会凝结成霜。到了白天气温上升后,凝霜又会解冻成为露水,成为旱季里滋养茶树的珍贵养分。从冬季一直持续到来年开春,霜冻随着气温的升降不断改变着自身形态,先是从空中降落,继而从树干到树叶,以这样胜似降雨的神奇洗礼过程,润养了那棵棵有幸生长在这里的普洱茶树。

冬无严寒,夏无酷暑,雨量充沛,光照充足,自是老班章的自然条件。岂止是老班章,整个西双版纳的自然条件都是这个样子的。也就是说,西双版纳的自然环境与条件,都是大同小异的。而真谛的逾千亩古树茶园,就是在这高山云雾的环境里浸润着。这其实也是,真谛之所以选择在这里落脚生根的根本原因。

为了得到大名鼎鼎班章王杨永平的"杀青"真传,张苹萍曾一连几个月住在杨永平的家里,拜师学艺,如影随形,精研细琢,终成正果。由此,纯洁的友谊已在他们的心里扎下了根,她尊称他为"哥",他则亲切地称她为"小妹"。一见面,小妹就关心起了哥哥的身体,劝他一定要少喝酒,加强锻炼,注意饮食营养均衡,把身体养得棒棒的。

张苹萍还曾投资数十万,为老班章修缮了道路,为常年住在山上的少数民族员工家庭,新建了房子。

长袖善舞,文化是真谛之树常青的永恒所在

我如果爱你——绝不像攀缘的凌霄花,借你的高枝炫耀自己;

我如果爱你——绝不学痴情的鸟儿,为绿荫重复单调的歌曲;

也不止像泉源,常年送来清凉的慰藉;

也不止像险峰,增加你的高度,衬托你的威仪。

甚至日光,甚至春雨。

不,这些都还不够!我必须是你近旁的一株木棉,作为树的形象和你站在一起。

根,紧握在地下;叶,相触在云里。

每一阵风过，我们都互相致意，但没有人，听懂我们的言语。

你有你的铜枝铁干，像刀，像剑，也像戟；

我有我红硕的花朵，像沉重的叹息，又像英勇的火炬。

我们分担寒潮、风雷、霹雳；我们共享雾霭、流岚、虹霓。

仿佛永远分离，却又终身相依。

这才是伟大的爱情，坚贞就在这里：爱——

不仅爱你伟岸的身躯，也爱你坚持的位置，足下的土地。

　　读着舒婷的《致橡树》，不由自主就会联想到古茶树和张苹萍的身影。她和它，根，紧握在地下；叶，相触在云里。她和它，谁是木棉？谁是橡树？抑或，已经撕扯不开，融为有机的整体？于是就觉得舒婷的这首诗，是专为张苹萍量身定做的。舒婷老早就写好了，放在那儿，就等着张苹萍有朝一日的认领。

　　这首诗，用来形容张苹萍和古茶树的关系，的确是再恰当不过了。张苹萍是一个酷爱学习的人，自从从学校毕业开始工作，就养成了读书的好习惯。茶业公司的经营渐成规模以后，她要关注、设计和亲身参与整个产业链条，属于自己的时间越来越少。特别是在春茶采摘季节，就像农人的麦收一样，要与时令和天气赛跑，要连续几个月住在山上，有时甚至需要通宵达旦。可是不管多么繁忙，她总是会在就寝前读上一会儿书。由于她的勤于学习，也锻炼和造就了她对于新生事物的敏感和觉悟。

　　因此，张苹萍对于茶叶和茶业的深爱，既来源于她的感性，更来源于她的理性。她深深地懂得，这不是一片简单的树叶，它的背后，有着博大精深的文化。要把自己所深爱的事业做大做强，要把自己心心念念的普洱茶做成精品，如果离开了文化的支撑，一切都将是无源之水和无本之木。认识上的自觉必然带来行动上的自觉，作为山东凤毛麟角的国家级品茶师和茶艺师，凭着经年的积累和独到的眼光，可以毫不夸张地说，已经对茶和茶文化的属性、范畴、内容、表现、形态、结构、内涵、功效、特性、社会功能等,有了深入的研究和精辟的见解。为此,她从一开始就毫不动摇地秉持保品质、做品牌、定位高端、规范经营的理念。由此,在客户和政府管理部门那里,先是声名鹊起,继而信誉爆棚,多次被命名为守合同重信用企业、产品追溯先进单位和明星茶馆。

做茶一如做人,讲的是一个"真"字。张苹萍深有感触地说,这也是公司之所以起名为"真谛"的初心。近些年来,普洱茶市场几经沉浮,有些茶企愈加壮大,有些却也被淘汰出局。可是,叶阔枝壮、旖旎生长的普洱茶,因其得天独厚的自然生态和养生价值,已经备受消费者推崇。怎么做?从何处入手?唯有通过生态茶园建设,进一步确保古树茶园的茶叶品质和茶品安全,在提高茶叶品质上做足文章,才能抓住普洱茶核心优势和竞争力的牛鼻子。所以,做好真谛茶,从源头着手,形成自己的产业链,一直是张苹萍不变的初心与情怀。其实,张苹萍很早就敏锐地认识到了古树茶的价值,认为它是未来市场的高端产品。这一切,现在都已得到了充分验证。而真谛茶一步步走到今天,走到了今天的品牌知名度和市场认可度,靠的就是一步一个脚印,稳扎稳打;靠的就是精诚所至,金石为开;靠的就是绿色认证、雨林认证、有机茶园认证以及打造高端品牌设计专业团队的标准化建设;靠的就是"茶禅一味品真谛,真情真意,真挚真谛"的"唯真"经营方略;靠的就是艰苦创业、规范经营、准确定位、文化支撑的企业核心理念。

这不就是文化的力量吗?

如果用步伐去丈量她的茶山,一年半载也走不完。如果用心灵去感知她的古茶树,但见那秘境林语高山云雾。如果用金钱去衡量她的茶园价值,那得用"亿"这个数字去定盘。可是,如果用文化去度量呢?

美丽的西双版纳,

这里是古树普洱的家。

真谛在这里萌生长大，
吸纳着岁月天地的精华。

真谛从这里出发，
走遍了人间天下；
真谛从这里出发，
走进了千家万家。

我们是有缘之人，
追寻着生命中的本真。
真谛给你我清心滋润，
感悟着修身养性的甘醇。

千里万里的追寻，
追寻着人生真谛；
千里万里的追寻，
追一树灵魂情思。

啊！真谛，爱的真谛。
啊！真谛，美的真谛。
啊！真谛，情的真谛。
啊！真谛，真的真谛。

　　这首《真谛之歌》，伴随着真谛的坚实脚步，伴随着那面向大众业已悄然问世的崭新品牌"瑞贡唐朝"，也已经开始出发。即将走进，千家万家；即将走遍，人间天下。

真谛本真，长风破浪直挂云帆的寻找与归宿

真谛从哪里出发？真谛要干什么？真谛要去往哪里？

心无旁骛，专做古树普洱纯料的真谛啊。

如前所述，茶起源于中国，中国是茶的故乡，也是最早制茶饮茶的国度。中国人饮茶是从鲜叶生吃开始的，然后进化为生叶烹煮，到唐朝时才走向精工——茶圣陆羽总结前人之经验，提出煮茶之道，遂开创饮茶新风尚。所以，茶的历史源远流长，延宕至唐代发展成熟后，一直是我们中华文化中最惊艳的一抹。所以，茶饮不仅是沉淀的文化趣味，更是一种精神的传承。

普洱茶自然是黑茶星空中那颗最亮的北斗。早至茶马古道时代，就已经是边疆牧民的御寒之饮。在青藏高原、蒙古高原以及绵延数千里的丝绸之路两侧，蒙古、藏、回、哈萨克等20多个民族，他们平日以牛羊肉和奶酪等高脂肪食物为主，加上生活环境气候的寒冷干燥，所以体质上缺少诸多维生素以及微量元素。而普洱茶则具有分解脂肪、舒理肠胃、补充维生素等功能。为此，普洱茶便成了这些牧民的生活必需品，有着如同食盐、饮水、粮食一般无可替代的地位。

在中华民族铿锵行进的历史天空中，胡马的嘶鸣声早已随着西风流云而去，而浓郁的茶香依旧并且会永远飘溢在西北边疆，飘逸在祖国大地，飘逸在世间的每一个角落。

这里边，自有，真谛的作为；这里边，自有，真谛的功劳。正可谓，普洱茶的半壁江山，由真谛，精心打造。

记得某位著名作家曾经讲过一个故事，一位年迈的女作家给其讲过的自己的初恋故事。

那是中国的抗日战争年代，那位女作家是八路军中一名情窦初开的小战士。她暗恋着一个大她几岁的士兵，当时，他们的部队驻扎在一个村

子里。

一天，那士兵被派去前线，她和战友们去送。她知道他很有可能一去不回，却没有勇气说出她心中汹涌的爱和巨大的悲伤，她的暗恋自是一种隐忍但难以阻挡的激情。她甚至从没有单独和那个士兵在一起过。她就那么走在人群后面，沿着村口一户农民家的院墙，一直走到村外。

那是中国北方农村最常见的一种"干打垒"土墙，她一边走着，一边下意识地用大拇指在土墙上深深划着，一直划到土墙尽头，一直到那士兵消失在原野上。后来，士兵牺牲了，这个女孩子每天都到村口去，看土墙上被她的指甲划出的那道深痕。土墙那道长长的划痕便是她的初恋。

半个世纪过去了，已是耄耋之年的女作家告诉这位作家，即使在今天，每当想起初恋，她的大拇指，仍然会升腾起一种灼热。

谁能够忘记那灼热的大拇指？那是独属于这个女作家的诚实而汹涌的爱啊。

在笔者的眼里，这个女作家对于那个男孩的初恋，与张苹萍对于这片亘古传承的树叶的挚爱，本质上是一样的，可谓有着异曲同工之妙。只不过一个是暗恋，一个是明恋；一个是恋人，一个是恋树，她们在各自的人生轨迹里，都留下了深深的划痕。

栉风沐雨，清露自凋枫自落。依依回望，天际辽远有春风。有人形容真谛古树普洱茶，是张苹萍亲手谱写的华彩丽章。可这华彩丽章，源自十五年前，毅然上山的那个年青身影；源自那个年青身影寻找古茶园时，用自己的纤细手指划下的深深印痕。

是啊是啊，二十年前，为了真谛的寻找，她从家乡来到了城市；十五年前，为了真谛的寻找，她从山东来到了云南，来到了云南的西双版纳。

是啊是啊，人的一生总是在寻找，凡寻找的总是在遥远的地方。人的一生总是爱做梦，凡梦境中的总是在遥远的地方。于是，人们便一次次远望，一次次起航，检点行囊，去向那遥远的地方。当梦想成为现实，当遥远的地方不再遥远，又会有新的梦想，又会有新的遥远的地方。

　　她寻找到了吗？张苹萍寻找到了吗？

　　寻找到了！寻找到了！

　　她寻找到了茶的真谛，从而，寻找到了爱的真谛，美的真谛，情的真谛，真的真谛。

　　寻找，一直在路上。你看，张苹萍又背起人生的行囊，出发了……

官庄好大雨

一

不用说庄稼，就是人，久不下雨，也感觉燥燥的。

这个初夏有些奇怪，订制的气象台天气预报，连着三天都是雷雨的橙色预警，可我所居住的这座城市，电闪雷鸣倒是惊人，雨却下得过于吝啬，滴几个雨星子就算完事了。

于是我便调侃起来：这老天爷真是有意思，闪电拉着弧，雷声打得响，可就是光打雷不下雨呢。就听老天爷似乎在回应说：这还不是跟你们人类学的？你们人类的某些人在某些时候，就经常这样呢。

当然老天爷不会这样回应。如果他真的长有嘴巴，估计肯定会这样说。

可是，官庄好大雨。

官庄是哪儿？问了一下"度娘"，名字称为官庄的还真不少，在九百六十万平方公里的土地上，足有百八十个之多。不说远了，单是近前的高密，就有七官庄、八河崖、十二苓芝的称谓。其实，所谓"官庄"，乃是"官府管辖的田庄"之意，自唐以后历代都有设置，只是名目不一罢了，如宋代的屯田庄、公田庄以及清代的皇庄等。据史料所称，"初设官庄，以近畿民来归者为庄头，给绳地，一绳四十二亩，皆领于内务府。此外有部、寺官庄，分隶礼部，光禄寺"。想来，一片地域,能够被旧时代的官府选为直接管辖,这地方应该也不会太差了。

我所言之的这个"好大雨"的官庄,乃是安丘市的一个乡镇。

二

就是在这"官庄好大雨"中,我们一行数十人,走进了这里。

这是一次"庆祝新中国成立七十周年山东作家走进官庄'采风活动,由鲁迅文学奖得主、原山东作协副主席许晨先生带队,《安丘文艺》主编郭庆军先生负责具体组织。潍坊受邀参加者除我本人之外,还有国家一级作家陈显荣先生,中国作协会员孙贵颂先生和朱建霞女士。由于这久违的甘霖的造访,人人都变得神清气爽起来。而且这雨还仿佛通人性似的,只要我们在室内或者在车内,就哗哗;只要我们在室外或者在车外,就霏霏。一会儿大一会儿小的,陪了我们整整一天。

在哗哗的雨声中,镇委书记徐志刚如数家珍一般,将官庄'的相关情况徐徐道来:官庄镇位于安丘市南部 20 公里处,全镇面积 125 平方公里,辖 59 个行政村,14000 户,56000 口人。不仅是著名的大桃之乡、大蒜之乡和特色养殖之乡,还是"省级文明镇""省级卫生镇""省级生态镇",更是三国名士管宁的故里,具有非常优越的区位优势。

这位镇委书记是一个年轻人,浑身上下透着一股清流和干练。他在与我单独交谈时,握着我的手诚恳地说:"官庄的发展和进步,离不开您的关心和支持,欢迎您常来官庄指导工作。"我相信他说的话不仅仅是客套,流露的更多是一份实意与真情。于是,我也由衷地回应道:"今天的采风活动,让我对官庄镇这些年来的健康快速发展,有了直观的感受与认识。相信在镇党委徐书记一班人的带领下,官庄镇的明天会更加美好。"

三

1919 年,我在哪儿?那时我还没有出生,那时我的爷爷才刚刚十八岁,那时我们的国家还积贫积弱。而在一百年之后的 2019 年,新中国诞生 70 周年的 6 月 8 日,作为比共和国年轻不到十岁的我,已长时间伫立在,官庄这块美丽的土地上。

其实,对官庄,我一直有着天然的亲近感。

首先是地域上的亲近。我的老家属于老临沭,现景芝,最早为官庄所辖。小时候,大人常常要赶官庄集,我就吵吵着要跟着。那时候都是步行,单程十八里路,来回要走三十多里。这对一个四五岁的小孩子来说,的确不容易。所以,大人根本不带我。如此,官庄于我而言,就愈发新鲜和神秘。

第一次踏足官庄,是在七八岁的时候。大约是 1963 年的冬天,正当英年的父亲,用独轮车去坊子煤矿推炭,以用于家中做饭烧锅底。头天去,次日归,约好让我爷爷顺着官庄路向北去接他。我便黏缠着爷爷,也跟着爷爷一起去了。行至官庄北二里路一村庄,好像村名叫"宅科",还没有见到父亲的影子。此时的我已又累又饿又渴,两腿像灌了铅一样,几乎一步也挪不动了。爷爷见状,便带我去敲开了村里一家农户的门,一位老大娘便用热水,给我泡了两个用地瓜和秫秫摊的煎饼吃。

在我的印象里,这是世上最好吃的一顿饭食,是官庄这块深情的土地,对幼年的我一次深情的哺育和爱抚。从此,官庄,就更是深深地烙印在我的脑海里。大学毕业在城里工作以后,每次回家,无论是骑车、坐车,还是自己开车,官庄自是我的必经之地。而每次走到这里,我都会对它予以深情的回望。就在这一次一次的回望中,我看到了官庄一年一年的变化。

当我童年时期,步行路过的时候,我眼中的官庄,房子是麦草的,墙壁是泥的,路是窄窄的土路,只是稍微平整一些罢了。

当我刚开始工作,骑自行车路过的时候,我眼中的官庄,乃是瓦房一片片,墙是砖石垒,目力所及,都是用白石灰泥刷墙壁。马路上也已铺上沙石,可行汽车,偶见卡车抑或客车行过。

当我逐渐年长,坐车或开车路过的时候,我眼中的官庄,楼房已不鲜见,街铺店面鳞次栉比。公路路面也已全部硬化，而且是宽宽的双向四车道，各种汽车在宽阔的公路上川流不息。

除了这地域上的，官庄对我来说，还有感情上的亲近。因为，我的二爷爷牛兰夏，是新中国成立后，官庄乡的第一任乡长。

四

"我们先去别家屯村看一看。"镇委副书记崔勇健的一声招呼，将我从过去的思绪中拉回到了现实。

正说话间，别家屯村已在眼前。同行的人还没有下车，就听一声声惊叹不绝于耳："啊，这么美，这么漂亮呀！""这小洋房都独门独院的，比我们在城市里住的房子还好呢。""我们的农民都已住上这样的房子了，农村的变化真是太大了。""青瓦白墙，还是徽派建筑风格呢。"就听崔勇健进而介绍道：别家屯村紧邻律南路和潍日高速官庄出入口，区位优势明显。近年来，该村投资3500万建设了154套徽派居民楼，开展了村庄高标准绿化、全域亮化，墙体彩绘，道路硬化，新建了休闲垂钓中心、花卉交易市场、光伏发电、休闲采摘基地等产业项目，成了远近闻名的宜居兴业带头村。

别家屯村是俺村的亲戚窝子，以儿女亲家居多。这次的零距离接触，让我真切触摸到了这座新村外在的纹理和质感，甚至逐步深入其丰富和亲切的内部，与它们的心跳一起律动；让我真切感受到了官庄镇委加快建设生态宜居美丽乡村，不断提升群众获得感和幸福感的魄力与魅力。乡村容颜由此褪去老旧的外壳，焕发出崭新亮丽的姿态。因为是集体活动，又加上行色匆匆，也就顾不上去拜访俺村的这些亲戚们。不过看到他们生活在这么好的房子和环境里，真真为他们感到欣慰。

五

离开别家屯村的时候，一个意象进入我的脑海：《红楼梦》大观园里的稻香村。虽然这里不种稻子,可三面碧水饶舍,的确也如那江南水乡一般,的确也如生活在那世外桃源一般。

不知陶公渊明的世外桃源里,有没有成片成片的桃园。如果没有,那的确太过遗憾。而更为遗憾的,是陶公根本无缘看到这被称为"齐鲁桃海"的桃园。否则,他一定会将此,搬进他的桃源里。

现在,我就站在这片桃园——不,是站在"齐鲁桃海"的——边上。

这真的是一片"海",碧绿碧绿的,不只是一望无际,再一望还是无际。因着这满眼绿色,仿佛整个身躯都脱胎换骨了一般。我将目光移向身边的几棵桃树,就见每一棵都结满了桃子,每一个桃子都大如鸡蛋。青里带黄,青里带红,再过个把月,应该就熟了。到那时,应该就如那唱词所唱的一样:"车儿载,船儿装,千车也载不尽,万船也装不完。"

不只是成千上万棵正在盛果期的桃树,在这"桃海"的边上,还见有一建筑物高高矗立,颇为壮观,取名"福海阁"。"登阁步云拾级上,桃海一望是福海。"想那桃花开时,登阁远眺,看姹紫嫣红,看日出云海,看远山如黛,眼前的一切,一定静谧得像一幅画里的世界一般。即时即刻,会不会不仅觉得时光已经变慢,恐怕连呼吸,都是一种极致的享受了。

在安丘的西南山里,有一条著名的"天路",它的起始之处,也紧贴在这"桃海"的一隅,离"福海阁"仅有数百米之遥。一边是桃海的边际,一边是天路的起始,闭上眼睛想一想吧:天路如蟒袍玉带,又如山舞银蛇,自兹绵延而去;桃海如翡翠镶嵌,碧绿如洗,鳞次栉比铺展开来,这,该是一幅多么宏大壮美的画卷。

六

不只镇委书记,官庄镇的镇长和副书记,也都是三四十岁上下的年轻小伙子,正处在干事创业的鼎盛时期。他们真能干,单是打算今年要完成的项目,就有十多项,而且都是百万或千万甚至上亿元级的。我打心眼里佩服这一帮子年轻人，他们的确具有战略眼光，很会抢抓机遇。譬如乡村游这一块，借着紧傍不久前刚建成通车的日潍高速公路出口的得天独厚，就见事早，下手快，规划亦甚是科学合理。

也许因为长期在高校工作的缘故，我对官庄管宁文化园的建设，特别感兴趣。该文化园的建设，是在管宁祭祀冢的基础上扩充修建的，要新建入园牌坊、关公祠堂、管宁典故回廊等仿古建筑。总面积达十数亩之阔，总投资近300万元。相信该文化园建成以后，将大大提升管宁的知晓度，大大提升官庄的知名度，进而促进管宁文化传播，也会借此推动本地乡村文化旅游产业的发展。我的朋友——原供职于潍坊学院、现供职于南京航空大学的省级学术骨干张其凤教授，在为林卫成先生《高士管宁》一书所作的序中，用极简的文字，这样描述了管宁的一生：

夫管宁者，独行君子，北海朱虚人也。世居东境安丘南乡，"管公里"因之名焉。宁公高尚士也，视黄金如土石，视荣华如秋风，决绝魏氏 不求闻达，十征不起，风骨凛然，高风亮节，令人肃然起敬；宁公又乃智者也，见微知著。辽东太守公孙度死，立庶费嫡，宁公以此知公孙渊必反，遂浮海还郡，终免处身辽东万人死难之境。宁公真隐士也，皂帽白襦，封金归郡，腹中雷鸣，不坠青云之志。礼仪不开，《诗》《书》常咏，读书南楼，其股榻洞。以故群书与群贤或诗或文，颂之或处士或高士或隐逸或徽士或高贤，宜近世新儒大家钱穆先生尊其为三国第一人也。

管公如此，如此官庄，文化积淀如何不厚重？乡风民风如何不淳朴？

"管宁的故里官庄，是我们新中国由弱到强巨大变化的一个缩影，我们可以借此窥中探豹，略见一斑。今天进官庄、看官庄，印象美好深刻。明天写官庄、咏官庄，祝愿再创辉煌。"许晨先生的话，说出了我们前往官庄的每一个人的心声。

听了许晨先生一番话语，我总觉得要对官庄再说点什么，心里才感安慰。于是，便即兴吟哦了几句顺口溜：

走进官庄喜逢雨，
天公抖擞人精神。
渠清如许活水至，
倚凭镇委一班人。

别家屯村别样美，
周遭三面俱环水。
徽派洋房复小院，
仙家至此不言归。

齐鲁桃园映齐鲁，
万芳果蔬疏万方。
孔雀屏展风舞山，
管宁故里识见长。

是啊，这诞生了"三国第一人"高士管宁的地方，这被称为"官庄"的一方土地，在雨水的滋润下，不仅是生命延续的温床，更是承载生命演绎的舞台呢。站在这片希望的田野上，放眼望去，所有的聒噪和功利，所有的冲突和博弈，都统统地被吸纳进去，化为了这绿色的微澜。除了绿色之外，麦子也已开始泛黄，这场雨过后，麦子也可以开始收割了。现在农民割麦已不用镰刀，全是机械化，今天还是一片片麦田，明天就是一片片麦茬了。割完麦子，趁着这场雨的好墒情，就会有新的播种，种上那些夏天该种的，过不了几日，禾苗就又露出它的翠绿来了。

雨，还在下。官庄，好大雨。

第四章　永远的他乡塔西提

你七弦琴流泻的乐音跌宕、变幻。

琴弦间我悄悄地系上一根心弦。

从此我这颗心从清晨到黄昏，

与你弹奏的乐曲一起铮铮作响。

我的灵魂与你的旋律一起袅袅荡漾。

你的眸子里我点燃我的希望之灯。

你的花香中交融着我的憧憬。

从此白天夜晚，

在你绝世的娇颜之间我的心放光，

开花,怡然轻晃,

我灵魂的影子隐现在你的脸上。

——泰戈尔

一盏醇美的玉液琼浆

读逄春阶先生的长篇小说《芝镇说》，就像品饮芝镇里酿造出的"芝麻香"型美酒，是越读越有味道，越饮越醇厚馨香，时时有令人荡气回肠之感。

新丰美酒斗十千，青眼聊因美酒横。在这部小说中，芝镇出酒，芝镇人好酒，民间素有"芝镇狗四两酒、芝镇猫喝一瓢"之说。即便是在某些似乎不怎言酒的章节里，也往往笔锋一转，仍然意在说酒故事：辛弃疾来芝镇饮过酒，孔圣人饮过芝镇酒，主人公所在的公冶家族善饮是祖上遗传，更有那"拿酒""不拿酒"的一系列传奇。而且有物为证：国家博物馆内，那只距今五千年的蛋壳黑陶高柄酒杯，就是在芝镇出土的。而且，不只人饮酒，动物饮酒，植物饮酒，甚至用"莛杆"扎制的船盘也须用酒擦拭方能保持光鲜如新。以至其中涉及的著名的牛沐钟声传说，那头神牛亦是因为闻到酒香，才开始兴风作浪的。芝镇产酒且声名远播，以其为背景的小说岂能不言酒？无疑，酒，是这部小说的"药"引子。岂止如此，正如作者自己所言，因为芝镇是闻名遐迩传承古今的白酒之乡，所以酒是贯穿这部小说中的一条主线。

围绕着这条主线，于是整部小说的故事情节推进就在两个层面上纵横捭阖：一个是家族线，作为中华民族经久不衰精神之魂的儒家代表，居住于芝镇上的公冶家族，在一个历史时期内的繁衍生息和爱恨情仇；一个是国家线，众多有识之士为了民族的解放和振兴，探求真理而奋不顾身，舍生取义而前赴后继，锻造成为支撑中华民族大厦的脊梁。当然在大浪淘沙之中，在浩浩荡荡时代潮流面前，亦是泥沙俱下，不乏民族败类的产生。这两条线——家族线和国家线又交织并有机融合在一起，成为并成就了这部小说所要表达的主题和展现的主体：家国情怀。

我们知道，小说离不开故事，故事离不开人物。有了酒这个"药"引子和这条主线，有了家国情怀作为主题和主体的宏大叙事，复加作者在将整个故事以情节为阶层层推进时，特别注重把个体小视角与历史大视角有机融合，不断进行着笔触换向，不断涌流着变量思考的荡漾，这就为整部小说的构建，提供了广阔空间，从而开启了读者面对现实与眺望历史一个新的窗口，从中领略到了何为才情横溢和气象万千。小说中所涉及的人物可谓众多，单就进入其中真实存在的历史人物来说，古有辛弃疾，近有秋瑾、向警予、蔡和森、蔡畅、王尽美、陈克、王辩、李钟岳、蒋经国、袁世凯等，更不消说那些虚构的人物了。在第一部的最后一节里，作者借小说中的爷爷之口说："当了记者得好好地写。有余力了写写芝镇，那是咱们的根。芝镇人可写的很多，比如雷以岿、芝里老人、牛二秀才、汪林肯、李子鱼、陈珂，还有你七爷爷、王辩、牛兰芝……他们都受过'内伤'，程度不同而已。好在有口芝镇酒顶着，他们活出了各自的样子，你也可以写写张平青、蕤姑爷，这两个人很复杂，但'物相杂，故曰文'嘛"。

在这众多的人物当中，王辩是比较典型的一个。现实中的她，在小说中以王辩之名出现。有言道，芝镇牡丹亦饮酒，从来女儿多豪杰。这个王辩的确不凡。别人给她起名为鼠姑，鼠姑乃牡丹，为花中之王。而她则将自己比喻为一粒豌豆，一粒蹦出了炒锅的豌豆，一粒逃脱了命运安排的豌豆，一粒恰逢适宜土壤而开花结果的豌豆。活脱脱是关汉卿那句经典戏词的经典诠释：我是个蒸不烂、煮不熟、捶不扁、炒不爆、响当当的一粒铜豌豆。她让我想起了秋瑾，想起了秋瑾的诗："不惜千金买宝刀，貂裘换酒也堪豪。一腔热血勤珍重，洒去犹能化碧涛。"其实，王辩就是一个秋瑾式的人物。何况王辩本就处处以秋瑾为"师"，且与秋瑾诸多交际而过从甚密。

秋瑾也在小说里。我们对秋瑾的故事耳熟能详，而对李钟岳的故事却知者甚少。这个处死秋瑾之李钟岳，如果苟活于世，将不能证得其忠义身，或会留一世骂名。唯有决意赴死，方留其名，其言"余位卑言轻，愧无力成全，然死汝非我意，幸谅之也！"才有了根基。而秋瑾于供纸上写下的"秋风秋雨愁煞人"，不仅是对当时自身处境和社会环境的写照，也是对李钟岳无奈之举的体谅与告慰。亦许正因此句遗言，才促成了李钟岳的以死明志。王辫、秋瑾、李钟岳，只是《芝镇说》里上百人物当中的几个，只是浩如烟海里的几朵绮丽浪花。写小说本就是写人物，众多性格鲜明的人物形象，构成了一道如漫天繁星的人物长廊，这正是这部小说之所以能够成功的关键所在。

而这部小说的语言也极有特色，极具张力。譬如写年轻时一头长发貌若天仙的老嬷嬷在河边洗漱，好多人远远地看，天上鸟儿打着旋儿绕着看，水里鱼儿跳起来看，咬不着发梢急得吐泡泡。天上，地下，水中；会飞的，会走的，会游的。这描写不见一个"美"字，却尽得风流。小说中的人物对话也是别有韵味，透着一股浓淡相宜的酒的醇香：弗尼思对我爷爷说："老人家，您超越了自己，参与了抗战，参与了救亡，参与了解放，参与新中国建设。您不游离于社会，也不游离于老百姓。不为良相，则为良医，与社会同步。您做的都是您愿意做的，心甘情愿，不是强迫的，不是勉强的，是从内心里想做的。"爷爷自然有点不好意思："听天命，尽人事。回眸一生，我更多的是羞愧！"小说还吸收了当地的方言土语，借此成为一道别致的风景线。

作者在小说的第一部结篇时感慨道：用了差不多一年时间，完成跟《农村大众》报的这个约定的三分之一。忽然想起大约四十年前，在景芝老家堂兄春兆的菜园屋子里喝酒，他的墙上挂着他所订阅的《农村大众》。酒喝到一半，我说，啥时也能在《农村大众》沃土副刊上发篇咱老家的散文呢。春兆说，好好写。没问题，先干了这盅酒。说罢便仰脖而尽。现在想起那个雪夜，已恍如昨日。其实作者的愿望若干年前就已实现了。他的几十年的记者生涯，他的几十年的嗜岗如命，他的几十年如一日的奋斗拼搏，他的梦寐以求的抗疫首战最前沿阵地"战地记者"身份,在业界已是以"资深"留其名,因为那深深烙印着他的足迹。现在所发,岂止是一篇散文,乃是数十万甚至趋向百万字的长篇小说了。而且在《农村大众》首发之后,还在大众网海报新闻、齐鲁壹点、学习强国、人民日报客户端、新华网等媒体同时连载,且是每日一载每日一更新。

新闻是阳光的直射,文学是阳光的折射。小说作者的这一诠释可谓经典。面对某电视台记者的采访,作者袒露了自己的夙愿和心声:孔子说五十而知天命,我也到了所谓的知天命之年了。为此,我想用《芝镇说》,就如把散落的珍珠穿起来一样,把我三十年的思考与剖析,把我的经历和祖先的经历以及近代先辈的经历,融入这一大大的框架当中,从而作为自己的一个总结。

由此可见,芝镇虽小舞台却够大——装得下天地风云,装得下世事古今,装得下芸芸众生,装得下"风流"之人。芝镇的原型,或就是逄春阶先生故乡景芝之化身。如果说景芝镇是一泓水的话,那么《芝镇说》就是一束光。如此,通过光在水中的特有形质,折射出了景芝的历史厚重,折射出了景芝的人杰地灵,折射出了景芝的色彩绚烂,折射出了景芝的风土人情;如果说景芝镇是一个活生生的人的话,那么《芝镇说》就是一个哈哈镜。如此,通过小说的"变形",映照出了景芝万变不离其宗的血肉之躯,映照出了作为镜外人所看到的"他"的有趣的躯体和灵魂;如果说景芝镇是一部大书的话,那么《芝镇说》就是发现它的一只具有真知灼见的具象之眼,一页一页徐徐开启它的一双绣花之人的灵巧之手,一把进入其中从头到尾循序渐进探寻宝藏的万能钥匙。在我心里,景芝,恰是《芝镇说》的"根"与"魂"。芝镇里酿酒"芝镇"里喝——从芝镇里"酿"出来的《芝镇说》,便成为一盏醇美的玉液琼浆。由此我们也就更有理由期待,它的续集也即新一部《芝镇说》的精心酝酿和尽速诞生。毫无疑问,这必将"又是一个金色早晨"的开始。

新曦满目照眼明

也许别人多见抽象，而我却是多见具象。这部集日照人文与自然遗产于一身的系列丛书，不仅让我从中看到水里白杨树的倒影，看到指引走出迷宫的星星，还看到并非孤立存在的沙漠玫瑰的起点。

——题记

云中谁寄锦书来　新曦满目照眼明

从小住两日的家乡土地归来，一套从日初之光先照土地上生长出来的书籍，一如一抹照眼明的新曦，正在静静地等待着我。它们列队整齐，像凯旋的将士一般，向我展示着卓越的战绩。我望向它们，我抚摸着它们，像望向异彩的天空和斑斓的宝玉，像抚摸着心爱的尤物和襁褓中的婴儿。

这是李守民先生，通过快递通道送达我的眼前的。

离开安丘县委书记和潍坊市副市长职，从 21 世纪初即赴日照，先后担任日照政法委书记和政协主席的李守民先生，不仅是为官一任，造福一方，众口赞誉，政声颇佳，更是将自己的生命，融入了这方美丽的土地。退休数年来，专心致志于这件大事，殚精竭虑，终于修成正果。

这绝对称得上是鸿篇巨制。这套丛书共有 18 分册，770 余万字，盛装的箱体需要两个人才能抬起，排列起来近一米长，垒叠起来如案高。

记得曹雪芹先生曾说他写《红楼梦》时披阅五载,增删五次。而李守民先生主编的日照的这套"四库全书",虽然亦是披阅五载,可增删岂止是千次万次?我仿佛看到了那个在近两千个日日夜夜里,独领风骚、伏案疾书、精益求精、伟功居首的傲岸身影;看到了在主编的带领下,那支寻根溯源、孜孜不倦、持之以恒、五年一日编写队伍向前迈进的铿锵脚步。

因其长篇小说《高山下的花环》被拍成同名电影而名声大振的李存葆先生,对这套丛书给予了高度评价:在日照市政协原主席李守民司志的领导和主持下,日照市中华文化促进会、日照市人文与自然遗产保护开发促进会,组织一批有识之士怀着为时代谋、为日照谋、为子孙谋的博大胸襟,精心编纂了"日照人文与自然遗产丛书"。时任日照市委书记齐家滨先生,更是对此大加赞赏:历史,是城市的记忆,是人们创造文明、传承文化的轨迹。文化,是城市的灵魂,是人们知古鉴今、走向未来的根脉。这日照市是第一部系统介绍全市人文与自然遗产的丛书;它如同一部百科全书,将散落在日照大地上的"古迹遗珍"串珠成链、揖集成册,这在全省设区市中没有先例,在全国也不多见。

面对这部集文学、哲学和史学,集日照人文与自然遗产于一身的系列丛书,我只想说,它不仅让我看到水里白杨树的倒影,看到指引走出迷宫的星星,还将看到并非孤立存在的沙漠玫瑰的起点。为此,这套丛书,至为宝贵。我将珍藏之、拜读之、求贤若渴之。衷心感谢李守民先生,让我在今后相当长的一段时间里,有了一个手不释卷的最佳理由。

古迹遗珍如珠链　具象为我阅读眼

作为人文与自然遗产方面的丛书,为了其权威性、史料性和区域性,它当然是高度抽象的,也可以说是抽象居多,具象居少。可由于形象思维优于逻辑思维的自我觉知,我从其高度抽象中,更多的是看到了具象。何以如此?因为抽象来自具象,具象萃取出了抽象。所以,只有首先从具象着眼,才能越过抽象并非故意设置的藩篱。也就是说,我的阅读着眼点是从具象开始的。

送情郎送到大门又以外,伸手抓住了郎的武装带,我问我郎几时再回来,我郎说半月不来打封信来。

送情郎送到大门又以东,忽听见老天刮开东北风,刮风不赶下雨好,陪伴着郎哥哥再陪个半夜。

送情郎送到大门又以北,忽看见王八在那驮石碑,有人问道什么事,他说是卖酒渗上凉水。

……

小时候时常从母亲嘴里听到《送情郎》小调儿。母亲唱得如醉如痴,我却听得云里雾里。而这部书中准确记录了它的内容,是那样的情意绵绵,又是那样的韵味无穷。更重要的,是它的原汁原味,是它的广泛流传,是它的具象感染力和旺盛生命力。

山不在高,有仙则名。仙不在多,一仙即可。可是,如果有九仙呢。说到九仙,日照确有座九仙山。九仙山位于日照五莲县境内,听去过的朋友说,此山风光秀丽,堪称人间仙境,因此,身虽未至,可早就已对其心向往之。而从这部书中,我更是读到了异于朋友嘴中的九仙山,读到了九仙之为"九仙"的原委,读到了九仙山名字的由来,读到了九仙山厚重的人文情怀。

相传八仙过海之前,一天他们正驾云前行,就见下面有座大山甚是好看:诸峰有的笔立霄汉,有的状似怪兽,有的洞穿如塔。可仔细一看,却是花草树木寂然无存,只剩下光秃秃一片。八仙甚觉奇怪,遂按落云头探个究竟。

八仙之一曹国舅率先喊来山神询问。被告知是山下有一龙潭,原居有黑白二龙,因二龙不睦,黑龙就把白龙赶走了。自此开始,这只耀武扬威的黑龙就时常向山上喷烟吐火,弄得此地草木枯焦,荒凉满目。

八仙闻此,决定推迟过海日期,先行同心协力,为民斩除祸端。就见吕洞宾祭起七星宝剑,这只恶龙随即滚下山去;汉钟离跃向天空,挥起铁扇驱赶暑气,迎来习习凉风;铁拐李驾起云头去往崂山取来神水,命山神用柳枝蘸水遍洒;蓝采和、何仙姑提起花篮,将鲜花撒向空中,满山遍野瞬间百花盛开;韩湘子拿起竹笛吹起天宫仙乐,招来彩蝶翩翩起舞;张果老身背卦筒,乐悠悠倒骑毛驴,巡山送福。

如此这般,在八仙的勠力同心各显其能下,此山已非旧模样,就此旧貌换新颜。再次站在山巅望去,但见山清水秀,百花争艳,莺歌燕舞,流水潺潺,如花似锦,生机盎然。当地百姓为纪念神仙们的恩泽,就把山神和八仙合称为九仙,把此山称为九仙山,九仙山之名由此而一锤定音。

我们知道,日照历来有太阳崇拜的习俗。尤其是在日照东港区和莒县地区,自古以来,就有祭祀太阳的习惯。这,应该与该地区特有地理位置和环境,更与下面这个传说,有着密切关系。

相传一天女下凡后,生有一子,取名二郎。天女下凡触犯了天条,老天爷便将二郎收于身边,而将天女压在山下。二郎长大后向姥爷询问其母所踪,得知真相后遂劈山救母。不料刚被救出的母亲,旋即又被天上的 12 个太阳所溶化。此情此景,彻底惹恼了二郎,这个为母报仇心切的小伙子,即刻拿起神鞭驱赶群山碾压太阳。最后只剩下一颗太阳,因藏在一棵蚂蚱菜底下而侥幸逃脱。

二郎赶山压太阳的日子是农历的六月十九日,于是当地老百姓就把每年的这天,作为祭拜太阳的日子。这一故事读到此处的时候,自己的心灵已是受到强烈震撼。我想他们不只是祭拜天上的太阳,更是在祭拜心中的太阳。一如诺奖得主、法国著名小说作家罗曼·罗兰所言:太阳的光明是不够的,必须有心的光明。心里有光,才能照亮大众在黑暗中前行的路。

因为自幼喜好击打锣鼓的原因,自然对书中关于锣鼓敲打乐谱《斤求两》的相关记载,就特别地感兴趣。曾经自诩为对锣鼓家什"五项全能",可对这个《斤求两》乐谱,却是首次听闻呢。书内记载这是南宋的艺人们,首先把十六两《斤称歌》口诀,通过海上民间贸易形式,传遍东南沿海。然后他们又用古代打仗助威之擂鼓,鸣锣开道之锣,礼仪所用之大钹小钹以及小锣,组合形成了这套击打演奏的大型套曲。

这套乐谱,不仅具有一定实用性,更具有较高艺术价值。我的眼前出现了这样一个画面:守着大海和渔码头,以渔业为主的日照人,每当渔船满载而归,陆上的人们就已早早来到码头,敲锣打鼓迎接这些渔民的安全归来。他们的锣鼓,从发现海平线上的一点帆船就开始敲打,直到渔船靠上码头方才停歇。

铿铿锵,铿铿锵,铿锵铿锵铿铿锵。他们所敲打的,就是《斤求两》之乐。

日照有座文峰山　一览会当凌绝顶

最早知道"日初之光先照"之说,是在 21 世纪的一○年代。当时作为被省有关部门指定的"双评"小组组长,曾率队先后数次赴日照的驻地高校考评。在某高校的汇报材料和大幅展板上,看到了日照名字的由来。一抹靓眼的新曦,由此也走进了自己的心里。

众所周知,日照作为华夏文明的重要发源地之一,以历史悠久、文化灿烂、丰富独特的人文与自然遗产而著称于世,以"山海雄关、鱼盐利饶、钟灵毓秀、代多伟人"而闻名遐迩。早在老祖宗还使用石器的数万年前,就有人类在这片富饶的土地上繁衍生息。由此,这里的新石器时代文化在上古中国独领风骚。不仅如此,这里的非物质文化遗产,更是内容丰富,种类繁多,传承久远,成为一部生动的日照文明史。

瞻彼西旗空自飘,从来东鼓有谁敲?
南鞍缺少随心马,北架恐无如意豪。

清光绪庚子科举人高祝三所作《吟奎山》,不仅是吟诵的一座具体的山,更是日照人文与自然遗产丛书的形象写照。在我的眼里,这套丛书,即为日照的一座"文峰山"。在我的心目中,用"山"来形容它,一点也没有言过其实。

奎山,原名聚奎山,位于日照市区南5公里处,东濒大海,西携傅疃河水,北与丝山、河山遥对,南与阿掖山和日照前三岛中平山岛相望,山势奇特,风景秀丽。自东面视,形如猛虎;自西望去,如一令旗;自南观之,既如雄狮,又如卧佛;自北仁眺,三峰并立,宛如笔架。几经修撰的《日照县志》,一致推之为"一县文峰"。

在这套丛书中,无疑,我首先打开的是第一卷《日照非遗概览》,由此,一幅幅精美画面呈现眼前。前文所罗列的故事和民间小调,即全部来自于此。而作为第一卷本的这一本书,则是在整理全市所有市级以上非物质文化遗产名录项目的基础上编纂而成的,主要从基本内容、重要价值等方面进行阐述,其中涉及民间文学、民间音乐、民间舞蹈、民间戏剧、民间曲艺、民间体育、民间游艺、民间杂技、民间美术、民间技艺、民间医药、民间风俗等12大类126项。

主编李守民先生在丛书的序言中写道:我们就是在完成一项将人文与自然遗产融合集成的系统工程,为的是将日照历史上创造形成并留存下来的宝贵物质财富、精神财富和大自然赋予的具有突出普遍研究价值的天然名胜、自然区域和物产物种等遗产资源,进行较为全面系统的挖掘整理,全方位展现日照独具魅力的区域文化特色,使其成为新时代鼓舞日照人民奋勇前进的精神力量。

我相信享誉世界的奥地利小说家、诗人和剧作家茨威格说过的那句话:人文主义理想注定是一种理智的和贵族的梦,这样的梦普通的人做不出来,只能由少数人把它作为神圣的遗产继承下来,留给后来人,并代代传下去。

日照有座文峰山,新曦满目照眼明。

云中谁寄锦书来,一览会当凌绝顶。

如果你看到易生在笑

写下这个题目，是因我刚刚读完王威的同名作品。这篇曾刊登在《上海文学》的小说斩获了今年山东省第五届泰山文艺奖文学创作奖。文中那个叫"易生"的孩子深深打动了我。不仅如此，亦因为"泰奖"的缘故，毕竟能领受"泰奖"之誉的作品当属凤毛麟角，让我不禁有想写点什么的冲动。

由于自己的一篇拙文入选当地庆祝中国共产党成立100周年优秀文艺作品专集，依照通知，我前往设于风筝都的相关文化部门取回样书。这也正是王威所供职的地方。见到王威，还有当年与其同时考选过来的另一王姓朋友，自是相谈甚欢。

与王威在一起，会让人想起五个字：安静的力量。而读王威的文字，却又会让人在心底先是微澜涌起，继而翻波腾浪。那天跟王威谈到"易生"，她说，诸城有一条河叫涓河，是山东半岛古潍水（今潍河）上游支流之一，这条河跟龙骨涧相邻，故被当地百姓称为龙的血脉。它丰腴柔美，不管季节如何变换，它总是波澜不惊，浩浩汤汤流向远方。像我们的日子那样执着和开阔，滋养着这方土地这方人。某个下着细雨的清晨，王威在河边遇见了"易生"。"易生"只是他年轻未婚父母爱情的附加物，出生即被抛弃。在姑妈的五金店里，他目睹了姑妈和姑父生活中的一地鸡毛，经受了姑妈对他未曾谋面的母亲的无休止的辱骂……当这些如同网般牢牢困住他时，他朝姑妈举起了手边的螺丝刀。生活没有放弃这个孩子，他最终还是决定去投案自首，浩荡的涓水和每天新升起的太阳是他的救赎。

这个阳光俊美的孩子，一直笑着面对贫穷，面对抛弃，面对周围的人。可从小爱的缺失让他内心存有一块阴郁，当这块阴郁被激发到覆盖住他的笑容时，他的世界就颠覆了。可是"他的笑哪一次都无比真实，都能照亮黑夜"。王威说，全社会都应关注关心这些孩子，这是她创作这篇小说的初衷。我想，这也应该是其斩获泰山文学创作奖的原因所在。

王威是一座金矿，值得深入研究与挖掘。她小说语言的张力，驾驭文字的能力，以及伸向生活的触角，俱给我留下了难以磨灭的印象。国内著名文艺评论家兴安有言：王威的小说叙事上既有女性的细微和敏感，也有男性的粗粝和逻辑性，在结构和格局上，自由而舒展，体现了作者人性的关怀和对生活的独到理解。因此，我一直看好她的写作。读她的小说，让我想起年轻时的毕淑敏，内心果敢而富有同情心，又让我想起20世纪90年代的王芫，叙述平静且从容不迫。但是王威的小说更接近我们当下所处的时代，同时又给我们一种陌生感。

不只兴安先生，我还注意到一如王良瑛等文学界著名人士，也俱是看好王威，说她是近几年山东省先是崭露头角复又脱颖而出的一位小说作家。读她的小说，可以感觉到一气呵成的写作速度和汹涌澎湃的胸中激情，夸张却又不失真实。反映底层人的生活，表现底层人的命运，可看作王威小说的底色。底层人的伤痛，苦难，几乎成了作品内容的全部，写起来那样得心应手，游刃有余。她思维活跃，洞察力敏锐，所涉猎的往往是别人不曾注意的领域和人物，而这些领域和人物，又是现实生活中确确实实存在，甚至司空见惯的。这仅凭对底层人的了解是难以做到的，更非站在旁观的立场上去"熟悉"，去体验，必须内心亲密无间，血肉相连，才能表达出真感情，从而引起读者心灵上的共鸣。这是作为一个创作者必需的气质，也即"本分"，否则，单靠才华，单靠创作技巧，永远写不出真正属于民众的东西。王威的这个创作"底色"，在很大程度上决定了她的作品质量和文学前途，只要义无反顾而又坚韧不拔，必将进入文学的更新境界。

我从王威的《写给王威的第一封信》中，听到了年少的她奔跑着的耳边那呼呼的风声——只记得站在书架前，被林黛玉的"偷来梨蕊三分白，借得梅花一缕魂……"惊得呼吸不畅。在妈妈的追赶中，为了保卫那套程乙本的《红楼梦》奔跑在大街上。这一跑就是几十年，一直跑到今天。那个扎着小辫子奔跑的女孩，如一帧镜头，从此定格在她生命的长河中。

来看看当年那个小女孩，一直跑到今天所留下的足迹吧。中国作协会员，相继有小说集《幸福的巧克力》、长篇小说《远处传来谁的歌声》出版发行；作品见诸《北京文学》《钟山》《中国作家》等若干大型文学期刊，出版发表200余万字；其主笔改编的大型现代茂腔《党费》，更是入选"百年征程 时代华章"庆祝中国共产党成立100周年山东省优秀剧目展演剧目、第十二届山东文化艺术节新创优秀剧目展演剧目；长篇小说《远处传来谁的歌声》入选山东省作协首届文学精品打造工程项目。而荣获的奖项更是枚不胜数，计有山东省第五届泰山文艺奖，省作协《时代文学》年度短篇小说奖，省作协《齐鲁文学作品年展》最佳作品奖，中国关工委"名家写关爱"优秀作品奖，第二届万松浦·《佛山文艺》文学奖，省当代文学院全省女作家作品大展优秀小说奖等。

诚如所言，一座金矿，一篇小文自是难以承载。那就让我先安静地读完她的长篇小说《远处传来谁的歌声》，如同她的卷首语《在路上》所说的那样："这条路陡直地竖在那里，像我神交已久的老友，安静地迎接我的探望。"这部长篇小说与我也是那样的。

碧血赤心试剑锋

　　穆陶先生的最新长篇小说《戊戌变法》，读完已经有些时日了，可要不要写点东西总是在迟疑着。不是因为无话可说，也不是因为耽于时间，而是因为在戊戌之年读这本书，总会是生出一些不一样的感觉。想那整个阅读过程，绝对是一次深刻的情感体验，可谓百感交集，可谓难以名状。想那一百二十年前，历史的风云虽已遁去，却是尚未走远。

　　周围观望的人们，越来越多，那边有人向前逼近，与维持秩序的士兵，发生了争执。

　　谭嗣同披散着头发，挺直了头颅，大声道："我们是无罪的！父老乡亲们，你们见证着今天，我们今天死了，他们也快完了！"他朝着刚毅喊叫："刚毅，总有一天，你会死在人们的手中……"

　　"他在煽动！"刚毅用有点慌乱的眼神，向着四周打量了一下，然后把手一举，朝着身旁待命的刽子手说道，"开始吧！"

　　一段惊心动魄的文字，定格了那一惊心动魄的时刻，定格了那一壮怀激烈的历史瞬间。就在两个甲子前的此时，亦即 1898 年 6 月 11 日，一场著名的变法运动正式拉开帷幕，开展得如火如荼。及至 1898 年 9 月 21 日，慈禧太后发动政变,光绪帝被囚,康有为、梁启超分别逃往法国和日本,谭嗣同等戊戌六君子被杀。为此,历时百余天的变法运动就此戛然而止,宣告失败。

据我所知,用小说形式来回应这段历史的,这部作品应是第一部。这一段历史是客观存在的,当然是历史的真实。而以此为题材的小说作品,按照创作的规律,则无疑当是艺术的真实。为此在进行创作时,如果是一个具有责任担当的历史小说作家,那么在其描写对象面前,一定是既能俯视历史,指陈得失和警醒当世,又能平行叙事,客观面对历史的横流和曲折。作为这部小说作者的穆陶先生,正是这样做的。他在构思这部长篇小说时,首先想到的是当时中国的社会危机与民族危机。社会危机:晚清封建专制的腐朽,已经引发了民众的信仰崩溃,革命的星星之火,隐而待发。民族危机:甲午一战,中国大败,亡族亡国,迫在眉睫。在此情况下,一批代表了当时先进思想的知识分子,为了救亡图存,从意识形态到斗争实践,开启了一场艰苦卓绝的维新运动。

不仅如此,作者同时还敏锐地意识到,关于"戊戌维新",史学界一般称之为是一次"改良主义"运动;但也有的史学家认为,康有为等维新志士,是想由上而下逐步改变封建专制政体(康有为的《大同书》、谭嗣同的《仁学》可资证明),"改良"只是手段,改变封建体制才是目的。"改良"与"改良主义"概念不同,不可以"改良主义"来贬低戊戌变法的进步的历史意义。深谙这一历史发展走向的穆陶先生,认同并采纳了"改良"与"改变"的观点。这就寻获了开启这一重大历史事件密码的钥匙,不仅理清了历史脉络,更如庖丁解牛,找到了创作的准确切入点。

毋庸讳言,文学的滥觞,自是人类寻找自身存在精神意义的一种实践活动。人们通过对精神意义的寻找,从而发现人生的价值亦即价值尺度和价值样板。所以,在文学作品中,真善美就是价值尺度,其中的典型形象就是价值样板。而价值尺度和价值样板,在一定程度上又引导着现实人生,同样也牵动和影响着作者的情绪与思路。穆陶先生慨叹道:在小说写到戊戌变法失败的时候,在写到爱国志士喋血菜市口的情节时,不禁扼腕叹息,久久不忍下笔,至于痛心泪下。但终于还是写了下去,因为惨痛之巨,教训之深,可做镜鉴之资。戊戌维新的志士们,单凭着救亡图存的意志与热情,但他们却不懂得或者不能够取得军权,以至于敌对势力以军队为后盾发动政变,维新大业随之毁于一旦。然而,历史从来没有假设,历史只有过后的总结。

纵观整部作品,作为对一段历史的艺术回望,当之无愧是一部扛鼎之作。在人物形象的塑造上下功夫,通过有血有肉的人物性格,以此凝聚起作品的思想主题,是这部作品的一个鲜明特点。因为站在今天的角度,反观发生在中国近代史上的一个个大事件:鸦片战争、戊戌变法、辛亥革命,它们多么像是一根长长的链条,贯连着中华民族的命运,将中国人民的奋斗、流血、失败、耻辱、抗争、拼搏,全部容纳于其中。而"戊戌变法"就是这一链条中的重要一环,在历史上占有独特的一页。由此,小说中涉及的人物自然众多,且大部分是时代风云人物。但不管这些人物在这出历史活剧中扮演着什么样的角色,他们的命运都始终和这场斗争紧密相连。在具体描写上,作者把着墨点放在了康有为、谭嗣同、梁启超、翁同龢、李鸿章、光绪皇帝、慈禧太后、袁世凯等人物的性格塑造上,致使这些人物形象的个性特征格外地鲜明。

崇拜英雄的民族,是充满希望的民族;尊重英雄的时代,才是盛世的真气象。在每个关键历史时刻,总有"先天下之忧而忧"的爱国志士,为国家命运和国家利益拍案而起、舍生忘死,写出壮怀激烈的篇章。戊戌变法虽然失败了,但这一百多天却是可歌可泣的历史转折点。穆陶先生的这部小说,正是站在这样的思想高度上,展现出这一波澜壮阔的时代风云。为此,可以毫不夸张地说,穆陶先生以八年之力,以十年磨一剑的魅力与精神,不仅精心绘制了一幅爱国主义历史画卷,更是以恢宏的气势和细腻的笔触,鲜活地塑造了众多人物形象,生动还原历史现场,深度开掘心灵记忆,全面检视中国复兴之梦的艰难历程,可谓是一部呕心沥血之作。如此,读来怎不慷慨悲壮,又如何不发人深省。

记得有位学者曾经说过，一部历史小说的重要性，常常不是因为写了一段什么样的历史，而是这段历史在多大程度上能够反映现实，多大程度上启发了我们对现实的思考，所以写历史就是写现实。笔者对此说法深以为然。穆陶先生的内心独白，也印证了这一观点："我怀着无比敬仰的心情，对于几千年迄今，那些杰出的思想家，以及广大劳动人民，孜孜追求的'天下为公'的社会理想，充满了激情与期望！这也是我对戊戌变法以及变法的主要引领者康有为、谭嗣同等人情有独钟的原因。有时候我甚至觉得，我并不是在编写小说故事，而是在做一个社会民众的代言人，把我的心思交给我书中的人物，让他们去实践。我把这当成我的任务。同时，戊戌变法是在朝廷内部进行而波及全国的一次社会变革运动，没有民间的声音，是不可想象的。所以我虚构了一个名叫'令狐凌霜'的女子，几乎贯穿于全书的始终，让她承担了许多的心灵道义上的负荷：家与国的忧患，爱与恨的纠葛。"

　　坐在电脑前书写这些文字时，这部书中所描写的情景，总是一幕幕不断在脑海中浮现，恍若回到120年前。这完全是因为作品中所具有的惊心动魄的情节，以及栩栩如生的描绘，而又被其深深感染的缘故。而且每当读着这本书的时候，总是会生出一种肃然起敬的感觉。这种感觉的来由，不止是因为这部小说，更是因为这部小说的作者穆陶先生。笔者曾经多次这样评价过作为良师益友的穆陶先生：愈是饱满的谷穗，愈是低垂着自己的头颅。笔者景仰穆陶先生，不只是因为他的如椽之笔，更是因为他的虚怀若谷和诚以待人的品格，完全可以这样说，在历史小说创作领域，穆陶先生是与姚雪垠、凌力、二月河等齐名的作家。在这部作品里，更是汇集了他的历史与现实双重思考的积累，倾注了至为深厚的情感，展现了非凡的艺术功底。特别值得引以为豪的是，大作刚一出版发行，即蒙先生赠书。而且在这之前，还曾获先生相赠精装本《穆陶文集》。该文集收录了先生之《红颜怨》《孽海情》《林则徐》《屈原》《落日》《洞边文丛》《爱吾庐吟草》等八卷本，可谓鸿篇巨制，自当视为珍宝。作为潍坊市文学界的领军人物，作为一代极具影响力的作家，当年曾由陈荒煤先生亲自介绍加入中国作协的穆陶先生,毫无疑问,无数的文学爱好者,已经正在拜读着他的新作。

好了,那就把印记在小说卷首的这首调寄《沁园春》辑录在这里,作为本文的结尾吧:

鼙鼓惊天,歌舞华诞,雨雪北风。阅千年史笔,连篇累牍;吃人见血,牙齿峥嵘。拍岸奋发,死生度外,碧血赤心试剑锋。回首处,犹雨骤云幻,迷雾重重。

几时天下为公,大同梦桃源水流声。探天人奥义,风云际会;捐躯报国,多少英雄。败贼成王,千秋功罪,尽付古今月旦评。待凝目,看江山万里,共沐春风。

寻找中的救赎与回归

　　在今岁仲春第一个"大风起兮云飞扬"的日子里，我把马永安先生的《画都》读完了。我舒了一口气，望向窗外。窗外的景象让我在迷醉中恍惚。花儿在风中拼命摇摆，柳梢在风中尽兴飘飞，所有能被这风撼动的生命，都在奔跑弹跳飞翔追逐，一切都在风中凌乱。我仿佛又看到作者把那些个人物也一个个放逐出来，把那些个故事也一个个抖搂出来。让他们和它们，就这样在风中凌乱。让它们和他们，就这样，一并凌乱在风中。

　　我想起了书中那首叫《河床》的诗：

　　我是屈曲的峰峦，是下陷的断层，是切开的地峡，是眩晕的飓风。

　　是纵的河床，是横的河床，是总谱的主旋律。

　　是一身织锦，一身珠宝，一身黄金。

　　我张弛如弓，我拓荒千里。

　　我是时间，是古迹，是宇宙洪荒的一片腭骨化石。

　　是始皇帝，

　　我是排列成阵的帆樯，是广场，是通都大邑，是展开的景观。

　　是不可测度的深渊，

　　是结构力，是驰道，是不可克的球门。

这首诗，就如暴怒的母狼，原始的生命，迸发的情欲，激荡的思想，就如即时即刻陈词与夏小雨两人的疯狂，强力冲击着我的眼睛，让一遍一遍反复吟哦着的我，不由自主地发出声声惊叹。由此，在我的意识中，就自然有了这样一个臆断：《河床》，乃是《画都》的写照。《画都》，就是诗性的《河床》。

我清楚地记得，在最近一段时间读过的书中，有三本是小说：贾平凹的《极花》，方方的《软埋》，马永安的《画都》。好看都是一样的好看。耐读都是一样的耐读。《极花》给人的感觉，就如眼见一轮明媚的月亮突然被乌云遮住，心底涌起一种难以言说的滋味；《软埋》给人的感觉，就像是在地下奔突的岩浆，全力寻找着出口而遍寻不得的那种无奈；《画都》给人的感觉，当恰似航行在海上的船儿那排列成阵的帆樯，总是有一种说不清道不明的情愫直直在胸中鼓荡。所不同的是，《极花》与《软埋》是以第三人称出现的，作者以"万能"段子手的角色在给读者讲着故事，给人的是一种信服感。而《画都》是以第一人称出现，是"我"在讲着故事，给人的是一种亲近感。

我要先把印在封底的一段文字，原原本本地抄录在这里：看似轻松流畅的文字，却像一把锐利的手术刀，剥离了近百年的岁月沉浮，剖析不同人群在庸常生活中的内心欲望与精神需求，解读人们逃离凡俗的动因和方向，追寻生命的价值、心灵的皈依与文学艺术的意义。

在书中，我看到"我"从贵州山区返回时与夏小雨的依依惜别，那种不舍，那种肝肠寸断。我看到"我"的老师，"我是一个在黑暗中大雪纷飞的人哪"的郭鹤鸣的那种悲壮。我看到"我"的同学至交李墨的那种困顿、挣扎与心灵的救赎。我看到柳叶儿那种看似本性单纯，实际却经不起诱惑的心路历程。在与"我"纠缠不清的几名女子中，夏小雨是真爱，柳叶儿是惑恩，燕翮是红颜，许丹晨是善变，王烨是偶遇，韩腊梅以至她的母亲是典型的潍县"丈母娘"做派。这也像极了具象的一个人，像极了一个人在不同时期的每一个人生际遇。

在书中，我还看到生于斯、长于斯的画都人，鱼贯着从百年前走来，抑或从千年前走来；鱼贯着从"同志画社"走来，从郑板桥走来，从丁启喆、郭味蕖、于希宁、陈寿荣等老先生走来；鱼贯着从"昨日重现"画廊走来，从燕翮、沈思、陈溪走来。他们义无反顾地走进今天，走进《画都》。又义无反顾地向明天走去。

老师："这个地方有宿根。"

我不解："什么宿根？"

"埋在地底下的根，气候温度合适了，就发芽。"

我恍然大悟："这么个宿根啊。我正在读一些书，希望从历史上找到更多根源性的东西，也就是您说的宿根。"

《画都》中的"我"是陈词。作者说，叙事者陈词是一位诗人，书画经营的门外汉，被自己的同学强拉进书画领域，开始他寻找生命归宿和心灵皈依的历程。他寻找一位老画家跌宕人生的真相，寻找情感迷失的根源，寻找灵魂与艺术的接点，寻找凡俗人生与艺术追求之间的相生相斥的关系。在这个寻找过程中，他揭开自己出生成长的这座城市的喧嚣繁华地层，不断发现着她能够成为"中国画都"的一个个佐证。

从这本书中，我们不难发现，作者对语言的驾驭能力，可以说已经达到炉火纯青的程度；对情节的设计、故事的铺陈、人物的刻画、与他的《杂碎》比起来，已经更上一层楼，到达一个新的高度；通过小说传达出的对人生，对社会，对历史，对现实，对"终极之问"的哲学思考，也是入木三分醍醐灌顶；对书画艺术的理论性修为，一点也不逊色于那些专事书画创作的行家里手；小说的画面感、多维感、灵动感，又是那样的意境深邃，娴熟精当；整本小说的耐看性，也已不亚于当红作家的作品。

据我所知，用小说形式表现潍坊，马永安应是第一人，《画都》应是第一部。所以，《画都》，是画都潍坊的艺术呈现。因此，我眼中的《画都》，是潍坊风土人情的"大观园"。故事,起伏跌宕;情节,一波三折;人物,个性鲜明。我从《画都》中读到了两个字:文化。我从作者身上读到了两个字:才情。作为潍坊人,不读《画都》也许没什么,读了《画都》后,方知不读《画都》缺的是什么。

比较起来,我认为,在这三部"都"字小说中,慕容雪村的《成都,今夜请将我遗忘》,是写"腻"了一个城市;贾平凹的《废都》,是写"厌"了一个城市;马永安的《画都》,是写"活"了一个城市。形容《画都》,还用三个字来概括:创作过程一个"情"字,出版过程一个"等"字,出版之后一个"火"字。

作者在书的中间部分打了个"楔子",我想这是为了把这幅《画都》之画稳稳地挂在那里。自然,那个楔子更多的作用是装饰,是为了让这幅画作看上去是挂上去的,而不是钉在墙上的。其实这幅画的浑身已然俱是磁铁,只要遇着合适之地,"啪"的一声,就会牢牢吸附在该吸附之处。

作为读者还应注意到一点,就是《画都》的容量非常之大。潍坊的历史与现实,特别是作为画都的与众不同的过去与现在,都被作者用艺术的形式装了进去。将近三年的时间,作者推掉了几乎所有的应酬,一心在打造他的《画都》。一次,朋友请我约作者吃饭,席间,作者仍然是一副沉浸在创作亢奋中的样子。正是,《画都》三年得,句句是锦绣。虽然小说中人物繁多,故事庞杂,但作者真正希望表达的就是两个字——"寻找"。是啊,这本书的主旨是寻找,可我更多地读出的是回归。人性的回归,艺术的回归,作为《画都》而对画都的回归。有的读者曾发出如此之问:读《画都》有感——折腾完了还能做什么?是啊是啊,人生的常态就是折腾。或者说,折腾就是人生的常态。所以,折腾完了还得继续折腾,直到折腾到再也没有力气折腾为止。

《画都》的作者,在我面前有三个身份:丘渠乡党,同事一场,知心朋友。三个身份可以化为一个共同之处:秉性相投,酷爱读书。所以,在我的眼里,作者是一个不浮躁的人。作者是一个有才华的人。作者是一个胸怀博大的人。踏踏实实地做着自己,踏踏实实地为人处事。不图虚名不张扬,不赶时髦不媚俗。永远知道自己姓什么,永远知道自己在做什么。作者的灵动之笔,让我看到了画都的百年沧桑，看到了书画已然是这座城市血液中的基因，并且已与其好文重学的风气交融，演变成了独特的城市气质。为此，作者托人送来《画都》，自是欣慰有加，爱不释手。作为齐鲁优秀传统文化传承创新重点工程项目，作为潍坊市委宣传部重点打造的长篇小说《画都》，惊蛰日刚一上市，据说已是洛阳纸贵。

自然，书中所描写的一切是艺术的真实，书中的人物都是塑造的。可是，艺术的真实亦即生活的真实。所以，我见过陈词，见过李墨，以至见过夏小雨，见过柳叶儿……他们都有血有肉地活在我们的世界里。他们挣扎着，折腾着，欢愉着，繁衍着……当然，陈词不是作者，作者也不是陈词，陈词是作者刻意塑造的一个活脱脱的人物，作者是这个活脱脱人物的主人。可我也时常会把陈词当作作者。的确，在陈词身上，或多或少抑或只多不少地有着作者的影子。

春天是播种的季节，农民都在忙着春耕。在这个时候，马永安收获了《画都》。我们也收获了《画都》。画都人更是收获了《画都》。在这本书的某几页中，似乎还收获了我的几根头发。是的，读书时是有几根头发脱落在了这本书里，可我压根儿就没有准备将其捡出。莫言有言，人体只有头发不朽。文学的作用就如头发，其他的东西湮灭了，可它仍会存在。

我相信，这本书，这本《画都》，会流传于世，会久久不朽。

繁梅清韵是馨香

即使在萧条的枝头上,也能听到花开的声音。

——题记

即将,迎来新的 12 月。

阳光,大地,空气和心情,

都是新的。

在新时光里,过着老日子。

在老去的路上,揣着一颗清新的心。

有些东西永远不会老,

比如爱,比如希望……

11 月的最后一天,在一个音乐视频里,刚巧读到这一首短诗,胸中立刻溢满了感动。随着这份感动而来的,还有通过网络邮箱收到《繁梅清韵》文集的电子版文稿。这份文稿,犹如冬日的梅花,盛放在我的面前。想来在花开四季里,唯有这冬日称之为"梅"的花,最能给人带来爱和希望。

我的老家有条"天路",绵延百余里,是新修的旅游路,红黄蓝三色居于路中间的标识,把个西山里的几十座大大小小的山连成了一片。读这部文稿的感觉,亦如畅游在这条山路上,满眼尽是曼妙风光。纵观整部书稿,非是能让人一目十行的文字,而是边读边思索才能为继的文字。给人的不是清冽甘甜于一时,而是口嚼噙香于许久。通篇传达出的,是爱与希望,是清韵馨香,是人类向善、向美的终极所往。

题记来自一位叫庆梅的朋友。她的这个朋友有一套铁丸石作品,作品所承载的人物,不仅惟妙惟肖,且都配有文字。其中有件作品所配文字是这样的:"即使在萧条的枝头上,也能听到花开的声音。"这段文字,不仅打动了这部文稿主人,也深深打动了我。我注意到,在她的朋友中,许是因为自己名字中带有梅字的缘故,多见带有梅字的,连其中的一篇小说里,也是塑造了一个叫甄梅的女乡长。从她对这些"梅"人的描述和评价当中,也能看到她自己的影子。譬如前段时间在央视热播的电视连续剧《铸匠》作者董兴梅女士,在她的文字里是这样出现的:

当你真正走近她,你会觉得,她不愧为一位优秀的企业家和才华横溢的作家,不仅企业做得风生水起,是全国知名企业和寒亭区纳税大户,她写的首部反映潍坊工业发展长篇小说,也被改编为电视剧被中央电视台播出。汶川地震时,她带物资去慰问,期间收养了震区一位孤儿。这个"女儿",她把她当心肝宝贝,是她家的小公主。她勤奋,热情,正直,睿智,谦逊,懂得感恩,平易近人。记得第一次听她讲述经历,想到的是这句诗:"不经一番寒彻骨,怎得梅花扑鼻香。"

她那带"梅"字名字的由来,也是蛮有意思。当年刘长瑜扮演的铁梅受到男女老少的追捧,铁梅手握大辫子的画图,几乎家家墙上都贴着。因为母亲从小给她留辫子,她的脸长得又圆乎乎的,所以京剧《红灯记》热演时,村里人见了当时年少的她都会说上一句:"瞧!长得多像铁梅啊。"上学第一天起学名,老师说:"你辈字为'繁',就叫繁梅吧。"于是,"曾繁梅"就成了她的名字。

书桌上的石英钟滴答滴答响着,而书稿中的文字也在按着它的节奏滴落,滴落成变量宽阔和存量厚重。其中深刻的思想、阅识和把捉文字的能力,伴随着我的阅读,一如秋冬的树叶,一片一片飘落我的眼前。而这些美丽文字在心底徘徊,如走进一个悱恻缠绵的梦境,在彼岸的萋萋春风里回望。文字中的那些美好似在通通向我奔来,仿佛在启示我要热爱这个世界。

娘家老屋是她的伊甸园,在所有文稿中应是着墨最多,有近万字。老屋东屋和西屋以及里屋都有炕。对于儿时的她,炕不仅是睡觉的床,也是会客厅,是爷爷搓麻绳讲故事、母亲纺线缝补衣裳、姐姐纳鞋底绣花织毛线、她们小孩子嬉闹玩耍的场所,更是父亲回来讲外面精彩世界的地方。就是在这样简陋祖屋里,和蔼可亲的爷爷,用巧手和普普通通的食材,做出了很多至今令她们兄妹回味无穷的饭菜。

累成片段的这些记忆,在时间的深处像是永恒,跟随主人笔端来到这部文集里,其中的人间烟火气,是那样的熟悉又迷恋,真真是让人沉醉又深陷,几乎忘记身是客,而以为是此中人了:中午,小孩子冒着酷暑奔走树林中,仰着小脸仔细顺着知了的歌声,搜索着树梢。有趣的是,知了也会与你玩游戏。你正聚精会神地仰脸粘知了,知了却翘起尾巴洒一把"神水"于你脸上,待你无可奈何摇头抹脸时,它却另攀高枝了。

她小时候夏天的夜晚,透着一股令人沉沦的陶醉。小孩子最喜欢的是或躺或坐在大人们给铺的蓑衣或凉席上,听爷爷讲《岳飞传》《三国志》《西游记》以及那些神话传说了。岳母刺字、火烧连营、三打白骨精、黑尾巴老李、牛郎织女、柳毅传说、白蛇传、嫦娥奔月、狐仙等,这些脍炙人口的故事,因为爷爷一遍遍不厌其烦地讲,自小就根植于孩子的脑海中。在繁星闪烁的夏夜,听手摇蒲扇的爷爷娓娓动听地讲那些或惊心动魄或缠绵感人或惊悚恐怖的故事,成了孩子记忆深处最美好的事情。

她笔下的壶口瀑布是这样子的:车门打开的刹那间,还未看清瀑布模样,震天轰鸣声已经传入耳朵。他们激动地尖叫着,只见黄河宛如一条从天际奔腾而来的巨大黄龙,以排山倒海之势,溅起银浪翻滚,呼啸着跃入深潭。

而外孙女的出生，更是被她演绎得活色生香：天琦被推出手术室，躺在妈妈身边的刚出生的她竟然瞪着一双宝石般小眼睛好奇看着迎上去的长辈。原本以为刚出生的婴儿是闭着眼睛的，不承想她却精神得很，瞪着乌黑发亮的小眼睛好奇地望着这个陌生的世界。这个小家伙不但身子长、手脚大，手劲儿也够大，小手很有力地抓姥姥的手指。

最是力透纸背的，当为一个女儿对娘的思念——娘，您虽是一位普通农村妇女，在我心里却是最伟大的人，因为是您给了我这个世界。娘，您虽大字不识几个，在我心里却是满腹诗书，因为是您最先教给了我做人做事的道理。娘，您的双手虽然粗糙，女儿却觉得那么光滑柔软。从小我们兄妹回家，人还没进门，"娘，我回来了"的喊声已响彻门里门外，最先见到的也是欢天喜地迎出来的您……多少年了，女儿在心里无数次呼喊娘，却再也听不到您欢快地应答，再也见不到笑盈盈出来迎我们的娘了。

能不泪眼婆娑？能不动人心弦？记得孙犁先生说过，彩云流散了，留在记忆里仍是彩云；莺歌远去了，留在耳边还是莺歌。为此我从这部文稿的眼瞳深处，看到的是一些别处所没有的东西。于是我就想说，凡是伶俐都不值钱，人最后都是靠痴心活着的。所以对于一个称职的作家来说，他们所展示的，往往都是自己内在的灵魂。

文稿的作者，就是一个具有痴心的人。岂止痴心，更是听从自己内心召唤，默默用一双爱的慧眼，洞察万事万物，捕捉敏感心灵，然后用文字吟唱出生命的多姿多彩。作者虽已逾知天命之年，却还保有天真烂漫的童真而多"情"善感。她说她的多情，是多情于花草树木、四季风光，多情于亲人朋友，多情于真善美。她对于生活的热爱，对于生命的思考，对于这一切一切的热情讴歌，承载的情感如风帆涨满。

她不停地书写——写浭河春色，写居住的家属院，写房前打造的牡丹园，写室内的盆养，写朋友的园子和闲情逸致，写秋天晚上的蟋蟀和姐姐的针线活儿，写妙趣横生的少时游戏和老父亲，写女儿的留学和异域风情。那滚烫的热炕头，成就了她的人生她的梦，也成就着无数像她一样的农村孩子。通篇当中，不时出现的诗句，不时引用的名言，可从中见其博学多才。博学当然来自阅读。一个人的阅读趣味，大致界定了他的精神品位。正如余秋雨先生所说过的，在阅读当中，去寻找那条生命通向伟大的缆绳。

书稿中所涉及的前往的旧金山金门大桥和斯坦福大学以及加拿大多伦多大学等等，若干的"美加"城市我也都去过，而在这儿读到却依然那么亲切。譬如宛如森林的斯坦福大学有着著名的棕榈大道，培养出了众多高科技领军人物及创业人才，其中共有 58 位诺贝尔奖得主曾于该校学习或工作。还有她笔下台湾的大学和城市乡村，也如我去看到的几无两样。而她学习过的浙大，这所抗战时期被英国著名学者李约翰称为"东方剑桥"的以及其他国内名校，也俱是我进修深造过的高等学府。作者感慨自己在 50 多岁的年纪，还能步入静美的名校校园，坐在它温馨的教室，聆听满腹经纶的专家教授讲课，这是一件多么令人神往和惬意的事情。

毋庸讳言，当下写书出书的人并不鲜见，可以"梅"字为书的仅见她一个，从而给人以丰富的想象空间。在我看来，她文稿中的所有文字，都不是用笔写成，而是用心写就。非是无病呻吟，而是有感而发。她的笔端是宽阔的：写人物，写动物，写植物。小时候，青春时，工作后。与自己，与亲人，与同事，与朋友。亲情，友情，爱情。所见所闻，所思所感。国内国外，工作生活。无论写什么，都充满了情感，充满了向上的力量，如涓涓细流润人心田，活脱脱一幅世态全景画，一帧清明上河图。

她说由为人孙、为人女到为人妻、为人母，及至被兄姐的孙辈和自己女儿的孩子喊奶奶、姥姥，始终孝老爱幼尊同辈，善待他人。由一名孜孜以求的学生，到勤奋敬业的职员，始终追求上进。由一名文学海洋的遥望者，到文学岸边的拾贝者，始终坚守理想不言弃。她说人生至善，就是要对生活乐观，对工作愉快，对事业兴奋。即便走遍全世界，也不过是为了找到一条走回内心的路。她喜欢梅花，喜欢它的暗香浮动，喜欢它的清风疏影，喜欢它的高标逸韵。由此她的前两本散文集名为《繁梅幽香》《繁梅疏影》，这本就继续借用梅花的意象，叫作《繁梅清韵》了。

陶公渊明认为，人有三条生命，肉体的，社会的，思想的，亦即现代人所说的本我、自我、超我，所为形影神是之。可以说，这三条生命，太多人是隔离的，而在繁梅这里则是统一的。塞利格曼说，幸福包含五种元素：积极情绪、投入、意义、成就和人际关系。由此可见，繁梅是一个幸福的人。她不断践行着如一位作家所言的"文学让你不只看见白杨树，还能看见水里白杨树倒影"的经典诠释，双手烤着生命之火取暖，一而再再而三写着那如山间清爽的风、如世间温暖的光的文字。

初冬的午后，秋色依然弥漫在空气里。先是些微，继而膨胀，仿佛嘭的一声，满眼就只剩下金黄了。而这世上每一本书也都是有颜色的，为此这部全套三辑一百余篇四十余万字、由鲁迅文学奖得主许晨先生作序、被列为潍坊市重点文学扶持项目的书，其内涵和外延当然亦是金黄色的。她就如无数朵正在绽开的梅花一般，散发着独有的馨香，在众首期盼中，清韵优雅地向读者走来。

永远的他乡塔西提

高更想要寻一棵黑檀树做木刻，一位壮硕英俊的毛利小伙朋友带他走入了森林。一路之上，高更被这位同伴穿行于森林之中的矫健身影迷住了。及至密林深处完成砍伐并在溪水中洗涤袒露于大自然的身体时，高更贪婪地吸吮着无处不在的芳香，不由自主地欢叫起来："香啊，香啊（NOA NOA）！"于是我就想，对于高更来说，这发自肺腑的声声呐喊，定然是蕴含着胜利乃至重生也似的馨香。因为，就是在这沁人的馨香中，他内心感觉充盈着无穷的力量。因为，他的这本手记，这本至今传流不衰的手记，自此就有了一个好听的名字——《NOA NOA》。

《NOA NOA》的确是一本充满馨香的书。让我与这本书结缘的，也是一位一如南太平洋塔西提岛般纯净沛然的文学界友人。它的中文名称被翻译成《生命的热情何在》。我喜欢这本书，喜欢这本书的全彩印刷与精装品质，以及书中那原本珍藏于卢浮宫博物馆的全套手绘插图，还有那数十幅高更在塔西提创作的精美油画。喜欢这本书中的文字：要坚强，够坚持，才能承担孤独，才能特立独行；为了使灵魂宁静，一个人每天要做两件他不喜欢的事；他们唱歌，从不偷窃，然而，人们说他们是野蛮人；我不再感觉日子流逝，毫无意识好与坏，每件事都是好与美丽的。喜欢书中那短小精美的诗歌：北纬 47度，巴黎，我相信椰子树已经不存在，声音也不再悦耳动听。南纬 17 度，夜夜都是美的,岛上的湖泊鲜艳夺目,树木郁郁葱葱,土地闪烁着流金与阳光的欢乐。我喜欢这本书,更是因为在这本书的所有章节中,随处可见高更用他那充满诗意的文笔,勾勒出他"永远的他乡"是原乡的塔西提的万种风情,以浓郁的自传色彩描绘出心中的无限美好,用自己的果敢与智慧回答了生命的热情何在,从而使之成为其艺术创作巅峰的记录,也成为他一生艺术创作的宣言。

读着这本书,我想起了毛姆的小说《月亮与六便士》。毛姆在小说中塑造了以高更为原型的艺术家思特里克兰德,塑造了思特里克兰德是如何"被魔鬼附了体"似的去追求自己的艺术理想。为了这个理想,主人公甘愿承受颠沛流离之苦,最终在远离文明世界的塔西提找到了创作沃土和心灵家园。在塔西提岛上,他画下了岛上宛若仙处的秀丽风景,画下了与他栖居的土著女子,画下了自己对人生对艺术的终极拷问。直到在即将染上麻风病双目失明的那一刻,他于自己住房的四面墙壁上留下了最后一幅画作,然后嘱托土著情人在他死后将此付之一炬作为对他的祭奠。

《月亮与六便士》毕竟是文学作品,讲究的是艺术的真实,而非是生活的真实。其中或许会有作为法国"后印象派巨匠"高更的影子,但真实的高更却不是这个样子。真实的高更于1848年生于法国巴黎,十七岁弃学当了七年水手后在法国一家银行工作,迎娶一名漂亮的丹麦女人做了妻子。二十六岁开始作画,三十岁之前在本地已是小有名气。因对绘画的无限痴迷与眷爱,高更在不惑之年放弃了银行工作,毅然离开了繁华的巴黎,前往南太平洋上的塔西提岛,过上了原始荒蛮却自由隐逸的生活。高更在塔西提的日子里,一直都在"文明高贵"的欧洲人与"落后粗蛮"的毛利人之间徘徊。他一边观察这些原始部落的文化世界,一边自省自身存在的渺小和龌龊。所以来到岛上不长时间,在高更眼里这片未经欧洲文明污染的土地,就已是如清澈湖水一般的坦荡与纯净。于是,他很快就从旁观者成了局内人,说着毛利人的土语,赤脚行走以至脚底长满厚茧,衣服穿得少而又少,几乎终年赤身裸体,完全像个真正的毛利人一样。高更褪去"文明"外衣的另一个重要方面,还表现在他非常推崇此地的两性自由,以至生命的最后时刻他在岛上自建了"欢乐屋",上面毫不隐讳地写着"你们要神秘,你们要恋爱,你们才会幸福"。所以可以毫不讳言,这整部手记其实就是高更自我心路历程的展示,是他从"文明""虚伪"的世界步入淳朴本真的记录。用他自己的话说:"我真正意义上逃离了虚假与迂腐,投入自然的怀抱。文明慢慢从我身上消退,思想也变得单纯了。"感到自己自此成了一个"真正"意义上的人。

应该说,对于从事艺术创作的人而言,个人的美学经验愈丰富,趣味也就愈坚定,心灵上也就愈自由。这一点,在高更身上反映得尤其突出。君不见,被岛上的欧洲人视为野蛮人的毛利人,不仅大量出现在高更的画作中,同时也出现在高更的文笔之下,由此而散发出纯净而圣洁的熠熠之辉。他的14岁的毛利人妻子,就是他在一次旅行之时"岳母"主动"送"给他的,可见土著人对于婚姻的直接与简明,远远超出现代文明社会的想象。正是这样一位得来毫不费劲的妻子,在高更内心深处却对其充满了爱与尊敬,感到在妻子面前他是被文明污染的低劣之人,而妻子则是他的维纳斯女神,所以在多幅作品之中,都有他妻子蒂蝴拉美丽与纯洁的形象。

在这本书中,还有两件事情是不容读者忽视的。一是在1897年,49岁的高更在塔西提岛完成了一生中的传世之作——这幅作品既没有模特,也没有所谓技巧,更没有一般所谓的绘画规则,只是用追逐艺术的原始和本能,用塔西提的金黄人体,用塔西提的树木和果实,用塔西提的无垠绿野,探求着人类那一永恒的主题:我们从哪里来? 我们是什么? 我们要到哪里去? 二是在1903年1月到5月的这100多天里,因塔西提岛遭受了龙卷风的蹂躏,由此高更便参加了岛上维护土著人利益的抗争,从而与法国殖民当局发生冲突,致使心脏病突发,猝死在一间栖身的简陋木屋中。

波斯诗人鲁米说过:"你生而有翼,为何竟愿一生匍匐前进,形如虫蚁?"这是印在这本书首页上的一句话。由此出发反观高更的人生,我们就很容易感知到高更这颗倔强而冥顽的灵魂，潜心沉浸于塔西提的艺术创作，在艺术的乌托邦里插上翅膀自由翱翔，从而用他的毕生和勇气证明：真正的理想，可以摒弃一切孤独与苦难，生命也将由此而永远充满热情，永远光彩不折。这也正如意大利著名美术理论家文杜里所说：高更在塔西提的生活缩短了他的生命，却拯救了他的艺术。正如畅销书作家祝小兔所言：活着也可以成为一种艺术，就像艺术本身一样具有不确定性，用美来克服阻碍，用赤诚与天真度日。

运笔至此，突然记起了享誉世界的著名作家马克·吐温的一句名言：人生最重要的两天，是你出生的那天和你明白自己为什么出生的那天。因研究尼采而闻名国内的周国平先生也曾写道：一个灵魂在天外游荡，有一天通过某一对男女的交合而投进一个凡胎。他从懵懂无知的开始，似乎完全忘记了自己的本来面目。但是，随着年岁和经历的增加，那天赋的性质渐渐显露，使他不自觉地对生活有了一种基本的态度。在一定意义上，认识你自己就是认识附着在凡胎上的这个灵魂。一旦认识了，过去的一切都有了解释，未来的一切都有了方向。所以，高更在塔西提的创作生活，从最初的隐遁出走，到最后的"终极天问"，应该说是实现了从"忘记了自己的本来面目"，向"未来的一切都有了方向"的迁离与升华，从而无限张扬着生命的热情与生命的本源，无限张扬着"出生的那天和明白自己为什么出生的那天"的最大内涵，无限张扬着人类与生俱来却又被"文明"教化而退失的"生命力"，最终到达了常人无可企及的生命与艺术的绚丽巅峰。

生命的热情何在？

塔西提，高更的塔西提，永远的他乡是原乡的塔西提……

秦岭的奥秘与修为者的情怀

　　初看到名字，还认为与日本有什么关系，可见人的想象力是多么的丰富与芜杂。想来在贾平凹先生的作品中，在我曾经读过的里边，鲜见有与隔着朝鲜半岛的那位邻居有啥纠葛的。倒是莫言先生的那部叫作《蛙》的长篇小说，是以书信体的方式，在与那东隅友人发生着的千丝万缕关系中叙述着故事。于是，就在心里兀自嘀咕了一句：《山本》就是山本，山本是山的本来，是写山的一本书。平凹先生说，这本书是写秦岭的，原定名就是《秦岭》，后因嫌与曾经的《秦腔》混淆，变成《秦岭志》，再后来又改了，一是觉得还是两个字的名字适用于自己，二是起名以张口音最好，而"志"字一念出来牙齿就咬紧了，于是就有了《山本》。"本"字出口，上下嘴唇一碰就打开了。这就如同婴儿才会说话就叫爸爸妈妈一样，是生命的初声呢。

　　近日得知，平凹先生的这部新作，已入选第三届长篇小说年度金奖领衔作品。中国作协办公厅主任暨评论家李一鸣博士，在作为终评评委时，曾将现实逻辑、时代逻辑、人学逻辑与艺术创新逻辑，归纳为今年长篇小说的几个关键词。于是就想，在这个归纳里面，许是藏着这本书之所以能够获奖的秘密。

　　书中所涉的秦岭，我自是还没有去过，虽然祖国的大好河山已游历了不少。可是，我在半年前就已经读过了这部书。该书共计 545 页 50 万字，读完之后，不禁长长吁了一口气。之前读过他的《极花》，他的《高兴》，他的《秦腔》，他的《白夜》。在读他的《废都》时，第一次知道了平凹先生。时间或许已经走向久远，因为那还是在 20 世纪。那时有许多人尚未出生或者刚刚出生，譬如我的孩子以及孩子的孩子。据我所知，他所有的长篇小说的题目，基本都是两个字，可他亲笔题写了"半亩方塘"，用作我的拙著《半亩方塘》的封面，这是四个字。从这本书里，我读到了秦岭，读熟了秦岭，也读懂了秦岭，借此颠覆了我对秦岭的一知半解，也更正了我对秦岭的原初印象。

关于秦岭，平凹先生在这本书的题记中写道，一道龙脉，横亘在那里，提携着黄河长江，统领了北方南方，它是中国最伟大的一座山，当然它更是最中国的一座山。平凹先生自诩就是秦岭里的人，自诩他生在那里也长在那里，所以今生也必然要写《山本》这样一本书。据称平凹先生以前的作品，总是以商洛作为自己的文学领地，一如莫言的"高密东北乡"。可在他本人的眼里，商洛其实仅仅只是秦岭的一个点。因为秦岭实在是太大了，大的如海如洋如神，可以感受与之相会，却无法清晰和把握。平凹先生也曾经规划着要把秦岭走上一遍，这样就可以整理出一本秦岭的草木记，复加一本秦岭的动物记出来。为此在数年里，他陆续去过起脉的昆仑山，去过秦岭始掘的鸟鼠同穴山，去过太白山和华山，去过从太白山到华山之间的七十二道峪，自然也多次去过商洛境内的天竺山和商山。而去过的这很多很多的地方，与整个秦岭比起来，却也只为秦岭的九牛一毛罢了。

在这部书中，秦岭深处的黑河与白河，日夜不息，泾渭分明，交汇形成一个漩涡性极强的涡潭，涡镇于是据此得名。就是在这故事发生地的涡镇上，棺材铺的童养媳陆菊人，也即这本书的女主角，作为陪送嫁妆，从数十里外的娘家带过来了三分胭脂地，不料被赶龙脉的人相中，说是块出官人的风水宝地。就是这块所谓的风水宝地，又被不知情的公公送给了井宗秀，送给了这本书的男主角，用以埋葬自己的父亲井掌柜。而导致井掌柜丧命的缘由，却是因为参加秦岭游击队的大儿子井宗丞的绑票。于是，跌宕起伏的天理人伦大戏就此展开。

在我看来，秦岭，以至秦岭的奥秘，就藏在陆菊人带到婆家去那只猫的眼睛里，藏在杨掌柜门前的皂角树上，藏在井宗秀不断自拔的胡须内，藏在红十五军、国军预备旅、保安队以及土匪逛山刀客捉对厮杀和命如草芥的老百姓的茫然无措中。一切都如过眼云烟，一切都化为了秦岭上的一堆尘土。只有秦岭永在，只有山本永在。因为秦岭是活的，那是生命的力量。书里既没有包装也没有面具，就如有的手表的表面或者背面，刻意暴露着那些转动着的齿轮。书中所变现的不管是是非功过，还是别的什么，最主要的是写出了生而为人骨子里都有的胆怯、慌张、恐惧，以至无奈和一颗脆弱的心；写出了国人的强悍抑或懦弱，善良抑或凶残，智慧抑或奸诈。这一切一切，都给读者留下了深刻的印象。而且无论那时曾是多么认真和肃然，曾是多么虔诚和庄严，"却都是一如佛经上所说的，有了挂碍，有了恐怖，有了颠倒梦想"。所以作为读者来说，几乎人人都需要书中那个铜镜，几乎人人都需要那个瞎了眼的郎中陈先生，几乎人人都需要那个庙里的地藏菩萨。书中虽然到处都是枪声和死人，但它并不是一部写战争的书。作者的本意，只是在关注一块木头或者一块石头，由此就进入这木头和石头中去了。

如此这般，平凹先生通过天地人的多维视角，条分缕析地梳理那段动荡的岁月，讲述发生在 20 世纪二三十年代秦岭的故事。在这个曾经以瓷器享誉世界的国度里，那个年月，自当是一地瓷瓦的碎片年代，自当是战乱频仍的残酷岁月。即时，大的战争在秦岭之北之南连绵不断地爆发，各种硝烟都吹进了秦岭，秦岭里就有了那么多的飞禽奔兽和那么多的魑魅魍魉，渲染着中国人的世事，蕴润着中国文化的表演。而历经巨大的灾难和极尽的荒唐之后，秦岭却什么也没改变，依然是山高水长，依然是苍苍莽莽，依然是岿然耸立，依然是万年旧模样。不止如此，没有改变的还有情感，无论在山头或者山涧，无论在原始森林或者小溪河畔，即便是在石头缝里和牛粪堆上，爱的花朵该开时，仍然是在热烈地绽放。

其实,漫长的写作,从来都是一种修行和觉悟的过程。关于这部书,作者在 2015 年就开始构思,初稿完成于 2016 年底,修改已是 2017 年。在这前后 3 年里,作者时时提醒自己的,是写作的背景和来源。也就是说,追问是从哪里来的,要往哪里去。"如果背景和来源是大海,就可能风起云涌波澜壮阔,而背景和来源狭窄,就只能是小河小溪或一潭死水。"而平凹先生眼中的文学作品,从来就不是简单地记录史实,它事实上是一种评论,然后赋予它一种意义,把自己的思想通过历史呈现出来。从作者的理解来看,历史一旦演变成传说的时候,它就变成了文学。由此,平凹先生深深体会到一只鸟飞进树林子是什么状态,一棵草长在沟壑里是什么状况。于是,最初关于整理秦岭的草木记和动物记的想法,就因各种各样的缘由未能实现,始料未及的倒是收集到了秦岭二三十年代的许许多多传奇,这就促使平凹先生改变初衷,从此关注起了那个年代的传说。于是对这一方面的资料,涉及的人和事,以及发生地,"就像筷子一样啥都要去尝,就像尘一样到处乱钻,做梦都是一条吃桑叶的蚕"。为此,在这部小说创作的时间里,平凹先生一次次走进秦岭,做田野调查,翻阅史料,收集素材,通过反复接触秦岭去构思故事的来龙去脉。

在这部书中,它所描述的虽然是 20 世纪的故事,但是读者却能从里边看到中国人思维和价值一步步向前演进的过程。在这部书中,不时就会惊喜从未见过的云、草木和动物,不时就能看到像《山海经》一样,一些兽长着似乎是人的某一部位,或者不同于《山海经》的,看到一些人还长着似乎是兽的某一部位。在这部书中,可以把那些峰认作是挺拔英伟之气所结,可以把那些潭认作是阴凉润泽之气所聚。每棵树都像极了一栋建筑,各种枝股的形态是为了生长与平衡。树与树的交错节奏,以及它们与周遭环境的呼应,由此而知道这个地方的生命气理,更懂得了时间的表情。在作者的眼里,秦岭的上空是一条长带似的浓云,而云都是带水的,所以云也该是水,那一长带的云从秦岭西往秦岭东快速而去,就是秦岭上正过的一条河。河在千山万山之下流过是自然的河,河在千山万山之上流过是感觉的河。由此,作者突然醒悟到了老子是天人合一的,天人合一是哲学;而庄子是天我合一的,天我合一是文学。所以,作者面对的是秦岭二三十年代的一堆历史,可这一堆历史不也同样是面对了作者嘛。如此,不知是作者有幸,还是这一堆历史更有幸。既然作者与历史神遇而迹化,就该从这一堆历史中翻出另一个历史来的。

　　由此我就想到,在时代的大潮面前,能独善其身的始终是少数。而绝大多数人,无论是鸿儒大家还是贩夫走卒,命运都如风吹飘絮雨打浮萍,都会深刻体会到命运浮沉的无力感。所以,每一个时代都是特定的熔炉,谁也逃避不了它对你的淬炼。每一个时代都是特定的枷锁,谁也逃避不了它对你的框限。所以要在薄凉的世界里活出深情,在寡淡的世界里活出滋味,在喧嚣的世界里活出宁静,在沉闷的世界里活出精彩,在杂乱的世界里活出规矩。总之一句话,在无意义的人生中努力活出一些意义。这大概就是,大概就是人的生生不息和生而为人的宿命。

　　还有就是,秦岭人应该是作为修为者而存在的。书中的各色人等是作为修为者而存在的。极而言之,所有的世人都是作为修为者而存在的。自然该书的作者平凹先生,在这部书的创作过程中,同样也是作为修为者而存在的。所以平凹先生的这部书,不仅是篇幅宏伟的小说,同时也是一部关于秦岭的“百科全书”。就是在这极为广阔的历史视野里,平凹先生以独到的体察和视角,表现了那个时代民众的生命苦难,从而寄寓着自己真切的悲悯情怀。

一枝一叶总关情

"衙斋卧听萧萧竹，疑是民间疾苦声。些小吾曹州县吏，一枝一叶总关情。"作者的咏竹诗不下十数首，唯有这一首可谓受众面最广。这首随口即能吟诵的著名诗词，它的本原自是来自于潍县。抛开它的作者的影响力和时代背景以及意蕴不讲，单是取"一枝一叶总关情"一句，用来形容王学坚先生的《潍县旧事》一书，自认为是比较妥帖的。

在潍县为官数载颇有政声从而深得老百姓爱戴的扬州八怪郑板桥先生，当时在写下这首能够流传百世的诗词的时候，他的心里到底在想些什么，今天我们已经无从全部感知。但是，他深爱潍县这块土地，深爱潍县这方百姓，这应该是毫无疑问的。否则，他怎会发出"三更灯火不曾收，玉脍金齑满市楼。云外清歌花外笛，潍州原是小苏州"的吟哦呢。因为潍县"东自登莱达济西，自然潍县甲青齐"的历史地位和文化的厚重与悠久，古往今来，从不同的角度和侧面，喜爱和研究潍县的人士可谓数不胜数，而在喜爱和研究潍县的今人当中，王学坚先生应当是其中的佼佼者。

我的这个结论可不是主观臆造或者信口开河，而是来自纵观《潍县旧事》全书和王先生创作的初衷：我之所以爱写有关老潍县的文章，是出于自己对它的热爱和怀念。这不仅是因为我是潍县城人，是对家乡的爱恋所致，而且是因老潍县确实是一座内涵丰富、众口皆碑的古老县城。我把老潍县的一些事情写出来,目的在于让众人了解它,认识它,热爱它。尤其是现在的年轻人,对过去的潍县知之甚少,甚至是完全陌生的。他们看了这些文章,但愿能唤起他们对老潍县的想象和认知。而对我们这些年过花甲和年逾古稀的老潍县人来说,写和看这方面的文章,更多的是为了引发和享受对故乡潍县的怀念之情。我们想在遐思和虚幻中再造一个古老美丽的潍县。

所以,既然如此,就这本书而言,那么我们完全可以再更进一步说,王先生的《潍县旧事》一书,尽现了老潍县的风土人情,其中不仅有人物,有事物,有掌故,有见闻,而且每篇都紧扣一个主题,叙尽其详,层层剥笋,将所要表现和想要表达的,清晰完整地呈放在读者面前。读罢全书后给人的感觉,整本书的风格,非是白描,也非大写意,而是如工笔画一般呢。

许多人知道,老潍县历史上曾出过十数位状元,单是清朝末年就出过两位。数量之多,在全国也应是绝无仅有。这些状元,不仅是潍县厚重文化积淀的一个缩影,更是潍县这座历史名城的亮丽名片。为此,王先生在书中先从探究"状元"开始,写出了王寿彭状元卷试探,状元卷和科考殿试揭秘,潍城太平街状元府,状元文化和状元精神。从中,我们不仅领略了作为"状元"之方方面面的风采,同时还知悉了状元得中后的有趣故事。据说新中状元在返乡与家人一起庆贺后,还要做一件事,那就是在其母亲或妻子的陪同下在家乡沿街讨饭。这样做的缘由是,考上状元就意味着新状元已将家乡一地才华风水尽数拔尽,家乡从而要大旱三年。而状元要饭,是象征此一灾荒已经成为过去。其二,新状元考取功名后,不仅不应忘本,而是更要牢记"吃得苦中苦,才为人上人"这句话的真谛。因此,状元要饭便延伸为一种忆苦思甜活动。据知情人讲,曹鸿勋状元要饭要到张兆栋家,要了张家的一个闺女做了曹的儿媳妇。王寿彭状元要饭要到张兆栋家,也要了张家的一个闺女做了自己的儿媳妇。看来,这状元要饭的目的也不纯粹,儿女亲家竟从要饭起缘,怪不得会一度成为当时百姓传喻的佳话。

特别难能可贵的是，王先生在叙写"状元"的各个侧面和层面时，不只是耽于"状元"本身，而是独具慧眼地提炼出了状元文化，首次提出了"状元文化精神"的概念。他认为从王寿彭状元到潍坊的状元文化，这是一个事物逐渐发展的过程，也是人们的认识不断提高和深化的过程。作为状元"首善"之地的潍坊人，不仅最有资格谈状元文化，而且应该从状元文化的概念和内容中提炼和抽象出一种精神性的东西，一种能够启示人们，教育人们，尤其是能够启示和教育青少年一代的东西，也就是可称之为状元文化精神的东西。这就让读者不仅了解了潍县的状元风貌，同时还引发了深深的思考。

在潍县的历史天空中，如晨星般能够长久发出些许光芒的杰出人物，可不只是几位乃至十几位状元才俊，还有众多的名流乡绅呢。譬如这一位就颇有些代表性：曾经见过孙中山，同孙中山亲切交谈过；曾经接待过康有为，康在其家小住并题写过诗词；曾经与印度大诗人泰戈尔同桌共饮，并一起探讨过文学艺术的创作；曾经担任过黎元洪总统府的咨议，还是民国时期的国大代表等等。这个人，就是潍县名绅丁叔言。如此重要的一个历史人物，王先生在书中当然是不会放过的，唯有浓墨重彩的书写，方能展现出丁叔言之绅士风度的全貌，方能表现出丁叔言之《枕戈集》的慷慨悲歌。而与丁叔言密不可分的，还有民国时期的潍县县长厉文礼。"对厉文礼总的评价，很难以好人或坏人一言以蔽之。不能以其有罪而避其功，也不能以其有功而遮其罪，功就是功，罪就是罪，这才是历史唯物主义的态度。"翻阅着王先生的《潍县旧事》，感慨着丁叔言和厉文礼的悲壮身世，我的脑海中不由浮现出了现代诗人北岛那首著名的诗："卑鄙是卑鄙者的通行证，高尚是高尚者的墓志铭，看吧，在那镀金的天空中，飘满了死者弯曲的倒影。"是啊，世界上应该没有绝对的东西，这些形形色色的还有些光芒还能够被后人记住的历史人物，他们故去的身影卑鄙还是高尚，抑或高尚当中包含着似有若无的卑鄙，毕竟，都已经全部化作为历史的传奇了啊。

无须讳言,潍县是座曾经美丽而且现在依然不减当年风采的古城。它的美丽,不仅仅是隐隐透出的几千年历史沉淀下来的文化气质,更来自它持续的清秀端庄和不时的明艳华丽。"仰看中天,皓月当空,一地钲光如琼瑶。看一眼沐着月光的家门,《奇双会》的婉约行腔正由那里悠悠传出。那个秋夜,到处虫鸣,好像是受了笛音的挑逗,有意和唱腔比比嗓门似的,以致把个中秋夜,演绎得诗意盎然。"这是王先生在书中的《京剧在潍县》一文中借别人之口描写的一个场面,真乃如诗如画,如醉如痴。除此之外,潍县的六大关厢,潍县的老字号商铺,潍县的寺庙文化,潍县的东门里大街,潍县的老过道,潍县的老行当,一如潍县这棵参天古树上的"一枝一叶",各自披俱着独有的光华和风韵,从书中鱼贯般涌入读者眼帘,一次一次地大饱着读者的眼福。

　　当然,该书除了有关老潍县的故事外,还有关于其他的一些涉猎。这些涉猎,也占据了全书一定的篇幅。这部分内容虽然涉及面较广,但都各具其应有的存在价值。总之,在这本书中,我们除了能够收获到引人入胜的各种故事外,更重要的是读到了一个浓浓的"情"字。那作者涌动于笔端的情愫,那乡情,亲情,热情,如风满的船帆在胸腔鼓胀。这情愫不仅源自于王先生的心底,亦缓缓流淌至读者的心田。于是我就想,见诸读者的这一个个真实的故事,这一个个有趣有味的"潍县旧事",是如此精当,如此细致,如此准确,如此耐看,那么为了它的浮出水面得以呈现,为了保证它的原貌不至于走样变形,得需要作者在背后付出多少汗水和心血啊。

　　对我个人来讲,王学坚先生是我尊敬的长者,是我敬重的一位专家。记得潍坊学院刚刚组建之时,我受省委委派从医学院校前来该校工作,面对的全然是一片陌生,但是不久我就熟知了王学坚先生。那是因为该校的第一次党课,有人向我推荐可请王先生主讲。借此开始,我便见证了王先生的广博学识和高尚人品。也借此开始,我们成了"君子之交淡如水"的忘年之友。作为北大毕业的高才生,作为潍坊学院的资深教授,作为为人为事众口皆碑的学者，王先生在职时已是著述颇丰，退休后更是笔耕不辍，计有《梦圆居六记》和《潍县旧事》两书出版，听说他的新的文集也已付梓大印中。那就让我以及喜欢王先生作品的朋友们满怀期待，期待着能够早日饱览王先生新作的崭新风采。

文化评谈错杂弹

写在改版开篇时

潍坊日报北海周末全新改版,新设《文化评谈》栏目。邀我开篇,却之不恭。那就恭敬不如从命,来拉杂一点什么,嘈嘈切切一番,权作咚锵咚锵的开场锣鼓。

有人说过,世界上所有追问,归根到底都是文化的追问。所以,我们的报纸和报人,不仅是他们,更是关乎我们每一个人,都应该是文化、是"文化人"的追问者。记得几年前市两会期间,潍坊电视台《聚焦》栏目,邀请我去做关于文化的访谈。于是,我便以毕生躬耕于高等学府、一个所谓有点文化的人的身份,去"高"谈"阔"论地"追问"了一番所谓文化。

当然,与本人一起追问的自当不乏其人,其中,就有美国的文化人类学家洛威尔:在这个世界上,没有别的东西比文化更难捉摸。我们不能分析它,因为它的成分无穷无尽;我们不能叙述它,因为它没有固定的形状;我们想用文字来定义它,这就像要把空气抓在手里,除了不在手里,它无处不在。也许,洛威尔的"追问",是关于文化本源的追问。而我们的"追问",则是在茂密的文化森林里,关于一树繁花的追问吧。

记得我的乡党前辈——著名历史学家赵俪生先生在《篱槿堂自序》中写

道,章太炎先生曾经喟叹,他从苏州动身去往北京,过了长江就感到荒凉,过了淮河就更感荒凉更甚,只有从济南向东望去,仿佛还有点文化人的踪影。此见是否偏颇暂且不论,只是就想,这章先生所说文化人踪影所在之处,大概就是我们脚下这块土地呢。而这块土地上,的确有能够流传于后世而让潍坊人引以为豪的诸多历史遗存和文化名家。

刚刚过去的国庆长假,阔硕的市政府广场上,矗立起一道靓丽风景线,引来众多市民翘首观望并流连忘返。所谓小视角大"视"界,这是潍坊日报社同仁设立的"巨报展"。驻足放眼望去,偌大的空间里,但见一张张放大百倍的报纸,以匠心独运、美轮美奂的魁梧精致,向人们展示了一张别具一格、分外好看的"文化脸"。但见小孩儿奔跑,大人们欢笑;秋阳洒下明丽光辉,熙风轻拂行人脸庞;手挽手的恋人,走过一座又一座,低拱的景观桥。气氛,是如此宁静和祥和,活脱脱一幅现时版的潍上清明上河图。

潍坊从来都是个文化大市,素有"渤海明珠"之称。渤海湾的浪潮,咣叽咣叽涌了成千上万甚至数亿年,给这里堆积起了厚重的历史。其厚重程度,自然不是一首诗就能囊括得了的:"三更灯火不曾收,玉脍金齑满市楼。云外清歌花外笛,潍州原是小苏州。"

无疑,这是一块多情的土地。因为,优秀的文化滋养了它。先天下之忧而忧,后天下之乐而乐。衙斋卧听萧萧竹,疑是民间疾苦声;些小吾曹州县吏,一枝一叶总关情。这里的为政者,不仅记住了青州为官的范仲淹、潍县为官的郑板桥等先人的情思情怀,更记住了党的"为人民服务"根本宗旨。于是,一条条暖心举措,一件件凡人善举,一个个鲜活故事,展现出在建设现代化品质城市中的开拓者、领跑者和奋斗者形象。譬如,全市各级党政机关办公场所停车场,在工作人员下班后即向百姓敞开,在全国开了先河;所有医疗场所停车位,每天的 24 小时和所有节假日里,无偿提供给百姓使用,在全国发了先声;还有那 1029 个孩子的妈妈杨守伟,是深明大义潍坊人的真实写照;那将出租车变身救护车司机师傅王树华,是生活在这里勤劳善良人们的一个缩影；小书院"大先生"的单美华、"潍坊红人"纪金霞等，一个个平凡身影，如道道"微光"集聚成璀璨光芒；"小蓝框"里免费停车，"大白棚"下遮阳避雨，公厕 24 小时开放，公交一元乘车等，一件件民生实事，让老百姓获得感持续递增。

在迎来新中国成立 72 周年庆典的时候，在这千古之问"玥月几时有"的发源地上，潍坊日报北海周末即以新面示人，精心打造一道新的文化长廊，自是如清风拂面一般。尤其是其中的文化版块和《文化评谈》专栏，当会以不同凡响的靓丽身姿，合着时代节拍，起舞在历史天空下。一如苏轼之密州明月，熠熠闪动着迷人清辉；在文化长河里，见证这座城市的明生暗长。

历史上真实的铸匠故事

《铸匠》，一部通过演绎抗战时期潍坊民族工业波澜壮阔发展历程，从而诠释"工匠精神"的大型电视连续剧，自 2021 年 11 月上旬始在央视八频道经典剧场播出。这部由山东省与潍坊市两级党委宣传部门牵头，寒亭区委等六部门参与联合摄制出品剧目的热播，无疑是为潍坊官宣大事件，是为潍人乃至国人一段时间追剧兴奋点，是为影视长廊里新添的浓墨重彩之一笔，是为源远流长潍水文化长河里的一朵绮丽浪花。

"峡山苍苍，潍水茫茫，鸢飞蝶舞，画都潍坊。北接渤海，纳百川之势；南依青云，耀华夏之光。"二百个红炉，三千铜铁匠，九千绣花女，十万织布机，古潍县今潍坊，许久以前就以制造业闻名遐迩。

该剧主要讲述了民国初年，山东潍县青年慕容柏，痴迷机械技术，为制造出中国人自己的柴油机，创办了民族工业企业——泰丰机械厂。及至贼寇入侵，慕容府被日本侵略者霸占，慕容家以两代人的青春和生命，历经创业、分厂、护厂、炸厂、捐厂等一系列事件变迁，以践行"实业救国"之无畏壮举，彰显了强烈的爱国热情和民族精神。正如剧中所言："中国人就像这颗螺栓一样，刚柔并蓄，收藏了它，就像收藏了一颗中国匠心。"同时该剧还全方位展示了本土历史人文和风土人情,可谓充盈着满满的潍坊元素。

铸匠,剧中人是慕容柏,可他的原型是谁?那天与友人——一位其学术成果曾有两项填补国家空白的著名历史学家聊起此事,对其原委已甚是明了——其人本名为滕虎忱。滕先生可谓自幼聪慧,7 岁即开始读书,只是仅读了两年私塾,身为铜锅匠的父亲,就已没有能力支持他继续为学。于是这个年仅 9 岁的孩子,便跟着父亲走村串巷,学起了铜锅铜碗铜大缸的活计。11 岁时就只身去了青岛,因其心灵手巧,虽是童工,却已是德国车务段钳工。自此一发而不可收,15 岁时即成为车工,21 岁时成为德国工厂唯一一位非德国人工段长。此时适逢孙中山先生北上至青,他得知这个消息后,遂在讲演时号召青年人向滕虎忱学习,立志科技报国。

孙先生的讲话给了滕虎忱以极大的激励,于是他便辞去工段长一职,毅然决然回到潍坊,在潍县城南关开设了修械铺。两年后,又集资 3000 银圆,创办华丰机器厂,并于 1925 年造出第一台 12 马力柴油机,由此使潍坊成为中国继上海之后,第二个能制造柴油机的城市。而在这以后短短几年时间里,该厂即能生产 12、15、24、30 马力等型号柴油机。为此冯玉祥先生亦曾两次来厂参观,并捐款 2000 银圆,以支持华丰扩大再生产,并留下"中国若有这样 200 家工厂,大中华将强大无比!"的题词。

日寇侵略染指潍县后,强行征用华丰机械厂柴油机,并将其设备和技工押运至济南,成立为战时服务的济南机械厂。华丰机器厂随之被迫停产。抗战胜利后,济南机械厂被国民政府以战争需要之名而征用。为此滕虎忱只得另行购买设备,在原来一、二分厂废墟上重新建厂。待到潍县解放时,尽管还未达到建厂伊始的生产能力,其生产规模已与上海柴油机厂差距甚小,从而成为中国雄踞南北的两个柴油机生产中心之一。济南解放后,滕虎忱将济南机械厂无偿捐给华东军管会,不久此厂即改名为济南柴油机厂。及至 1958 年,华丰机器厂与从威海迁来的机械修理所合并,名为潍坊柴油机厂,后根据建设需要又分为两厂。由此可以说,没有滕虎忱,就不会有"华丰",而没有

"华丰"，就不可能有今日之"潍柴"。所以有部传记名为《中国柴油机之父——滕虎忱》，当是誉不过实。

该剧是由本地作家暨企业家董兴梅小说《半缘君》改编而来。在谈到该剧创作初心时，这位两岁丧母、十几岁就跟着父亲在机械行业打拼者表示，其心目中的潍坊"优雅而知性"，所以期望能通过该剧的精彩演绎，让更多人了解这座城市，了解民族工业成长历程，了解中国工匠精神的历史脉络与传承。

听那年风雪回响

这个国庆节于我来说，留下深刻印象的，除了市政府广场的"巨报展"，继而的潍坊日报全新改版，就是这部《长津湖》电影了。首映当日亦即国家设立的第八个烈士纪念日，就去看了它。据我观察，与我一样对这部电影感兴趣者众，但见不少市民口口相传相约，男女老少举家前往。但见电影院内观众如涌，佳评亦如潮。更有甚者，诸多观众观影过程热泪盈眶，观影结束起身敬礼，用轰动效应形容之也不为过。

据报道迄今为止，该电影累计票房已近40亿元，观影总入次超过一个亿。此外，该电影还打破多项中国影史纪录，创造了中国影史战争片单日票房之最，成为中国影史历史题材电影单日票房冠军。据称目前该电影已跻身中国影史票房前10，并以超过5亿美元总票房，位列2021年度全球票房第4名。一部电影能有如此效果，已是多少年来所未见。

国庆节平添"浩然气"，亿万观众入"戏"来。这部电影确实好看。之所以如此，我想其中最重要的，是因为题材选得好，可谓适应了时代的要求。众所周知，从抗美援朝战争爆发，到现在的半个多世纪里，以魏巍报告文学《谁是最可爱的人》以及电影《英雄儿女》《上甘岭》等为代表的一批优秀作品，已经成了一代又一代人的历史记忆和精神食粮。而今天站在一个全新视角的《长津湖》，更以一个志愿军连队为人物群像，愈加真实呈现了抗美援朝战争的背景概貌和若干细节,重新诠释了那场战争的惨烈残酷,从而讴歌了志愿军军人的勇敢无畏与伟大崇高。如此,就具有了特有的历史意义、特有的社会价值以及难能可贵的高端品质。

这部电影,应该说,告诉我们的是震撼,是血性,是视死如归。和平需要提醒,爱国需要提醒,人们需要提醒,初心需要提醒,"筑成我们新的长城"需要提醒。我想这是这部电影主创人员,在拍摄时可以体悟到的一个意义所在。我还想说,在抗美援朝中,无数的英雄都在战场上牺牲了,包括深受人民爱戴的领袖的儿子。而我们,这些已享受了 70 年和平红利,且仍在继续享受着的人,没有资格随便对他们品头论足,只能仰望他们,像仰慕图腾、仰望星空一样。

让我们将时间回溯到 1950 年 11 月。当时中国人民志愿军第九兵团,奉命赶赴朝鲜参加东线作战。为此该部 15 万志愿军指战员,在长津湖地区零下 35 摄氏度的酷寒中,与美国王牌师——陆战一师,展开了一场长达近一个月的大决战。

这场决战可谓太过残酷,堪称人类历史上寡而又寡的血战之一。在如此恶劣的气候条件下,无论志愿军九兵团还是美陆战一师,无疑都付出了极大代价。尤其是我们的志愿军,在后勤极度匮乏与通信不畅,加之攻坚火力不足的情况下,能够敢于与世界上号称最精锐部队对垒,与其说双方有别在作战能力上,不如说是有别在坚韧意志和牺牲精神上。与其说此战是武器和战术之搏击,不如说最终演变成了双方意志的殊死较量。

这次战役,不仅创造了我军在抗美援朝战争中全歼美军一个整团——北极熊团——的辉煌战绩,迫使不知撤退为何物的美军王牌部队,经历了有史以来"路程最长的退却",更是成了战争史上被持续关注的经典战例,以至让戎马一生的美军五星上将发出无奈的喟叹:"谁要跟中国陆军打仗,一定有病。"毋庸讳言,此战乃为新中国的"立国之战",可谓打出了中国人的精气神。所誉浩气永存的"冰雕连"是也,所言"我们把该打的仗都打完了,我们的后代就不用再打了"是也,让新中国从此成为世人无法忽视之存在。

我的眼前闪回着这样一个画面:中国人民志愿军第九兵团奉命班师回朝,在踏进国门前的那一刻,该部司令员宋时轮眼含热泪,伫立良久,向长津湖方向深深鞠躬。

让我们记住这部电影,记住长津湖,尤其记住这些英勇无畏的将士,记住这须臾不可忘却的历史。

听那年风雪回响

传来冲锋号角多么地嘹亮

有人用生命捍卫他心底的光

那是信仰……

那首歌

自看了美国好莱坞《拯救大兵瑞恩》之后,就期望,何时我们也能拍一部,如此一般战争大片出来。

一如我者之观众,想来应该不在少数。

还真的有了。

燃爆国庆期间观影热潮的电影《长津湖》,以气势恢宏之画面,全景式、史诗般呈现了长津湖之战。其精心设计的故事情节、如身临其境的战斗场面,使得近三个小时的片长极限,丝毫没有冗长之感。

无疑,对于有责任心的电影人来说,能拍一部爆款大片,且是他们的梦想和追求。这部影片的成功说明,只有笃信品质为王,注重影片内容和艺术创作高度统一,你的作品才能直抵观众内心。

当然,要做到这一点谈何容易,为此该电影主创团队真是下了功夫。只观其拍摄阵容即可略见一斑:黄建新担纲总监制,陈凯歌、徐克、林超贤三大导演共同执导;工作人员逾万,启用包括军人在内7万名群众演员。可谓前所未有,为影坛所仅见。

我们知道，任何一种文化，无非都是一种意识形态的存在，电影自然也不例外。而电影艺术的最高境界，当是精神与技术的水乳交融，从而让精神在艺术思维中得到递增和升华。以此为鉴纵观这部电影，无论是场面调度与战术指导，还是从宏观到微观再到细节，都堪称国产电影史上史诗级影片，堪称国产战争片新标杆；无论从导演到演员再到工作人员，还是从特技到拍摄再到音乐，每一环节都在围绕精心塑造人物、还原真实战争场面而磨合运转。如此就使其本身传递的情感力量，彰显出作为一件诉诸视觉听觉艺术作品的巨大精神感召力，从而引发高涨的观影热潮。

人总是要有点精神的。岂止个体的人，一个团队，一个民族，一个国家，莫不如是。这部电影的"燃"点，应该就在于能给人一种向上的精神力量。当观眼下，我们期待这种精神力量，能够深入国人血液和灵魂。这部电影还警示国人，在我们和敌人之间，真理，一定是在大炮射程之内。我们和敌人较量，一定是"生死"和"价值"，而不是什么"嘉年华"。唯有如此，才能让他们乖乖坐在谈判桌前。

电影还特别注重了细节表现。我们的战士并非不食人间烟火，也是血肉之躯。见了敌人逃跑遗留下的美女照片也心动不已，见了敌人扔掉的罐头也馋涎欲滴，见了敌人的机械化装备也羡慕嫉妒。但是，在战场上，他们一定有着钢铁般意志和必胜之信念。

有些不遗余力地给这部电影唱赞歌，并非它就完美无缺。譬如，节奏稍感拖沓，层次稍欠分明，有大水漫灌之虞，脸谱化尚存。但白璧微瑕，决不失为一部难得的鸿篇巨制。

一首歌一直萦绕在电影里。那首歌，就是《沂蒙山小调》。首唱它的是雷公，电影中的主人公。当然电影中的主人公不只雷公，更有伍家三兄弟。易烊千玺饰演的伍万里，有一条清晰人物成长线。而吴京饰演的伍千里，则是全片灵魂人物。还有大哥伍百里，虽然没有出场，却也如在眼前。电影内，小调变成了大调，成了主旋律，成了神韵和"内核"，成了只可意会不可言传意境之所在。

"人人那个都说沂蒙山好,沂蒙那个山上好风光。"作为齐鲁人,没有吃过沂蒙山煎饼的或许不少,但不会哼唱沂蒙山小调的应该不多。影片里的人,都在咏唱它,在奔往朝鲜火车上唱,在战斗间隙里唱。战斗英雄雷公,牺牲前唱着它闭上了眼睛,仿佛要让它带着他回归故乡。想来导演可能觉得,沂蒙精神和抗美援朝精神,具有一脉相承的特质吧。

总有一些感动,能让心灵相通。总有一个节点,能使热血沸腾。总有一桩事件,能将记忆唤醒。总有一种精神,能够穿越时空。这一切,俱是指向了电影《长津湖》。所以,这部电影之所以好看,除了题材选得好,适应了时代要求之外,还有另一个重要原因,就是拍摄水平高,适应了观众的需求。

最可爱的人啊多想对你讲

如今山河无恙如你所想

最可爱的人啊我们不会遗忘

你那永远坚毅的模样⋯⋯

背影和片尾曲

山河无恙烟火寻常,可是你如愿的眺望。孩子们啊安睡梦乡,像你深爱的那样。而我将梦你所梦的团圆,愿你所愿的永远⋯⋯

电影散场了,观众起身离座。在只剩下我和我的家人在几近空无的影厅里,将脊背倚靠在第一排座椅上,继续沉沦在片尾曲里。片尾曲时长五分钟,这里辑录下的歌词,不及其中的六分之一。儿子见我一副如痴如醉甚至不能自已的样子,偷偷用手机拍摄了我以屏幕作背景的背影,然后在照片处注上一句话:我带我的父辈,来看,《我和我的父辈》。

总有一个节点,会让你热血沸腾。走出影院后,我立即在手机上推发了个朋友圈:太有感了,虽未能与《长津湖》平起平坐,却也表现不俗。其中太多的意想不到,太多的出人意料。它给人一种力量——向上的和天来的力量。

人生自古谁无死,留取丹心照汗青。古人文天祥早就抒发过的喟叹,恰好给今人这部电影做了最好的诠释。还有影片中诸多鲜活话语,亦在脑际里不断闪现:老天爷在咱这边呢。在没有完成任务之前,男同志都不要回家。咱不能让孩子觉得,他们的爸爸死了。神奇的不是他,而是我们每一个人。是你,创造了我,你才是我的老爸。孩子,是让我们,创造新世界的开始。

整部电影用集锦片形式拍摄而成,讲述了四个故事——按照时间轴线,依次是吴京导演并主演反映抗战题材的《乘风》,章子怡导演并主演反映两弹一星题材的《诗》,徐峥导演并主演反映改革开放题材的《鸭先知》,沈腾导演并主演反映现代与未来题材的《少年行》。影片围绕牺牲与奉献、创新与梦想等时代主题,以革命时期与建设时期、改革开放和走进新时代为历史坐标,从解放战争、基础建设、现在与未来等几个维度,透过家人亲情和家国情怀视角,可谓淋漓尽致地诠释了几代"父辈"人的奋斗历程,再现了无数国人努力拼搏的时代记忆,自是不乏青春热血,不乏人之常情的喜怒哀乐。

观影迄今已逾数十日,可那些感人至深的画面,仍然时时浮现在眼前——

《乘风》一节里,一边是自己保护的数百名老百姓,一边是儿子乘风在内的几位战士。作为司令员的父亲,在犹豫片刻后,毅然将自己的儿子作为诱饵引开了日军。就在儿子牺牲的时刻,在被他救下来的人群当中,有一名新生婴儿诞生了。也许正因为有了这死亡与新生的交叠,一些精神层面东西才能够得以传承。所以母亲当即为其取名"乘风"。

《诗》中的事业隐秘而又伟大。那些广袤的沙漠,是多么艰难的地方;那些土屋土墙,是孩子们上学与游玩的空旷。这一切,带我们来到了另外一个世界。作为航天器的开拓者,他们夜以继日地工作,不断试错,随时都会有爆炸殒命的危险。影片在这一节里,从孩子的视角,把"死"的课题摆到人们面前。挫败算什么,死亡威胁才是最大考验。

《鸭先知》中所表现的是一普通而又不凡的人,是他拍摄出中国第一支广告。无疑,这位主角是跟随改革开放并生逢其时人的一个缩影。在时代的风向标里,其敢于做第一个吃螃蟹者,敢于做"春江水暖"第一只下水的鸭子,由此也就担负起了某种历史使命,成为中国经济巨轮启航的重大标志之一。

《少年行》中沈腾饰演一个机器人,一次机缘巧合与学生"小小"相遇,由此激发了这个学生对科技的浓厚兴趣,骨子里本就隐藏着的创造力也借此得以充分显现。总之,整部影片告诉人们,经过多少平凡而又伟大的父辈努力,才成就我们美好的今天。所以梦想必须延续,不忘初心更是我们责无旁贷的使命。而那薪火相传的一代,终将会有更加出彩的继承与创新。

忘不了影片中的那句台词:"生命,是用来燃烧的东西。死亡,是验证生命的东西。宇宙,是让死亡渺小的东西。渺小的尘埃,是宇宙的开始。平凡的渺小,是伟大的开始。"而我们所能看见的,则往往是父辈的背影。那就让我们在一首首或长或短的片尾曲里去续写新的篇章。

附录

渠河岸边的"老牛"

腊月

　　"老牛"其人据说很严肃,我看他《半亩方塘》里的照片也是处处一丝不苟的严谨。据说他是退休的厅官,鉴于我对官职的认知能力和老家的乡亲一样,只知省长—县长—镇长—村主任的次第顺序,所以也不知"老牛"到底曾是个多大的官儿。

　　我一开始认识的"老牛"是个书评写得很好的博学多才的文化人,是渠河和运粮河边走出去的老乡。而我父亲嘴里的老牛叫"钟顺儿"。这个名字老父亲喊得那么顺口儿,儿化音使得它听起来颇像个乳名,仿佛老牛还是那个十七八岁温文腼腆爱学习的小伙子。

　　老父亲喊这个名字如此顺口儿,是因为20世纪70年代初那些年里,他曾作为驻村工作队员,居住在老牛家院内直通西园的侧房里。那时的"老牛"还是个稚气未脱的高中学生,还是个一见我父亲喊"叔叔"就脸红的"小牛"。而小牛的父亲那时才是真正的"老牛",是村里的支书。他们住在同一片屋檐下,可谓低头不见抬头见,有时还会在一个锅里摸勺子。

　　因着上辈的关系,在我和他以文相识后就感到格外亲切。在以后偶尔参加的一些文化活动中,见到他便成了自来熟。面前的"老牛"总是稳稳当当不卑不亢娓娓而谈,不显活泼却也不算严肃。

走回渠河岸边的"老牛",也许真的就不再是严肃的"老牛"了。

在那个安详的洒满阳光的河边村子里,他拎一马扎,跟在年近九旬的老娘身后,慢慢走在街上。直汇合到那三五成堆的老人们里面,放下马扎,扶老娘安坐好,他就在老娘身旁站着,看着,听着。间或也讲一个故事或者笑话给这些老人们听。——在这样的一堆人中,在生养他的村子里,在老浯河的怀抱里,他哪里还有叫"老牛"的资格啊,就是按辈分"大娘大爷婶子大叔"地叫着。这群人里,他是最年轻的。尽管他因年老而失智的老娘总是喊他"锅锅"。

渠河岸边的"老牛"很随和,随和地和乡邻们一起吃着家乡大锅里煮出的小豆腐,一起在小院里喝酒聊天,一起唱他们从前村里老师教过的歌,一起和相熟的村民下河捞鱼。

有时去河里捞上来的鱼,乡邻人家的媳妇儿嫌腥,择鱼清洗收拾便成了"老牛"的营生。在那所小院里,梧桐树荫下拄着拐棍慢慢踱步的老娘,院子正中一盆一凳一把剪刀,就是"杀鱼手艺"不怎么样的"老牛"一下午的时光。

平日里一走出大门口,街上就响起热情的招呼声。村里的人跟"老牛"说说笑笑,气氛融洽到似乎他一直就没离开过这个村子。更有他的兄弟们,在外出干活时特意用瓶子装回一只萤火虫儿送他,晚上他在他的老屋里开灯关灯,玩儿得不亦乐乎,完全没有见过"大世面"的人的"风度"。

村里只要做有利于村民公益的事,他也特别爱去上个"凑"儿。譬如今年村里搞"户户通"路面硬化工程,他听说后连夸这是个好事情,赶紧从自己的工资里拿出一笔钱,给村里捐助了个万儿八千的。他的慷慨解囊,感动了村民和村两委班子,决定给他一点儿"奖励":别人家的就是"硬化"门前的中间路面,而他家的门前给"硬化"到了南墙根。由此,他的门前成了一个光滑水泥地面小广场,成了乡亲们白天晒粮晚上纳凉和聊天的地方。由此,"老牛"为享受到这一"优待",从而有了一块能与众多乡亲谈天说地的"风水宝地",沾沾自喜了好久。

就在这小广场的夏日晚上,他给乡邻们一字一句地朗诵和解释席慕蓉的《点着灯的家》:

其实 我们
所求卑微 不过只是希望
孩子都能平安长大
在每个温暖的节庆里
在每张泛黄的相片里 我们
都能紧紧地搂着他

其实 我们
所求卑微 不过只是希望
能够有段无怨无惊的岁月
有片可以耕种的田野
有些知心的友伴 有些
可以诉说可以互相交换的期盼
于是 眼神专注 微笑慢慢绽放
我们在镜头之前或是端坐或是拥抱
慎重地留下 几张
将来也许可以传给子孙的家族合照

其实 我们
所求何其卑微

人生一世 辗转天涯
想保有的不过就是像这样一小间的
点着灯的房子
一小间的点着灯的家

"老牛"的生活重心是他得了阿尔茨海默病的老娘。每天要给老娘喝多少水，老娘喜欢吃什么饭，是要拉了还是尿了，周围有没有不安全的因素存在……他都要细心细致地观察到，照顾好。他像个孩子一样给老娘唱歌，跳舞。对他卖力的表演，大多时候懵懂的老娘心不在焉，置若罔闻；偶尔会回应他，跟着哼唱几句，或者说声"奇好"，这时老牛便真的高兴成了一个母亲面前的小孩子。

夏日里老娘还未睡醒的早晨，是"老牛"属于"自己"的时间。他出去走路锻炼身体，也去寻找一些久违了的东西。于是，村子的街街巷巷花花草草都一一入了眼；于是，那个渠河岸边，有了他一个人踩出来的草间小径；于是，那只漫步途中的野兔和河滩上梳洗的鸟儿，得以经常听到他有些"安普"味道的歌唱和吟诵，那么舒畅，那么欢欣，那么惬意满满。

秉承少年时就表现出的勤奋好学的"天赋"，"老牛"跟小辈儿学会了玩抖音，于是一发不可收。

在伺候老娘的间隙，他把唱着革命歌曲的老娘和晒太阳的小狗发上去，把院子里他的家庭成员般的那棵老梧桐发上去，把围绕着老梧桐窃语的那个月亮发上去，把村前的大姜大葱和地里的"园屋子"发上去，把西北岭的高粱玉米发上去……

最"可怕"的是，那条并不怎么出色的渠河，村前河滩的那一处弹丸之地，被他渲染得尽人皆知，也带动起一帮身在外地的临沂人的狂热。河滩上疯长的草在他的抖音里成了锡林郭勒盟的大草原；那人工开凿的河道里流淌着的水，一会儿是山涧清溪，一会儿是滔滔黄河；这里是白鹭的伊甸园，这里是羊群的游牧场;有村人在夕阳里打鱼撒网,有牧羊犬跟着在水里撒欢;还有他自己发现的"新大陆"——一片被水环绕人迹罕至的干净细软的沙滩,他命名为"我的沙滩",光着脚丫在上面来来回回,踩出一串串开心的脚印。

他远方城市里的朋友来了，他的旧日同学来了，他退休的同事们来了……他们欢笑,"老牛"更高兴。他的南河被这么多人喜欢,于他是件幸福的事。他和他们一起,在夏日的渠河边,重温起童年的快乐。

阳光把他坚韧中合着的疲惫拖入到脚下的影子里，就像他把渠河的缺点滤到了风里一样。爱读书的"老牛",以他书评的风格,用鼓励、欣赏、喜欢和爱的角度,来解读着他的家乡,解读着家乡的人和事。

渠河的盛季过去,水凉,不能再赤脚蹚河。秋草在风里结了籽,树叶在河堤飘舞成蝴蝶。按照老牛自己的说法,这个时候的他该像一只来回的候鸟,准备带老娘回城里过冬了。

河边的人稀少了,河床裸露得却宽广了,许多许多被千万年的流水打磨光滑了的石子又吸引了"老牛"。他一块块对着阳光看过去,看到它们都是如此的通透和美丽,像穿过堤坝杨树间的清晨阳光,带着清新和干净的气息。这是从前他跟南河朝夕相处时所没有发现的。

于是,他在朋友圈里写下诗一般的文字:

满眼满河,俯拾皆是。

如雪白,如鹅黄,如秋叶。纹理细腻,肤如凝脂。

历经千年万年甚至亿年,每一粒都承载着时光的故事。

它是玉的兄弟,温润如玉。它是光的宠儿,斑斓如诗。

不少村民眼里的"旮沟蛋子",无视鄙视;我的眼里却是美轮美奂,奇妙无比。

我驻足打量,我仔细端详。我看见了它的一眼万年,我听见了它的涛声依旧。

我要把它捡回去，放在我的手边，窗前，案首，床尾。

有一个美丽的传说，精美的石头会唱歌……

他拣一些带回去，又拣一些带回去。他深深地呼吸着河滩上的空气。这里，有着他们娘儿俩太多的熟悉的味道。

他说，渠河是条河，岁月是条河。历史是条河，人生是条河，母亲是条河，你我是条河。有的河永远不老，有的河却会老去。将老去的河老去在这不老的河边，让老去的河融化在这不老的河……

此刻的"老牛"很"贪"，他贪婪地看着眼前记忆里的、热爱着的、熟悉的一切，一草一木一枝一叶一沙一石，什么都想揣进兜里，什么都想装进怀里。

（作者简介：腊月，本名苑汝花，文字多见于《参花》《青海湖》《中华文学》《齐鲁文学》《农村大众》《青岛日报》《潍坊日报》《潍坊晚报》等报纸刊物及山东—中国诗歌在线等多个网络媒体，现居安丘城区。）

问渠哪得清如许

吴存浩

牛钟顺先生的《半亩方塘》之所以震撼我那颗已经许久没有被如此激动过的心，其中"源头"即在于"活水来"。《半亩方塘》的"活水"，"源头"是牛先生的"真心"，是牛先生多年积累在心中话的宣泄。我这个人读书较为挑剔，凡是自己看不上的书，如同老舍所说的读《三字经》一样，"打死也不读""除非判刑才读"。因此，我的枕边所放的书是老舍、孙犁、巴金、沈从文等老作家的书，因为他们是在用"真心"写书。这些老作家所写的书，正如老舍所说："我每天落在纸上的不过两千字，但放下笔的时候，还在思考，想得多了，更从笔下流出泪和血来。"《半亩方塘》便是"从笔下流出泪和血来"的书。

《半亩方塘》是我多年来未见过的作者用"真心"写的书！不是吗？书中既有牛先生为父亲的病而流泪的焦急，又有作为长兄对小妹成为农民漫画家而赞誉的亢奋，还有牛先生为家庭和睦、温馨所担负的责任；更有"做官不能图财""不能搞关系"的自白；有抓紧休息日、出差、病床上点滴时间读书"这就很好"心地的坦然。在"稍显局促的空间里，陪伴自己读书的是书桌上的几盆文竹，还有那在圆形的鱼缸里游动着的红色的鱼儿"。"少一些浮躁。多一些安静,少一点儿功利,多一点儿书香";"使精神不再贫乏,生命不再孤独"。多么恬静,多么"遂人意"。在牛先生看来,"书中苦追寻",这是"觅得栖息地"。买书,读书,写体会,写评论,不仅将自己几乎终生对于人情世事、家长里短的理解,全部用一颗心写了出来,而且将自己所主张的男女之爱、婆媳之惑、做事为官、觅道做人的道理也一股脑儿浓缩在他那《半亩方塘》之中。《半亩方塘》是牛先生退休之前不到 7 年间所写的书评,以及几篇被名之为"细润无声"胜有声的散文集锦。散文是牛先生心声的直白与呐喊,书评则是他用"真心"来评论他所看过的文学作品,既是对作者心灵的剖析,又是与作者平心静气的对话。是评论,亦是沟通。沟通是主体,评论仅是画龙点睛而已。虽名为《半亩方塘》,但比那浩瀚洞庭、宽广鄱阳都浩瀚得多,宽广得多。因有"真心"在,《半亩方塘》才拥有了最令人感动也最震撼人心的"活水"。

"真心",便是《半亩方塘》"活水"的"源头"。

何况,《半亩方塘》"源头"所来"活水"并非一股。起码,牛先生《半亩方塘》之中所用文学评论的理论当为最清澈的一股。多年来,所能见到的文学评论尽是些挥舞着大棒子打人的评论。所挥舞的大棒子无外乎两根:一根为现实主义;一根为浪漫主义。如此两根打人的棍子漫天横飞,说来也不能怪那些从事文学的评论者,个中原因,还有那些"传道、解惑、授业"的教授们。君不见,在当今大学的课堂上,讲授文艺评论的许多教授们所送给学生的理论便是这两根无所不能的大棒子。这两根大棒子吓人得很,不知有多少文学英才刚露头角便被扼杀在摇篮之中。不过,追溯一下,如此文学评论仅是套用外国文学理论来解释中国文学的一种模式,一种动辄以现实主义与浪漫主义来剖析中国文学艺术的恶习。不是吗?浪漫主义是西方学者在文艺复兴运动中打出来的文学旗号,而现实主义则是俄国人分析和总结他们的文学发展之路时提出来的一种概念。两根棒子本来风马牛不相及,不知被何人连缀在一起,后来便成为中国文学评论的理论与依据,这未免让人感到"还是西方月亮圆"的味道。

用现实主义与浪漫主义来评论中国文学是完全不适用的。例如,《诗经》即被有的文学评论家认为"是一部体现现实主义和浪漫主义的伟大作品"。恰恰相反,《诗经》所带有的一点现实主义表现手法,仅是为中国先民思考天人关系这个主题服务的,是托物寄兴、借景咏怀的"比""兴"手法的具体运用,所表现的是先民对于大自然的崇拜,是带有悦天、悦地、悦神和悦人思潮得以保留而使《诗经》成为图解"天人合一"这个中国文化主题的赞歌,是中国文化中所提倡的"推己及人""推己及物"在文学艺术中的充分体现,是中国人通过"移我情"与"移世界"途径来追求人间之美与自我之美的一种审美情趣的宣泄,是驱使中国文学走了一条不同于西方文学发展之路的"活水"所在。带有如此特色的"活水",自古至今,所在多有,俯拾皆是。无论是文学家所写作品,艺术家所绘图画,还是思想家所谈治世之道,科学家所云制作之技,或是草民所说为生之路,百姓所道平安之为,都无不自觉或不自觉地在使用比、附、兴等思维方式。因此,可以说,以寓意性手法来观察世界、分析世界,既是中国人所惯用的思维模式,也是中国文化的一种特色所在。对此,齐白石老人曾说过的一句话:"客谓余画观音大士,何以美丽而慈祥? 余曰:须知大士即吾心也。"可见,文学作品将是文学创作者凭借"吾心"对于"观音大士"的描述与刻画而已,而文学评论既是在于评论"须知大士即吾心"的奥妙所在,也是评论者将评论作为表白自我"吾心"的媒介。"吾心",便是《半亩方塘》的"活水"所在!

  牛先生的《半亩方塘》既是这样一部以"比""兴"手法来进行文学评论的"推己及人"之作,也是以"比""兴"手法来抒发自己胸臆与心怀的一部"推己及物"之作。在《半亩方塘》之中,不仅全然不见一点现实主义与浪漫主义的任何说教,更不见现实主义与浪漫主义这两个词汇的半点踪迹。所有关于文学评论的篇章,皆是牛先生这个评论者与作者心灵的对话。如此对话,较之挥舞现实主义与浪漫主义两根大棒去打人要难得多。这不仅要求评论者对于所评论的文学作品要有高度概括,更重要的是要求评论者对于文学作品的作者所拥有心态的准确把握。阎连科的长篇小说《风雅颂》被视为主题荒诞不经,但牛先生认为:"这部作品的价值,不在于它的荒诞主题,也不在于它的映照现实，更不在于它的表现手法，而是在于它与《诗经》的藕断丝连。其实，与《诗经》藕断丝连的又何止这一本书？我们每一个华夏子孙，不管自觉与否，哪一个不是与《诗经》有说不清、扯不断的关系啊！"好一个"说不清、扯不断的关系"。这实际上就是中国人以"比""兴"手法为体征的"推己及人"与"推己及物"的思维方式。"关关雎鸠，在河之洲。窈窕淑女，君子好逑。"这不是浪漫主义，也不是现实主义，而是如同牛先生所说，是"穿越中国西周春秋时间数百年的时光隧道，在历史的长河中蜿蜒行进"的民族特有心理观念，是中国所特有托物寄兴、借景咏怀的艺术，是"比""兴"手法和"推己及人""推己及物"艺术的一种运用，是"天人合一"思维模式的再现，是三代以来流传至今仍然还具有无限生命力的中华民族的活的文化基因。牛先生以如此思维方式来评论文学作品，在当今文学评论界，可谓独树一帜，不敢说是前无古人的，但可以说是近几十年来寡见他人的。这才是真正的文学评论，是我所见到的当今第一次摒弃现实主义与浪漫主义两根令人厌恶的棒子的文学评论，是《半亩方塘》一股真正的"活水"所在，一股足以令文学评论界为之一振的"活水"。

《半亩方塘》再一股"活水"，便是牛先生心中那座高高的金字塔。这座高高的金字塔是由牛先生对家庭、对亲人、对同事、对工作、对民族、对国家深沉的爱所凝聚起来的，是牛先生对60余年人情世事的感受所铸造起来的，更是牛先生"书中苦追寻"的一种结晶，是一种人生哲理的沉淀，一种信仰的升华。因此，《半亩方塘》才成为一本人生哲理之书，一本人生信仰之书，一本没有任何说教之语但却令人为之折服的书，一部今版"修身齐家治国平天下"的自我剖析之歌。

不是吗？对于家庭，在父母面前他是绝对的孝子。因此，作者"一直认为，人活着，健健康康地活着，并有亲情、友情陪伴呵护，就是人间最大的幸福。然而，这样的幸福有时却也难以求得"。牛先生"曾与父亲相约，出差回来后即回家看望他"，但没有等到出差回来，"父亲却在这样一个冰冷的冬夜离开了"。"一次电话，竟成了永别。我的父亲，竟选择在我出差的时候，永远地走了，甚至来不及让我履行我们的约定"。对于爱情与婚姻,牛先生说自己的"观点有些老土"。但这"有些老土"的观点却是那样的富有哲理,当为爱情与婚姻的至理名言:"爱情是精神生活,遵循的是理想原则。婚姻是社会生活,遵循的是现实原则。所以,爱情尽可以浪漫,婚姻却要用心经营。爱情可以不食人间烟火,婚姻却离不开油盐酱醋茶。"对于工作,牛先生在评论日本女作家青山七惠《一个人的好天气》中予以表明:此书所描写的是"并不颓废,也不鄙视体力劳作""喜欢随意,喜欢轻松,喜欢新鲜,更喜欢个性""不稀罕稳定的工作,却热衷于自己认同的生活"的"飞特族",之所以在中国畅销,个中原因"是因为年轻人开始有不同的工作价值观,越来越自由自在的生活";而中国的"父母对子女的超前性投资以及中国家庭特有的储蓄观念……让中国'飞特族'们有了保持这种状态的本钱";加之"基本生活成本的廉价也是出现'飞特族'现象的一个重要因素"。牛先生对于青年人中出现的这种现象,没有横加指责,而且认为"'飞特族'是社会上新出现的一道风景……我们要做的,不是简单地对这道新风景指手画脚、说三道四,而是理解新风景、观赏新风景、保护新风景,引导他们安然经历成长的春夏秋冬,迈出踏入社会的第一步,张开臂膀去迎接春天。因为,只有春天,才是生机盎然的美好季节"。如此一位关心亲情、爱情、工作、下一代的作者,所抒发的不是一首"修身齐家治国平天下"的时代绝唱吗? 这就是为国家操劳着的公务员形象,一个多年从事教育工作者的形象,一个心中拥有信仰的高高金字塔的作者的形象。有此高高的金字塔,《半亩方塘》自然拥有源源不断的"活水",因而"天光云影共徘徊"也就势在必然了。

（作者简介:吴存浩,潍坊学院历史学教授,出版专著 15 部,发表论文 79 篇,其中 200 万字的《中国农业史》一书填补中国农业史研究空白,被认为是中国经济史研究中的一项重要贡献;《中国婚俗》一书被学术界认为是"中国第一本可以放到世界民俗书库中的民俗著作",为潍坊市拔尖人才,曾荣获"曾宪梓奖"三等奖。）

后记

寻一处镶着云影的泽畔

我家门前有条河。自退休后每年大部分时间都带着娘亲回到这里,回到这个渠河北岸曾经生我养我的村庄,直到老人家于辛丑仲秋驾鹤西去。

料峭春风新曦微露中,伫立在这个祖辈留下来的农家小院里,我首先嗅到了一种花的香气。

香气从我与娘亲睡眠的东炕房屋窗前溢出。

一种黄黄的、小小的、一点也不起眼的、不华丽的花。

我对花并不敏感,可对这种花,却是别样。

它是迎春花,是早已远行的父亲当年种下的。

《迎春花》,作为小说读它时,我还在小学的三、四年级。此时"文革"已经发生,已不记得是从哪个同学那儿,弄来了这本没头没尾破烂不堪的书,但却记得父亲在耳边叮叮:这是毒草,别中了毒。

那时不知道它的学名叫小说,一律称为"故事书"。我不认为这是艺术的真实,而认为这是生活的真实;觉得故事里的人都是有名有姓的,都是真真切切地发生在一个地方的。而且，我还不时地想，等长大了去找寻这些人，去见见这些人。其中女主人公的名字，还用作了小妹的乳名。

一晃数十年过去了，我现在倒认为父亲的话是对的。我的确是中了这本书的"毒"，而且"中毒"很深。因为从《迎春花》开始，在不太长的时间内就陆续弄到了《苦菜花》《青春之歌》《林海雪原》《红日》《红岩》《三家巷》《西游记》《红旗谱》《创业史》《战斗的青春》《野火春风斗古城》《钢铁是怎样炼成的》等，对"故事书"的嗅觉也由此变得格外灵敏。当然，大部分都是偷偷摸摸地借，偷偷摸摸地读，偷偷摸摸地还。这些书，几乎伴随了我的整个少年时期。还有就是，长大后要当一名作家的愿望也就此发轫。

少时梦想当作家，及壮始知当亦难。直到 20 世纪末和 21 世纪初，我从潍坊医学院调往滨州医学院，又从滨州医学院调往潍坊学院后，在繁忙的工作之余，被当地影响最大的一家报纸聘为专栏作者，为每周一期的阅读专栏写稿，由此才算是正式与"文学"沾上了边，年少时心里种下的那颗种子也借此开始朦生暗长。这段时间里，我写下了近二百篇书评文稿和散文，作为主编之一或独立完成出版了三本文集，由此成了首届山东文艺评论家协会常务理事和山东作家协会会员。

有人说小时候盼长大，长大后盼退休。的确是的。在拥有四十余年工龄后，终于迎来了退休后的闲适时光。在陪伴娘亲的日子里依然坚持笔耕，见缝插针写下了二十余万字。这些文字大都发表于全国各文学类报刊和权威网络媒体。于是再出本书的愿望就一直萦绕于脑海里，怎么也挥之不去。这一愿望逐渐长成了一棵树，这棵树眼见其枝丫横斜，一副以供他人特别是后来人摧折抑或攀缘的样子。而他们两位的这些话语，也同样给了我能够"固执己见"的支撑和鼓励——

毕淑敏女士说，所有的商品和文字相比，都是速朽的。对于现世，人们注重物质。对于久远，人们更注重精神。它不仅仅是富裕的精力有所附丽，主要是精神有了种舒展自如的安置和发挥，让人感受到人生的美好真谛。

一个人的魅力，往往在他退休后显示得更清楚。属于职务的光环被岁月褪去，属于个人的精神光芒焕发出来。这个过程对有的人是苦闷，对有的人是新生。

梁晓声先生说，知识给予知识分子之最宝贵的能力是思想的能力。因为靠了思想的能力，无论被置于何种孤单的境地，人都不会丧失最后一个交谈伙伴，而那正是他自己。自己与自己交谈，哪怕仅仅做这一件在别人看来什么也没做的事，足以帮他抵抗很漫长、很漫长的寂寞。如果居然还侥幸有笔有足够的纸，孤独和可怕的寂寞也许还会开出意外的花朵。

深以为然，深以为然啊。

本文集在整理过程中，荣幸地得到了中国作家协会副主席陈彦先生等数位著名作家的联袂倾情推荐。著名文学评论家、作家，教授，中国作家协会主席团委员、办公厅主任，中国传记文学学会常务副会长李一鸣博士为本文集精心写了序言；中国作家协会副主席、书记处书记、著名作家、茅盾文学奖获得者陈彦先生，著名作家、茅盾文学奖获得者、北京大学教授、原中国现代文学馆副馆长李洱先生，著名作家、鲁迅文学奖获得者、国防大学教授、原解放军文艺出版社副社长侯健飞先生，他们都为本文集写下了热情洋溢的推荐语，从而让这本文集的诗意本真与卓越追求有了依归和寄托，使其得以具有足可熠熠生辉的元素而格外壮阔、丰富和灵动起来。在此衷心感谢诸位先生大家，感谢你们对一位文学逐梦人的错爱和厚爱。

在此，还要感谢著名书法家李兰生教授为本文集题写书名；感谢腊月乡党和吴存浩教授关于我和我的书的优美文字，两篇美文俱已收入附录之中；感谢中国海洋大学出版社，感谢责任编辑孟显丽女士；感谢负责版式设计和排版校对的鞠涛老师和张蒙蒙女士；感谢封面印章刻制者韩连堂老师；感谢关心和支持这本文集整理出版的诸位亲朋好友。

现在的我，已在渐渐走向暮年，走向终老。可迎春花，依然年年开放，依然开得鲜艳，依然是冯德英先生在"书"中所描述的样子而没有丁点儿改变，依然在迎接着每一个春天的到来。于是,这个村庄尤其是拥有一树树一株株花开的这个小院,对我来说就是海桑《你自己来吧》诗中的云影泽畔吧:

你的青春你的梦想这两片花翅膀呀
已经没有春天了,头发都白了
去找个镶着云影的泽畔,你坐下来
梳理你清水中的一生吧
再问问那树梢的月亮到底是谁家的女儿
漂漂亮亮,选定在哪个日子出嫁
……

牛钟顺

2022 年 6 月 19 日

图书在版编目（ＣＩＰ）数据

云影泽畔 / 牛钟顺著. -- 青岛：中国海洋大学出
版社，2023.12
ISBN 978-7-5670-3694-9

Ⅰ.①云… Ⅱ.①牛… Ⅲ.①散文集–中国–当代
Ⅳ.①I267

中国国家版本馆 CIP 数据核字（2023）第 218806 号

云影泽畔

出版发行	中国海洋大学出版社			
社　　址	青岛市香港东路 23 号		**邮政编码**	266071
出 版 人	刘文菁			
网　　址	http://pub.ouc.edu.cn			
电子信箱	1079285664@qq.com			
订购电话	0532-82032573（传真）			
责任编辑	孟显丽		**电　　话**	0532-85901092
封面设计	鞠涛			
排版校对	张蒙蒙			
印　　制	日照日报印务中心			
版　　次	2023 年 12 月第 1 版			
印　　次	2023 年 12 月第 1 次印刷			
成品尺寸	170 mm × 230 mm			
印　　张	18.25			
字　　数	256 千			
印　　数	1~1600			
定　　价	96.00 元			

发现印装质量问题，请致电 0633-2298958，由印刷厂负责调换。